GRAHAM GREENE
AŞKIN SONU

ÖZGÜN ADI
THE END OF THE AFFAIR

SERTİFİKA NO: 40077

EDİTÖR
GAMZE VARIM

GÖRSEL YÖNETMEN
BİROL BAYRAM

DÜZELTİ
MEHMET CELEP

GRAFİK TASARIM VE UYGULAMA
TÜRKİYE İŞ BANKASI KÜLTÜR YAYINLARI

1. BASIM TEMMUZ 2020, İSTANBUL
4. BASIM TEMMUZ 2023, İSTANBUL

ISBN 978-625-7070-77-5

BASKI: UMUT KAĞITÇILIK SANAYİ VE TİCARET LTD. ŞTİ.
Keresteciler Sitesi Fatih Caddesi Yüksek Sokak No: 11/1 Merter
Güngören İstanbul
Tel: (0212) 637 04 11 Faks: (0212) 637 37 03
Sertifika No: 45162

TÜRKİYE İŞ BANKASI KÜLTÜR YAYINLARI
İstiklal Caddesi, Meşelik Sokak No: 2/4 Beyoğlu 34433 İstanbul
Tel. (0212) 252 39 91 Faks (0212) 252 39 95
e-posta: info@iskultur.com.tr
www.iskultur.com.tr

ÇEVİREN: HÜSEYİN GÜNDOĞDU

Darüşşafaka Lisesi'nde eğitim gördükten sonra üniversite yıllarında gazeteciliğe başladı. Tercüman, Meydan, Güneş, Akşam ve Hürriyet gazetelerinde çalıştıktan sonra sürekli basın kartı sahibi olarak emekli oldu. Dış haberler editörü olarak başladığı mesleğinde yazı işleri editörlüğü ve yazı işleri müdürlüğü (Hürriyet Bölge Ekleri / Eskişehir gazetesi) gibi görevlerde bulundu, sinema ve müzik konularında eleştiri ve röportajlar yazdı. Emeklilik döneminde de Dünya ve Habertürk gazetelerinde yazı işleri editörü olarak çalıştı. Çevirdiği kitaplar arasında *Ayakkabı Gurusu* (Phil Knight), *Liderlik* (Alex Ferguson), *Kirli Savaşlar* (Jeremy Scahill) bulunmaktadır.

Modern
Klasikler
Dizisi - 153

Graham
Greene

Aşkın Sonu

İngilizce aslından
çeviren: Hüseyin Gündoğdu

TÜRKİYE İŞ BANKASI
Kültür Yayınları

C.'e

İnsanın kalbinde henüz var olmamış yerler mevcuttur,
var olabilmeleri için de onların içini çile doldurur.

LÉON BLOY

BİRİNCİ KİTAP

I

Bir hikâyenin başı ya da sonu yoktur; yaşanan hangi andan geriye ya da ileriye doğru bakılacağını rasgele seçer insan. Bana kalırsa, –hiç ciddi olarak dikkate alınmadığı bir dönemde– teknik becerisinden dolayı övgü almış profesyonel bir yazarın haksız gururuyla "seçer" derim ama doğrusunu isterseniz ben, 1946'da Common'daki* o sırılsıklam karanlık Ocak gecesinde nehir gibi akan yağmur suları altında yalpalayan Henry Miles'ın görüntüsünü kendi irademle mi *seçerim*, yoksa bu imgeler mi beni seçti? Mesleğimin kurallarına göre tam oradan başlamam daha uygun, daha doğru; ama o günlerde bir Tanrı'ya inanmış olsaydım beni dirseğimden çekiştirerek "Konuş onunla, seni henüz görmedi," diye telkinde bulunan bir ele de inanabilirdim.

Neden onunla konuşmalıydım ki? Nefret, eğer herhangi bir insanla ilgili olarak kullanılması çok ağır bir sözcük değilse, Henry'den nefret ediyordum – karısı Sarah'dan da nefret ediyordum. Henry de, sanırım, o akşamki olaylardan hemen sonra benden nefret etmeye başladı, tıpkı kuşkusuz zaman zaman karısından ve de o günlerde kendisine inanmadığımız için oldukça şanslı olduğumuz ötekinden nefret ettiği gibi. Bu yüzden sevgiden daha ziyade nefretin belgesidir bu

* Clapham Common: Güney Londra'daki Clapham bölgesinde büyük bir üçgen şeklindeki park. (ç.n.)

ve Henry ile Sarah lehinde bir şey söyleyecek olursam bana inanılabilir; önyargıya karşı yazıyorum çünkü nefretime en yakın ifade yerine gerçeğe en yakın olanı tercih etmek benim profesyonel onurumdur.

Henry'yi böyle bir gecede dışarıda görmek tuhaftı; rahatına düşkündü ve ne de olsa –ya da ben öyle düşünüyordum– Sarah'sı vardı. Benim için rahatlık yanlış yerde ya da yanlış zamandaki yanlış hafıza gibidir; birisi yalnızsa rahatsızlığı tercih eder. Common'ın yanlış –güney– tarafında, başkalarından kalan mobilyalarda hem yattığım hem oturduğum odada bile fazlasıyla rahatlık vardı. Yağmurda bir yürüyüşe çıkayım ve yakındaki barda bir içki içeyim diye düşündüm. Küçük kalabalık salon yabancıların şapka ve paltolarıyla doluydu; yanlışlıkla başkasının –ikinci katta arkadaşlarını misafir eden adamın– şemsiyesini aldım. Sonra vitraylı kapıyı arkamdan kapattım, 1944'te bombalanan ve hiç onarılmayan merdivenlerden dikkatle indim. Olayı; çirkin ve eski moda olsa da vitraylı camın sarsıntıdan nasıl sağlam çıktığını, dedelerimizin de yaptığı gibi hatırlamak için nedenim vardı.

Common'ın bir ucundan diğerine dosdoğru yürümeye başladığımda yanlış şemsiyeyi aldığımı fark ettim, çünkü sızıntı yapıyordu ve yağmur pardösümün yakasından içeri giriyordu, tam o sırada Henry'yi gördüm. Onu kolayca görmezden gelebilirdim; şemsiyesi yoktu ve lambanın ışığında yağmurdan önünü göremediğinin farkına vardım. Yapraksız siyah ağaçlar yağmurdan hiç korumuyordu: Etrafta kırık su boruları gibi dikiliyorlardı, yağmur sert siyah şapkasından damlıyor ve siyah memur paltosundan aşağı seller gibi akıyordu. Doğruca yanından geçip gitmiş olsaydım beni görmeyecekti ve kaldırımdan biraz uzaklaşarak bundan emin olabilirdim, ama "Henry, neredeyse seni tanımayacaktım," dedim ve sanki eski arkadaşmışız gibi gözlerinin parladığını gördüm.

"Bendrix," dedi sevecen bir tavırla, üstelik benim değil, *onun* benden nefret etmek için nedenleri olduğunu bütün dünya söyleyebilirdi.

"Bu yağmurda, neyin peşindesin, Henry?" İnsanın dalga geçmek için karşı konulmaz bir arzu duyduğu adamlar vardır, meziyetlerini paylaşmadığı adamlar. Kaçamak cevap verdi: "Ya, biraz hava alayım dedim." Ve ani bir rüzgâr ve yağmur patlamasında şapkasını fırıl fırıl dönerek kuzey tarafına uçmadan tam zamanında yakaladı.

"Sarah nasıl?" diye sordum çünkü sormamam tuhaf kaçabilirdi, gerçi hiçbir şey onun hasta, mutsuz ve ölmekte olduğunu duymaktan daha fazla mutlu etmezdi beni. O günlerde maruz kalacağı herhangi bir ıstırabın benim ıstırabımı hafifleteceğini ve öldüğü takdirde kurtulacağımı hayal ediyordum; onur kırıcı koşullarım altında bir insanın hayal edeceği bütün her şeyi artık hayal etmeyecektim. Sarah ölse, zavallı aptal Henry'yi bile sevebilirdim, diye düşündüm.

"Ha, akşam için dışarı bir yerlere gitti o," dedi ve Sarah'nın nerede olduğunu sadece benim bildiğim ve Henry'nin soranlara muhtemelen tıpkı bu şekilde cevap verdiği o zamanları hatırlayan beynimdeki şeytanı yeniden harekete geçirdi. "Bir içki?" diye sordum ve hayrettir ki benimle yan yana yürümeye başladı. Daha önce hiç evinin dışında birlikte içmemiştik.

"Seni uzun zamandır görmedik, Bendrix." Nedendir bilinmez, soyadıyla tanınan bir adamım – arkadaşlarımın kullanmasına rağmen resmi ailemin bana verdiği bir bakıma özenti Maurice ismiyle asla vaftiz edilmeyebilirmişim.

"Uzun zaman oldu."

"Sahi, en az – bir yıl olmuştur."

"Haziran 1944," dedim.

"O kadar oldu – ya, ya." Aptal, diye düşündüm, bir buçuk yıllık arada hiçbir tuhaflık görmeyen bir aptal. Oturduğumuz iki "tarafı" beş yüz metreden daha kısa düz bir çimenlik ayırıyordu. Sarah'ya "Bendrix ne yapıyor? Bendrix'i davet edelim mi?" demek hiç mi aklından geçmedi ve onun verdiği cevaplar hiç mi... tuhaf, kaçamak, şüpheli görünmedi? Göldeki bir taş kadar görüş alanlarından çıkmıştım. Sanırım dalgalanmalar Sarah'yı bir hafta, bir ay kadar rahatsız etmişti ama Henry'nin at gözlüğü sımsıkı kapalıydı. Ondan yararlanırken bile nefret ediyordum bu at gözlüğünden; başkalarının da yararlanabileceğini bildiğimden.

"Sinemada mı?" diye sordum.

"Yo, hayır, neredeyse hiç gitmez."

"Eskiden giderdi."

Pontefract Arms *pub*'ı hâlâ Noel için ticari zenginliğin kalıntıları olan kâğıt serpantinlerle, leylak ve portakal rengi kâğıttan çanlarla süslenmiş haldeydi ve mekân sahibi genç kadın, müşterilerini küçümseyen bir bakışla memelerini bara yaslamıştı.

"Hoş," dedi Henry laf olsun diye ve dalgın bir havada, utangaç bir tavırla şapkasını asacak bir yer bakındı. Hayatında gittiği bir *pub*'a en yakın şeyin bakanlıktan arkadaşlarıyla öğle yemeği yediği Northumberland Bulvarı'ndaki et lokantası olduğu izlenimi edindim.

"Ne alırsın?"

"Bir viskiye hayır demem."

"Ben de demem, ama rom ile yetinmek zorundasın."

Bir masaya oturup bardaklarımızı elimize aldık: Henry ile hiçbir zaman konuşacak çok fazla şeyim olmamıştı. 1939'da ana karakteri üst düzey bir devlet memuru olan bir hikâye yazmaya başlamamış olsaydım Henry'yi ya da Sarah'yı yakından tanıma çabasına asla girmezdim herhalde. Henry James bir gün Walter Besant'la bir şey tartışırken, belli bir yeteneğe sahip bir genç kadının Tugay hakkında bir roman yazmak için yalnızca Muhafız Kışlası'nın kafeterya pencerelerinin önünden geçerek içeriye bakmasının yeteceğini söylemişti, ama ben romanın bir aşamasında sadece ayrıntılara bakmak için bile olsa o kadın bir Muhafız'la yatmayı gerekli görürdü diye düşünüyorum. Tam olarak Henry ile yatmadım ama bunun yerine yapılabilecek en iyi şeyi yaptım; Sarah'yı yemeğe çıkardığım ilk gece, bir devlet memurunun karısının görüş ve düşüncelerini almak için haince plan yapmıştım. Neyin peşinde olduğumu bilmiyordu; eminim ki aile yaşamıyla gerçekten ilgilendiğimi düşünüyordu ve belki de onun benden hoşlanmasını ilk bu başlatmıştı. Ona sordum: Henry saat kaçta kahvaltı yapıyordu? Ofise metroyla mı, otobüsle mi, yoksa taksiyle mi gidiyordu? Akşam eve iş getiriyor muydu? Üzerinde kraliyet arması olan bir evrak çantası var mıydı? Arkadaşlığımız ilgime bağlı olarak gelişti; birinin Henry'yi ciddiye almış olmasından dolayı çok mutluydu. Henry önemliydi ama daha ziyade bir fil ne kadar önemliyse o kadar önemliydi, bakanlığının boyutu dolayısıyla; çaresizce ciddiyetsizliğe mahkûm edilen bazı önem türleri vardır. Henry, Emeklilik Bakanlığı'nda –önemli bir müsteşar yardımcısıydı– sonradan İç Güvenlik Bakanlığı oldu. İç Güvenlik – daha sonra, insanın yanındakinden nefret ettiği ve bir silah aradığı o anlarda buna gülerdim... Henry'yi sadece kopya etmek için, hem de kitabımın gülünç, karikatür unsuru olan bir karaktere kopya etmek için aldığımı Sarah'ya bilhassa söylediğim bir zaman geldi. Romanımı sevmemeye başladığı zamandı bu. Henry'ye çok büyük bir sadakati vardı (bunu asla inkâr edemem) ve şeytanın beynimi ele geçirdiği, zararsız Henry'ye bile sinirlendiğim o bulanık saatlerde, romanı kullanırdım ve yazılması çok kabaca olan bölümler yaratırdım... Bir defasında, Sarah bütün bir geceyi benimle birlikte geçirdiği zaman (bunu bir yazarın kitabının en son kelimesini bekler gibi beklemiştim) bazen bir defada saatler gibi görünen tam bir aşk atmosferini bozan kazara söylenmiş bir kelimeyle aniden durumu berbat etmiştim. Saat ikide sıkıntılı bir halde uykuya dalmış, üçte uyanmıştım; elimi koluna koyarak Sarah'yı uyandırdım. Sanırım her şeyi yeniden düzeltmek istemiştim, ta ki kurbanım mahmur, uykulu bir güzellikle ve güven dolu yüzünü bana döndürünceye kadar. Kavgayı unutmuştu ve ben onun unutkanlığından bile yeni bir sonuç çıkardım. Biz insanlar ne kadar da sapkın yaratıklarız ve hâlâ bizi bir Tanrı'nın yarattığını söylüyorlar; ama hava kadar berrak, kusursuz bir denklem kadar basit olmayan herhangi bir Tanrı tasavvur etmek bana zor geliyor. Ona dedim ki, "Beşinci Bölüm'ü düşünerek uyuyamadım. Henry, önemli bir konferanstan önce nefesini temizlemek için çekirdek kahve yiyor mu hiç?" Başını salladı ve sessizce ağlamaya başladı; ben de nedenini anlamamış gibi davrandım – kitabımın karakteriyle ilgili kafama takılan basit bir soruydu ve bu Henry'ye yönelik bir saldırı değildi, en hoş insanlar bile bazen kahve çekirdeği yiyor... Böylelikle ben de devam ettim. O bir süre ağladıktan sonra uyudu. İyi uykucuydu ve kadının uyuma gücünü bile yeni bir saldırı unsuru olarak kullandım.

Henry, bakışları mutsuzca leylak ve portakal rengi serpantinler üzerinde gezinirken, romunu hızla içti. "Noel iyi geçti mi?" diye sordum.

"Çok iyi. Çok iyi," dedi.

"Evde mi?" Henry kelimeye yaptığım vurgu ona tuhaf gelmiş gibi baktı.

"Evde mi? Evet, tabii ki."

"Sarah da iyi mi?"

"Evet."

"Bir rom daha alır mısın?"

"Bunu ben ısmarlayayım."

Henry içkileri alırken ben lavaboya gittim. Duvarlara yazılar karalanmıştı: "Kahrolun, ev sahibi ve koca memeli karısı." "Bütün pezevenklere ve fahişelere neşeli bir frengi ve mutlu bir belsoğukluğu." Çabucak çıkıp parlak serpantinler ve kadeh şıngırtıları arasına geri döndüm. Bazen başka erkeklerde rahatsız edecek ölçüde kendi yansımamı görüyorum, işte o anda azizlere, yiğitçe erdeme inanmak için büyük bir istek duyuyorum.

Gördüğüm iki duvar yazısını Henry'ye tekrarladım. Amacım onu sarsmaktı, ama sadece "Kıskançlık berbat bir şeydir," deyince şaşıran ben oldum.

"Karısının memeleri hakkında olanı mı diyorsun?"

"Her ikisi de. Bedbahtken, başkalarının mutluluğunu kıskanırsın." İç Güvenlik Bakanlığı'nda öğrenmesini beklediğim bir şey değildi bu. İşte –bu cümlede– yine kin fışkırıyor kalemimden. Ne de sıkıcı, ruhsuz bir niteliktir bu kin. Yapabilsem sevgiyle yazardım ama sevgiyle yazabilseydim, başka bir insan olurdum; sevgiyi asla kaybetmemiş olurdum. Bununla birlikte bar masasının parlak fayanslı yüzeyinin öbür tarafında aniden bir şey hissettim, sevgi kadar aşırı bir şey değil, belki de talihsizlik içinde bir arkadaşlıktan fazlası değil. Henry'ye dedim ki: "*Sen* bedbaht mısın?"

"Endişeliyim, Bendrix."

"Anlat bana."

Sanırım onu konuşturan romdu, yoksa onun hakkında çok şey bildiğimden birazcık haberi var mıydı? Sarah sadıktı ama bizimkisi gibi bir ilişkide bir iki şey duymamış olması mümkün değil insanın... Henry'nin göbeğinin sol tarafında bir ben olduğunu biliyordum çünkü bendeki bir doğum lekesi Sarah'ya bir keresinde onu anımsatmıştı; miyopluktan mustarip olduğunu ama yabancıların yanında gözlük takmadığını biliyordum (ve ben de hâlâ onu gözlüklü göremeyecek kadar yabancıydım); çayını saat onda içmeyi sevdiğini biliyordum; uyku alışkanlıklarını bile biliyordum. Acaba zaten bu kadar çok şey bildiğimin farkındaydı da, bir fazla bilginin ilişkimizi değiştirmeyeceğini mi düşünüyordu? "Beni endişelendiren Sarah, Bendrix," dedi.

Barın kapısı açıldı ve ışığa karşı yağmurun çizgi çizgi yağdığını görebiliyordum. Küçük, komik bir adam içeri girdi ve "*Wot cher**, millet" diye seslendi, kimse cevap vermedi.

"Hasta mı ne demiştin..."

"Hayır. Hasta değil. Sanmıyorum." Mutsuzca etrafına bakındı – bu alışık olduğu bir *ortam* değildi. Gözlerinin aklarının kanlandığını fark ettim: Belki de gözlüğünü yeterince

* Cockney (Doğu Londralı) aksanıyla "N'aber" selamı. (ç.n.)

takmamıştı – etrafında her zaman birçok yabancı olduğundan ya da belki gözyaşlarının etkisiyle sonradan olmuştu. "Bendrix, burada konuşamam," dedi sanki bir zamanlar bir yerlerde konuşma alışkanlığı varmış gibi. "Eve gel benimle."

"Sarah, eve dönecek mi?"

"Sanmıyorum."

İçkileri ben ödedim ve Henry'nin rahatsızlığını tetikleyen şeylerden biri de bu oldu – başkalarının ikramını asla kolay kolay kabul etmezdi. Takside diğerleri ceplerini yoklarken parayı avucunun içinde hazır tutan her zaman oydu. Common'ın ağaçlı yollarından hâlâ yağmur suyu akıyordu ama Henry'nin evi uzak değildi. Kraliçe Anne tarzı pencerenin* ışığında bir dış kapı anahtarıyla içeri girdi ve seslendi: "Sarah. Sarah." Bir cevabı arzularken cevap geleceğinden de korktum, ama kimse cevap vermedi. "Hâlâ dışarıda. Çalışma odasına gel," dedi.

Bu adamın çalışma odasında daha önce hiç bulunmamıştım: Ben hep Sarah'nın arkadaşı olmuştum ve Henry ile de evin Sarah'ya ait bölümünde tanışmıştım, hiçbir şeyin birbirine uymadığı, hiçbir şeyin sonlu ya da planlanmış olmadığı, hiçbir şeyin geçmişe ait zevklerin ya da duyguların simgesi olarak kalmasına asla izin verilmediği, onun o dağınık oturma odasında. Her şey kullanılmıştı orada; tıpkı şimdi Henry'nin odasında çok az şeyin kullanılmış olduğunu hissettiğim gibi. Gibbon** setinin bir kez bile açılmış olduğundan şüpheliydim ve Scott*** seti –büyük ihtimalle– babasından

---

* Kraliçe Anne dönemi mimarisinde kapıların üzerindeki yarım daire şeklinde demir kafesli pencere. (ç.n.)

** Edward Gibbon, İngiliz tarihçi ve milletvekili. En önemli çalışması *The History of the Decline and Fall of the Roman Empire* (Roma İmparatorluğu'nun Gerileyiş ve Çöküş Tarihi) 1776-1789 yılları arasında altı cilt halinde basılmıştır. Kitap genellikle yazım kalitesi, ironisi, birincil kaynak kullanımı ve örgütlü dini yermesiyle bilinir. (ç.n.)

*** Sir Walter Scott, İskoç tarihçi. Tarihi romanlar, şiir ve oyunlar yazmıştır. Yapıtlarından birçoğu İngiliz ve İskoç edebiyatı klasikleri arasına girmiştir. (ç.n.)

kalma olduğu için oradaydı, tıpkı Disk Atan Adam* gibi. Ama kullanmadığı odasında yine de sırf ona ait olduğu için –onun sahibi olduğu için– daha mutluydu. Kin ve kıskançlıkla şöyle düşündüm: Bir insan bir şeyin mutlak sahibi olursa, onu kullanmasına hiç gerek kalmaz.

"Viski alır mısın?" diye sordu Henry. Gözlerini hatırladım ve acaba eski günlerdekinden daha mı fazla içiyor diye düşündüm. Doldurduğu viskiler kesinlikle cömert dublelerdi.

"Canını sıkan nedir, Henry?" Üst düzey devlet memuru hakkındaki o romanı çoktan bir kenara bırakmıştım, artık bir model peşinde değildim.

"Sarah," dedi.

İki yıl önce tıpkı bu şekilde söylemiş olsaydı korkar mıydım? Hayır, sanırım zevkten dört köşe olurdum – insan aldatılmaktan yorulup büyük bir umutsuzluğa düşüyor. Açık bir mücadeleyi sırf, küçük de olsa, onun tarafındaki küçük taktik hataları sayesinde kazanma şansım olabileceği için kabul edebilirdim. Hayatımda daha öncesinde ya da sonrasında bu kadar çok kazanmayı istediğim bir zaman da olmadı. İyi bir kitap yazmak için bile asla bu kadar güçlü bir arzu duymadım.

Kenarları kızarık o gözlerle bana baktı ve "Korkuyorum Bendrix," dedi. Artık ona üstünlük taslayamazdım; bedbahtlığın mezunlarındandı, aynı okuldan geçmişti ve ilk defa onu eşit olarak düşündüm. Masasındaki köşeleri haç biçimindeki çıkıntılı çerçevenin içinde o eski kahverengi fotoğraflardan birinin, babasının fotoğrafının bulunduğunu, ona bakarken fotoğrafın Henry'ye ne kadar benzediğini (yaklaşık aynı yaşlarda, kırklarının ortalarında çekilmişti) ve benzemediğini hatırlıyorum. Bu fark bıyıklardan gelmiyordu – bu fark Victoria dönemi insanına has o güvenli duruştan geliyordu, bu dünyada kendini evinde hissetmekten

* MÖ 5. yüzyılda Atina'da yaşamış heykeltıraş Miron'un Discobolus adlı heykeli. (ç.n.)

ve çevreni tanımaktan geliyordu ve ben birdenbire o dostça birliktelik duygusunu bir kez daha hissettim. Onu, (Hazinede olan) babasını sevebileceğimdem daha çok sevdim. Aynı yolun yolcusu iki yabancıydık.

"Neden korkuyorsun, Henry?"

Sanki biri onu itmiş gibi rahat bir koltuğa oturdu ve öfkeyle dedi ki, "Bendrix, her zaman en kötüsünü düşünmüşümdür, bir insanın yapabileceğinin en kötüsünü..." O eski günlerde kesinlikle diken üstünde olmalıydım; masumiyetin huzuru bana ne kadar yabancı ve ne kadar da olağanüstü kasvetli gelirdi.

"Bana güvenebileceğini biliyorsun, Henry." Çok az yazmış olmama rağmen Sarah'nın bir mektubu saklamış olması muhtemeldi, diye düşündüm. Bu, yazarların girdiği mesleki bir risktir. Kadınlar âşıklarının önemini abartmaya meyillidir ve uygunsuz bir mektubun beş şilinlik bir imza kataloğunda "İlginç" diye işaretlenmiş olarak görüneceği hayal kırıklığı gününü asla öngöremezler.

"Şuna bir bak, öyleyse," dedi Henry.

Bana bir mektup uzattı; benim el yazım değildi. "Hadi, oku," dedi. Henry'nin bir arkadaşındandı ve şunu yazmıştı: "Yardım etmek istediğin adamın, Vigo Sokağı, 159 numaradaki Savage adlı arkadaşa başvurmasını tavsiye ederim. Onu marifetli ve ağzı sıkı buldum, çalışanları da o işlerde bulunan kişilerin genelde olduğundan daha az itici göründüler bana."

"Anlamıyorum, Henry."

"Bu adama ben yazdım ve bir tanıdığımın özel dedektiflik büroları hakkında benden tavsiye istediğini söyledim. Bu çok fena Bendrix. Aslında ne yapmak istediğimi anlamış olmalı."

"Aslında sen?.."

"Bu konuda hiçbir şey yapmadım ama işte mektup masada duruyor ve bana hatırlatıyor... Çok aptalca görünüyor, öyle değil mi, ama Sarah buraya günde on kez geldiği halde onu okumamış olmasına kesinlikle güvenebiliyorum. Çekmeceye bile koymadım. Ama yine de güvenemiyorum... şu anda yürüyüş için dışarıda. *Yürüyüş*, Bendrix." Yağmur onun da içine işlemişti ve kolunu gaz alevine doğru tutuyordu.

"Üzgünüm."

"Sen her zaman onun özel bir arkadaşıydın, Bendrix. Hep derler, değil mi, bir koca aslında öyle bir kadını tanıyan en son kişi olur… Bu gece, seni Common'da gördüğüm zaman düşündüm ki eğer sana anlatırsam ve sen bana gülersen, mektubu yakabilirim."

Islak kolu uzanmış halde oturuyor, benden uzağa bakıyordu. Gülmek hiç bu kadar az içimden gelmemişti, ama yine de elimden gelse gülmeyi isterdim.

Dedim ki, "Bu gülünecek bir durum değil, düşünmek gülünç derecede abartılı *olsa* bile..."

Bana imrenerek sordu: "Abartılı, *evet*. Benim aptalın teki olduğumu düşünüyorsun, değil mi?.."

Bir dakika önce memnuniyetle gülerdim, ama hal böyleyken şimdi, yalnızca yalan söylemem gerekirken, bütün eski kıskançlıklar geri döndü. Karı ve koca, ikisinden birinden nefret eden kişinin diğerinden de nefret etmek zorunda kalacağı ölçüde tek vücut mudur? Sorduğu soru bana onu kandırmanın ne kadar kolay olduğunu hatırlattı; öyle kolaydı ki otel odasına ihtiyatsız notlar bırakan adamın hırsızlığın suç ortağı olması gibi neredeyse karısının sadakatsizliğine suç ortaklığı yapan biri gibi görünüyordu bana ve ben tam da bir zamanlar aşkıma yardımcı olan bu nitelik dolayısıyla ondan nefret ediyordum.

Ceketinin kolundan gaz lambasının önünde buharlar çıkıyordu ve o hâlâ benden uzağa bakarak tekrarladı: "Elbette biliyorum, benim aptal olduğumu düşünüyorsun."

Sonra şeytan konuştu: "Aa, hayır, senin aptal olduğunu düşünmüyorum, Henry."

"Yani, gerçekten... şeyin mümkün olduğunu mu düşünüyorsun?"

"Elbette mümkün. Sarah bir insan."

Kızgınlıkla, "Ben de hep senin Sarah'nın dostu olduğunu sanıyordum," dedi sanki mektubu yazan benmişim gibi.

"Elbette," dedim, "sen onu benim tanıdığımdan çok daha iyi tanıyorsun."

"Bazı bakımlardan," dedi sıkıntılı bir halde ve benim Sarah'yı en iyi hangi bakımlardan tanıdığımı düşündüğünü biliyordum.

"Henry, sen bana, aptal olduğunu mu düşündüğümü sordun. Ben sadece bu fikirde aptalca bir şey bulunmadığını söyledim. Sarah aleyhinde hiçbir şey söylemedim."

"Biliyorum, Bendrix. Özür dilerim. Son zamanlarda pek iyi uyuyamıyorum. Geceleri uyanıyorum ve kara kara bu lanet olası mektubu ne yapacağımı düşünüyorum."

"Yak onu."

"Keşke yakabilseydim." Hâlâ elinde tutuyordu ve bir an için gerçekten onu tutuşturacağını sandım.

"Ya da git, Bay Savage ile görüş."

"Ama onun kocası değilmiş gibi davranamam *adama*. Düşünsene Bendrix, orada bir masanın önünde bütün diğer kıskanç kocaların oturduğu bir sandalyeye oturup, aynı hikâyeyi anlattığımı... Orada bir bekleme odası var mıdır sence, geçerken birbirimizin yüzünü görebildiğimiz?" Tuhaf, diye düşündüm, Henry neredeyse hayal gücü kuvvetli bir adam olarak görülebilirdi. Üstünlüğümün sallantıda olduğunu hissettim ve içimdeki eski dalga geçme arzusu yeniden uyandı. Dedim ki: "İzin verirsen, ben gideyim mi, Henry?"

"Sen mi?" Bir an, fazla mı ileri gittim acaba, Henry de şüphelenmeye başlayabilir mi diye düşündüm.

"Evet," dedim, ateşle oynayarak, çünkü Henry artık geçmiş hakkında birazcık bilgi edinirse ne zararı vardı? Onun için iyi olurdu ve belki de ona karısını daha iyi kontrol etmeyi öğretirdi bu. "Kıskanç bir âşık rolü oynayabilirim," diye devam ettim. "Kıskanç âşıklar, kıskanç kocalardan daha saygıdeğer ve daha az ahmak olurlar. Edebiyatın ağırlığından destek alırlar. Aldatılan âşıklar hiç komik olmazlar, trajik olurlar. Troilos'u* düşün. Bay Savage ile görüşme yaparken *amour propre*'umu** asla yitirmeyeceğim." Henry'nin kolu kurumuştu, ama onu hâlâ aleve doğru tutuyordu ve artık kumaş kızmaya başladı. "Bunu gerçekten benim için yapar mısın, Bendrix?" dedi ve sanki böyle bir arkadaşlık gösterisini asla beklemiyormuş ya da hak etmemiş gibi gözleri yaşarmıştı.

"Elbette yaparım. Ceketinin kolu yanıyor, Henry."

Ona sanki başka birinin koluymuş gibi baktı.

"Ama bu harika," dedi. "Ne düşünüyordum bilmiyorum. Önce bunu sana anlatmayı ve sonra senden –bunu– istemeyi. İnsan karısını bir arkadaşı vasıtasıyla fark ettirmeden izleyemez – hem de o arkadaşı karısının âşığı rolündeyken."

"Ha, bu yapılmadı," dedim, "ama zina da, hırsızlık da, düşmanın ateşinden kaçmak da yapılmadı. Yapılmamış şeyler her gün yapılıyor, Henry. Bu modern yaşamın bir parçası. Bunların çoğunu bizzat yaptım."

"Sen iyi bir adamsın, Bendrix. Bütün ihtiyacım –zihnimi açmak için– doğru düzgün bir sohbetti," dedi ve bu defa mektubu gerçekten gaz alevine tuttu. En son parçasını kül tablasına koyarken "Adı Savage'dı ve adresi de Vigo Sokağı, 159 ya da 169 numaraydı," dedim.

"Unut gitsin," dedi Henry. "Sana anlattıklarımı unut. Anlamı yok. Son zamanlarda baş ağrıları çekiyorum. Doktora gideceğim."

---

* Yunan mitolojisinde Kral Priamos ile Kraliçe Hekabe'nin oğlu olan Troya prensi. Homeros *İlyada*'da Troilos'un savaş başlamadan önce öldüğünü söyler. Troya Savaşı'nı ele alan ortaçağ metinlerinde Troilos, kendisini Yunan kahraman Diomedes için terk eden bir kızın ihanetine uğramış genç ve masum bir âşık olarak betimlenir. Bu öykünün 12. yüzyıl başında Benoit de Sainte-Maure'un *Roman de Troie* adlı şiiriyle yayıldığı sanılır. Bu mutsuz aşk teması Giovanni Boccaccio ve Geoffrey Chaucer'ın yapıtlarında da ele alınırken, Shakespeare'in *Troilus and Cressida* adlı oyununa da konu olmuştur. (ç.n.)

** (Fr.) Özsaygı. (ç.n.)

"Kapıydı bu," dedim. "Sarah eve geldi."

"Ha," dedi. "O hizmetçidir. Sinemaya gitmişti."

"Hayır, bu Sarah'nın ayak sesiydi."

Kapıya gidip açtı ve yüzünde istemsizce anlamsız bir yumuşaklık ve şefkat dolu bir ifade belirdi. Sarah'nın varlığı karşısında gösterilen bu mekanik tepki beni her zaman rahatsız etmişti çünkü hiçbir anlamı yoktu; insan âşık bile olsa, bir kadının varlığını her zaman memnuniyetle karşılayamaz, ayrıca birbirlerine hiçbir zaman âşık olmadıklarını söylediğinde Sarah'ya inanmıştım. İnanıyorum ki benim nefret ve güvensizlik anlarımda bile daha samimi bir karşılama vardı. En azından benim için Sarah evin porselen gibi itinayla dokunulacak bir parçası değil, her şeyden bağımsız olarak bir insandı.

"Sa-rah," diye seslendi. "Sa-rah." Dayanılmaz bir sahtelikle heceleri ayırarak.

Sofadaki merdivenlerin dibinde durup bize doğru döndüğündeki halini bir yabancıya nasıl anlatabilirim? Kurgusal karakterlerimi bile ancak eylemleriyle tarif edebilmişimdir. Bir romanda, okuyucunun karakterleri kafasında istediği gibi canlandırmasına izin verilmesi gerekir gibi geliyor bana hep; ona basmakalıp tasvirler sunmak istemem. Şimdi kendi tekniğim bana ihanet ediyor, çünkü başka herhangi bir kadının Sarah'nın yerine geçmesini istemiyorum, okuyucunun o geniş alnı ve kalın dudakları, kafatasının biçimini görmesini istiyorum; ama aktarabileceğim tek şey, sular damlayan pardösüsü içinde dönüp "Evet, Henry?", sonra da "Sen ha?" diyen belli belirsiz bir şekil. Bana her zaman "sen" diye hitap ederdi. Telefonda hep "Sen misin?" ve "Yapabilir misin? Yapacak mısın? Yapar mısın?" diye sorardı; öyle ki her defasında birkaç dakika boyunca, aptal gibi, dünyada bir tek "sen" bulunduğunu ve onun da ben olduğumu sanırdım.

"Seni görmek güzel," dedim; bu o nefret anlarından biriydi. "Yürüyüşe mi çıktın?"

"Evet."

"Berbat bir gece," dedim suçlarcasına ve Henry apaçık bir endişeyle, "Sırılsıklam olmuşsun Sarah," dedi, "bir gün ölümüne üşüteceksin."

Herkesin bildiği klişe bir söz bazen bir sohbetin içinde bir felaket haberine dönüşür, yine de Henry'nin gerçeği söylediğini bilmiş olsaydık bile, kadının asabımız, güvensizliğimiz ve nefretimizi ezip geçmesinden dolayı ikimiz de herhangi bir gerçek endişe duyar mıydık diye merak ediyorum.

II

Kaç gün geçtiğini bilemiyorum. Eski olaylı günler geri dönmüştü; karanlığın hüküm sürdüğü o durumda insan ışığın değiştiğini kör bir adamdan daha iyi fark edemediği için artık günleri ayırt edemiyordu. Nasıl bir yol çizeceğime yedinci günde mi karar vermiştim, yoksa yirmi birinci günde mi? Üç yıl geçtikten sonra, Common'ın kıyısı boyunca onların evini belli bir mesafeden, göl kenarından ya da on sekizinci yüzyılda inşa edilmiş kilisenin kemerinin altından, kapının açılacağı ve Sarah'nın o bombalanmamış ve iyi temizlenmiş basamaklardan ineceği ihtimaline karşı gözetlediğim uykusuz geceleri şu an hayal meyal hatırlıyorum. Doğru an hiç gelmedi. Yağmurlu günler geçmişti ve geceler ayazla güzeldi, ama harap olmuş bir hava-evi* gibi ne erkek ne de kadın dışarı çıktı, bir daha hiç Henry'yi günbatımından sonra Common'ı geçerken görmedim. Belki de bana anlattıklarından dolayı utanıyordu, çünkü çok geleneksel bir adamdı. Bu sıfatı küçümseyerek yazıyorum ama yine de kendime bakacak olursam, geleneksel olana yalnızca hayranlık ve

---

* Hava durumunu gösteren küçük bir dağ evi şeklinde bir halk sanatı aletidir. Tipik bir hava-evinde yan yana iki kapı bulunur. Sol tarafında kadın, sağ tarafında erkek figürünün durduğu bir çubuk vardır. Çubuk havanın durumuna göre ekseni etrafında döndükçe kadın figürü, hava güneşli ve kuru olduğunda evden çıkar, erkek ise yağmurlu ve soğuk havalarda çıkar. (ç.n.)

güven duyarım; otomobillerin geçtiği karayollarından görülen, saman ve taş evlerin içinde son derece huzurlu duran ve insana istirahati hatırlatan köyler gibi.

O karanlık günlerde ya da haftalarda Sarah'yı rüyamda çok fazla gördüğümü hatırlıyorum. Bazen acı, bazen de haz veren bir duyguyla uyanırdım. Bir kadın bütün gün insanın aklındaysa, gece de onu rüyasında görmesi gerekmez. Belli ki tamamlanmayacak bir kitabı yazmaya çalışıyordum. Günde beş yüz kelimemi tamamlıyordum ama karakterler bir türlü ete kemiğe bürünmüyordu. Yazarlıkta çok şey insanın günlerinin yüzeyselliğine dayalıdır. İnsanın kafasını alışveriş, gelir vergisi iadeleri, beklenmedik konuşmalar meşgul ediyor olabilir ama bilinçdışının akışı engelle karşılaşmadan yoluna devam eder, problemler çözer, geleceği planlar; insan verimsiz ve moralsiz bir halde masada oturur ve ansızın kelimeler gökten inercesine gelmeye başlar; umutsuz bir çıkmazda tıkanmış görünen durumlar ilerleyiverir; insan uyurken, alışveriş yaparken ya da arkadaşlarıyla sohbet ederken iş hallolmuş olur. Ama bu nefret ve şüphe, bu yok etme hırsı kitaptan daha derinlere indi – bilinçdışı devreye girdi, ta ki bir sabah, sanki geceden planlamışım gibi, o gün Bay Savage'ı görmeye gideceğim bilgisiyle uyanana kadar.

Güvenilir meslekler grubu ne tuhaf. İnsan, sanırım Katolikse avukatına, doktoruna, papazına güvenir ve ben şimdi o listeye özel dedektifini de ekledim. Henry'nin, orada diğer müşterilerin dikkatini üzerine çekeceği düşüncesi tamamen yanlıştı. Büroda iki bekleme odası vardı ve ben birine tek başıma alınmıştım. İlginçti ki Vigo Sokağı'ndan ummayacağınız kadar farklıydı burası –bir avukatın ön bürosundaki küflü havaya ilaveten moda dergilerinin ağır bastığı seçilmiş okuma malzemesinin bulunduğu, daha ziyade bir dişçi bekleme odasını andıran bir havası vardı– *Harper's Bazaar, Life* ve birkaç Fransız moda dergisi vardı ve beni içeri alan adam biraz fazla özenli ve şık giyinmişti. Şöminenin yanına benim için bir sandalye çekti ve kapıyı büyük bir dikkatle kapattı. Kendimi hasta gibi hissettim ve galiba kıskançlık için şu ünlü şok tedavisini deneyecek kadar hastaydım.

Bay Savage ile ilgili ilk dikkatimi çeken şey kravatıydı; herhalde bir erkek lisesi mezunları derneğini temsil ediyordu; bundan sonra hafif pudra sürülmüş yüzünün ne kadar iyi tıraş edildiği ve sonra ağaran saçlarının geriye doğru açıldığı, anlayış, sempati ve faydalı olma kaygısının ışığını yansıtan parlak alnı. El sıkışırken parmaklarımı tuhaf bir biçimde burktuğunu fark ettim. Sanırım masondu ve o sıkışın karşılığını verebilseydim muhtemelen özel muamele görecektim.

"Bay Bendrix?" dedi. "Oturun. Sanırım şu en rahat koltuk." Eliyle hafifçe vurarak bana bir minder gösterdi ve ben içine kendimi yerleştirmeyi başarana kadar yanımda ilgili bir şekilde bekledi. Sonra düz bir sandalye çekerek sanki nabzımı dinleyecekmiş gibi yanıma oturdu. "Şimdi bana her şeyi kendi kelimelerinizle anlatın," dedi. Kendiminkinden başka hangi kelimeleri kullanabileceğimi düşünemiyordum. Utanıyor ve kendimi kötü hissediyordum: Buraya sempati için değil, karşılayabilirsem ücretini ödeyerek, biraz pratik yardım almaya gelmiştim.

Şöyle başladım: "Birini izlemek için ne kadar ücret alıyorsunuz, bilmiyorum."

Bay Savage çizgili kravatını hafifçe okşadı. Dedi ki, "Şimdi bunu düşünmeyin, Bay Bendrix. Bu ilk danışma için üç gine* alıyorum, ama devam etmek istemezseniz ücret talep etmiyorum, hiçbir şey almıyorum. En iyi reklam, biliyorsunuz," –lafı gediğine koyuverdi– "memnun bir müşteridir."

Sıradan bir durumda, sanırım, hepimiz az çok böyle davranır ve aynı kelimeleri kullanırız. "Bu çok basit bir vaka," dedim ve Bay Savage'ın ben konuşmaya başlamadan önce bütün her şeyi bildiğinin, sinirlenerek farkına vardım. Bay Savage'a söyleyeceğim hiçbir şey ona yabancı gelmeyecek, or-

---

* İngiliz ginesi: 21 şilin değerinde altın para. (ç.n.)

taya çıkarabileceği hiçbir şey zaten o yıl onlarca kez deşilmemiş bir şey olmayacaktı. Bir doktorun bile bazen bir hastası tarafından şaşırtıldığı olurdu, ama Bay Savage yalnızca bütün belirtilerini bildiği tek bir hastalıkla ilgilenen bir uzmandı.

Müthiş bir nezaketle, "Acele etmeyin, Bay Bendrix," dedi.

Bütün diğer müşterileri gibi benim de kafam karışmaya başlamıştı.

"Aslında devam edilecek bir şey yok," dedim.

"Ee, o benim işim," dedi Bay Savage. "Siz bana sadece ruh halini, atmosferi aktarın. Sanırım konumuz Bayan Bendrix?"

"Tam olarak öyle değil."

"Ama ismi öyle geçiyor değil mi?"

"Hayır, bunu çok yanlış anlıyorsunuz. Bu benim bir arkadaşımın karısı."

"O da sizi mi gönderdi?"

"Hayır."

"Belki de sizinle bu hanımefendi arasında – bir ilişki vardır?"

"Hayır. Onu 1944'ten bu yana sadece bir kez gördüm."

"Maalesef tam olarak anlamadım. Bu bir izleme işi demiştiniz."

O ana kadar adamın beni ne kadar sinirlendirdiğini fark etmemiştim. "İnsan sevebilir de nefret edebilir de, olamaz mı?" diye parladım ona. "Hataya düşmeyin. Ben de kıskanç müşterilerinizden biriyim yalnızca, diğerlerinden farklı olduğumu iddia etmiyorum ama benim durumumda biraz gecikme oldu."

Bay Savage, sanki ben huysuz bir çocukmuşum gibi elini koluma koydu. "Kıskançlıkta utanılacak bir şey yok, Bay Bendrix. Ben buna her zaman gerçek aşkın belirtisi olarak saygı duyarım. Yani bu bahsettiğimiz hanımefendinin, şimdi bir başkasıyla ilişkisi olduğunu düşünmek için nedeniniz var, öyle mi?"

"Kocası onun kendisini aldattığını düşünüyor. Gizli gizli birileriyle buluşuyor. Nerede olduğu konusunda yalan söylüyor. Kadının – sırları var."

"Oo, sırları demek, evet."

"Bütün bunlardan bir şey çıkmayabilir, elbette."

"Uzun tecrübelerime göre, Bay Bendrix, hemen hemen her zaman bir şey çıkar." Bay Savage, sanki tedaviye devam etmeye beni yeterince ikna etmişçesine masasına döndü ve yazmaya hazırlandı. İsim. Adres. Kocasının mesleği. Kalemi yeni bir not almaya hazır olarak, Bay Savage sordu: "Bay Miles'ın bu görüşmeden haberi var mı?"

"Hayır."

"Adamımızın Bay Miles tarafından keşfedilmemesi lazım."

"Elbette."

"Bu durumu zorlaştırır."

"Belki daha sonra raporlarınızı ona gösterebilirim. Bilmiyorum."

"Evde yaşayanlarla ilgili bana bilgi verebilir misiniz? Bir hizmetçi var mı?"

"Evet."

"Yaşı?"

"Bilemeyeceğim. Otuz sekiz mi ne?"

"Onu takip eden kimseler olup olmadığını bilmiyorsunuz herhalde."

"Hayır. Büyükannesinin adını da bilmiyorum."

Bay Savage bana sabırlı bir gülücük attı; bir an için masasından kalkıp yine elini omzuma bastıracağını sandım. "Görüyorum ki, Bay Bendrix, bu tür tahkikatlarla ilgili hiç tecrübeniz yok. Hizmetçinin konuyla çok ilgisi var. Hanımının alışkanlıklarıyla ilgili bize çok şey anlatabilir – isterse. En basit tahkikatta bile konuyla ilgili ne kadar çok şey olduğunu bilseniz şaşarsınız." O sabah bu düşüncesini kesinlikle kanıtlamıştı; küçük, kargacık burgacık elyazısıyla sayfaları doldurdu. Konuyla ilgili sorularına ara verdiğinde, "Acilen gerekli olursa, adamımın evinize gelmesine itirazınız olur mu?" diye sordu bu kez. İtirazım olmayacağını söyledim ve o an sanki olayın kendi odama kadar sirayet etmesine izin veriyormuşum gibi geldi. "Yalnız, şeye dikkat edilirse..."

"Tabii. Tabii. Anlıyorum." Anladığına da gerçekten inanmıştım. Ona, adamının varlığının eşyalar üzerindeki toz gibi olacağını ve kitaplarımı bir is gibi lekeleyeceğini söylemiş olabilirdim ve o bundan hiçbir şaşkınlık ya da rahatsızlık duymazdı. Temiz, çizgili büyük kâğıda yazmak gibi bir tutkum var: Bir sayfanın üzerindeki yağ lekesi, bir çay lekesi onu kullanılmaz hale getirir, dolayısıyla saçma bir düşünce nahoş bir ziyaretçinin gelmesi olasılığına karşı kâğıtlarımı kilitli bir yerde saklamaya sevk etti beni. "Gelmeden önce bana haber verirse daha kolay olur," dedim.

"Elbette, ama bu her zaman mümkün değil. Adresiniz, Bay Bendrix ve telefon numaranız?"

"Özel bir hat değil. Ev sahibemde paraleli var."

"Bütün adamlarım son derece ihtiyatlı davranır. Raporları haftalık mı istersiniz, yoksa sadece araştırmanın sonucunu öğrenmeyi mi tercih edersiniz?"

"Haftalık olsun. Hiç sonuçlanmayabilir de. Muhtemelen bulunacak bir şey yok."

"Çok defa doktorunuza gidip de hiçbir şeyiniz olmadığını öğrendiğiniz oldu mu? Bakın Bay Bendrix, bir adamın hizmetimize ihtiyaç duymuş olması, neredeyse kaçınılmaz olarak rapor edilecek bir şeyler bulunduğu anlamına gelir."

Sanırım Bay Savage ile iş yaptığım için şanslıydım. Kendi mesleğinden kişiler arasında ehvenişer olduğu söylenerek tavsiye edilmişti, yine de kendinden eminliğinden hiç hazzetmemiştim. Üzerinde düşünecek olursanız, masumları izlemek pek de saygın bir iş değil, zira âşıklar hemen hemen her zaman masum değil midir? Hiçbir suç işlememişlerdir, kendi kafalarınca –eski klişe dillerinde hazırdır– "kendimden başka hiç kimseyi incitmediği sürece" hiçbir yanlış yapmadıklarından emindirler, ayrıca aşk her şeyi affeder – böyle inanırlar, ben de âşık olduğum günlerde öyle inanırdım.

Ücret konusuna geldiğimizde, Bay Savage şaşırtıcı ölçüde ılımlıydı: Günde üç gine artı masraflar, "onaylandığı takdirde tabii". Bunları bana "tek tük kahve, işte, zaman zaman da adamımız bir içki içmek durumunda kalabilir," şeklinde açıkladı. Viskiyi onaylamamakla ilgili kötü bir şaka yaptım ama Bay Savage espriyi anlamadı. "Bir iş vardı," dedi bana, "bir aylık bir araştırma doğru zamanda içilen bir duble içkiyle çözüme kavuşmuştu – müşterimin viski için ödediği en düşük bedeldi." Bazı müşterilerinin günlük ödeme yapmayı tercih ettiklerini söyledi, ama ben haftalık ödeme yaparsam memnun olacağımı bildirdim.

Her şey çok hızlı olup bitmişti: Çıkıp Vigo Sokağı'na adım attığımda Bay Savage bunun er ya da geç bütün erkeklerin başına gelen türden bir danışma olduğuna beni neredeyse ikna etmişti.

III

"Bana söyleyebileceğiniz, konuyla alakalı olabilecek herhangi bir şey varsa," dediğini hatırlıyorum Bay Savage'ın – bir dedektif de doğru ipucunu bulana kadar değersiz malzemeyi toplamayı bir romancı kadar önemsemelidir. Ama ne zordur o toplama işi – asıl meselenin ortaya çıkarılması. Dışımızdaki dünyanın muazzam baskısı üzerimizde *peine forte et dure** gibi bir yüktür. Şimdi kendi hikâyemi yazmaya gelecek olursak problem yine aynı, ama daha kötü – çok daha fazla unsur var, bir şey uydurmama gerek yok. İnsan

* Sert ve acımasız ceza. İngiliz hukukunda en az bir yıl hapis cezası gerektiren bir suç işleyip sessiz kalan, suçu ne reddeden ne de kabul edenlere verilen ceza. (ç.n.)

karakterini bu yoğun manzaradan –günlük gazete, günlük yemek, Battersea'ye doğru ağır ağır akan trafik, Thames'dan ekmek aramaya gelen martılar ve çocukların yelkenlilerini yüzdürdüğü parkın üzerinde parıldayan 1939 yılının yazının başlangıcı – savaş öncesinin o lanetli güneşli yazlarından birinden nasıl söküp atabilirim? Üzerinde yeterince düşünseydim, Henry'nin verdiği partide Sarah'nın sonraki sevgilisini tespit edebilir miydim diye merak ettim. İspanya'daki savaş yüzünden Güney Afrika'nın kötü tatlı şarabını içerken birbirimizi ilk kez gördük. Sarah'yı fark etme sebebim, sanırım, mutlu olmasıydı; o yıllarda mutluluk duygusu epeydir yaklaşmakta olan fırtınanın etkisiyle yok olmaktaydı. Bu duyguyu sarhoşlarda, çocuklarda ve çok nadir başka yerlerde görebilirdiniz. Ondan hemen hoşlandım çünkü kitaplarımı okuduğunu söyleyip konuyu orada bıraktı – birdenbire bir yazar olarak değil bir insan olarak muamele gördüğümü fark ettim. Ona âşık olmakla ilgili herhangi bir şey yoktu kafamda. Her şeyden önce güzeldi ve güzel kadınlar aynı zamanda zekiyseler bende çok derin bir aşağılık duygusu uyandırırlar. Psikologlar henüz Cophetua kompleksini* tanımladılar mı bilmiyorum ama benim için zihinsel ya da fiziksel bir üstünlük duygusu olmadan cinsel arzu duymak her zaman zor olmuştur. O ilk karşılaşmada onun hakkında tek fark ettiğim güzelliği, mutluluğu ve insanlara, onları seviyormuş gibi elleriyle dokunmasıydı. Bana yönelik "Görünüşe bakılırsa birçok insandan hoşlanmıyorsunuz," diye başladığı cümle dışında söylediği tek bir şeyi hatırlıyorum yalnızca. Belki de diğer yazarlar hakkında küstahça konuşmuşumdur. Hatırlamıyorum.

---

* Kral Cophetua, kadınlarla hiç ilgilenmeyen Afrikalı efsanevi bir kraldır, ta ki bir gün baştan aşağı griler giymiş çıplak ayaklı bir dilenci kız görünceye kadar. Kıza âşık olur ve onu kraliçesi yapar. Edward Burne-Jones'un bir tablosunda resmettiği bu efsaneye, altsınıftan kadınlara cinsel arzu duyulmasını "Cophetua Kompleksi" diye tanımlayarak açıkça ilk kez Graham Greene atıfta bulunmuştur. (ç.n.)

O nasıl bir yazdı öyle. Hangi ay olduğunu tam olarak söylemek için uğraşmayacağım – büyük acılar çekerek hafızamı zorlamam gerekiyor, ama çok fazla kötü şarap içtikten sonra, sıcak ve kalabalık odadan ayrıldığımı ve Common'da Henry ile birlikte yürüdüğümü hatırlıyorum. Güneş ışıkları Common'ın üzerine yatay düşüyordu ve çimler bundan dolayı soluk görünüyordu. Uzaklarda görülen evler Victoria modeli evlerdi; kusursuz çizilmiş, küçük ve sessizdiler; yalnızca çok çok uzakta bir çocuk ağlıyordu. On sekizinci yüzyıl kilisesi bir çim adasının ortasında oyuncak gibi duruyordu – karanlıkta, değişmeyen kuru havada dışarıda bırakılabilen oyuncak. Bir yabancıya içinizi açtığınız bir saatti.

"Hepimiz ne kadar mutlu olabilirdik," dedi Henry.

"Evet."

Kendi partisinden ayrılmış, gözünde yaşlarla orada, Common'da dururken ona karşı çok büyük bir sevgi hissettim. "Çok güzel bir evin var," dedim.

"Karım buldu burayı."

Adamla henüz bir hafta önce tanışmıştım – bir başka partide; o günlerde Emeklilik Bakanlığı'ndaydı ve roman için materyal toplamak uğruna yapışmıştım yakasına. İki gün sonra kart geldi. Daha sonra öğrendim ki göndermesini Sarah sağlamış. "Uzun zaman oldu mu evleneli?" diye sordum ona.

"On yıl."

"Karın çok güzelmiş."

"Bana çok yardımı oluyor," dedi. Zavallı Henry. Ama neden Zavallı Henry diyorum ki? Sonuçta kazanan kartlara sahip olan o değil miydi – nezaket, alçakgönüllülük ve güven kartları.

"Geri dönmeliyim," dedi. "Her şeyi ona bırakmamalıyım, Bendrix." Sanki birbirimizi bir yıldır tanıyormuşuz gibi elini koluma koydu. Bu jesti karısından mı öğrenmişti? Evli insanlar giderek birbirlerine benzer. Yan yana yürüyerek geri döndük; salonun kapısını açtığımızda, bir kuytudaki iki kişinin sanki öpüşürken ayrıldığını aynadan gördüm – biri Sarah'ydı. Henry'ye baktım.

Ya görmemişti ya da umursamıyordu – aksi takdirde, çok mutsuz bir adam olmalı, diye düşündüm.

Bay Savage bu sahnenin vakayla alakalı olduğunu düşünür müydü? Daha sonra öğrendim ki, onu öpen kişi bir âşığı değilmiş; karısı bir hafta önce anasının gözü bir denizciyle kaçan, Henry'nin Emeklilik Bakanlığı'ndan bir iş arkadaşıymış. O adamla o gün ilk defa karşılaşmış ve benim bu kadar kesinkes dışarıda bırakılmış olduğum sahnenin hâlâ bir parçası olması mümkün görünmüyor. Aşk mutlu sona varacak kadar sürmez.

Geçmiş zamanı kurcalamamak isterdim çünkü 1939 yılıyla ilgili yazdıkça bütün nefretimin geri döndüğünü hissediyorum. Nefret aşkla aynı salgıbezlerini harekete geçiriyor sanki; hatta aynı eylemleri yaptırıyor. İsa'nın Çilesi hikâyesini nasıl yorumlayacağımız bize öğretilmeseydi, İsa'yı aşkla sevenin kıskanç Yahuda mı, yoksa korkak Petrus mu olduğunu sadece eylemlerinden anlayabilir miydik?

IV

Bay Savage'ın oradan eve döndüğümde ev sahibem bana Bayan Miles'ın telefonda olduğunu söyledi; ön kapının kapandığını ve onun adımının sofaya bastığını duyduğum zamanlardaki coşkulu sevinci hissettim. Birkaç gün önce beni görmesinin elbette aşkı değil ama bir duyguyu, üzerinde çalışabileceğim bir anıyı uyandırmış olabileceği yolunda çılgınca bir ümidim vardı. O anda bana öyle geldi ki, ona bir kez daha sahip olabilirsem –ancak hızlı, kabaca ve tatminsizce– yeniden huzura kavuşacaktım; onu organizmamdan temizleyecektim ve sonra onu terk edecektim, o beni değil.

On sekiz aylık sessizlikten sonra o numarayı çevirmek tuhaftı: Macaulay 7753, son rakamından emin olamadığım için bu numarayı rehberimde aramak zorunda olmam ayrıca tuhaftı. Telefonun çalma sesini dinleyerek oturdum ve Henry bakanlıktan döndüyse ve telefonu o açarsa ne diyeceğimi düşündüm. Ama sonra gerçeğin artık hiçbir sakıncasının olmadığını fark ettim. Yalanlar beni terk etmişti ve sanki onlar benim tek arkadaşımmış gibi yalnız hissediyordum kendimi.

İyi eğitimli bir hizmetçinin sesi numarayı kulak zarımın içine tekrarladı. "Bayan Miles evde mi?" dedim.

"Bayan Miles?"

"Macaulay 7753 değil mi?"

"Evet."

"Bayan Miles'la görüşmek istiyorum."

"Yanlış numara," dedi ve telefonu kapattı. Zamanla küçük şeylerin de değiştiğini daha önce hiç düşünmemiştim.

Miles'ı rehberde aradım ama eski numara hâlâ oradaydı; geçerliliği sona ereli bir yıldan fazla olmuş eski bir rehberdi. Tam santralı arayıp soracaktım ki telefon yine çaldı ve bu defa Sarah'nın kendisiydi. Biraz utanarak, "Sen misin?" dedi. Beni hiçbir isimle çağırmamıştı ve şimdi eski sevgi sözcükleri olmayınca ne diyeceğini şaşırmıştı. "Bendrix ben," dedim.

"Sarah ben. Mesajımı almadın mı?"

"Ah, ben de seni arayacaktım ama bir yazıyı bitirmem lazımdı. Bu arada, artık bende telefon numaran yok sanırım. Rehberdedir herhalde?"

"Hayır. Henüz değil. Değiştirdik. Macaulay 6204. Sana bir şey sormak istiyordum."

"Evet."

"Korkunç bir şey değil. Seninle öğlen yemeği yemek istiyorum, hepsi bu."

"Elbette. Memnun olurum. Ne zaman?"

"Yarın gelebilir misin?"

"Hayır. Yarın olmaz. Dedim ya, şu yazıyı..."

"Çarşamba?"

"Perşembe olur mu?"

"Olur," dedi, bense ağızdan bir çırpıda çıkan bu sözü neredeyse bir hüsran olarak algılayabilirdim – kibrimiz bizi böyle aldatıyor işte.

"Öyleyse saat birde Café Royal'de buluşuruz."

"Çok naziksin," dedi ve sesinden samimi olduğunu anlıyordum. "Perşembe görüşürüz."

"Perşembe görüşürüz."

Elimde telefonun ahizesiyle oturdum ve kimsenin tanımak istemediği çirkin ve aptal bir adam gibi nefrete baktım. Numarasını çevirdim, telefonun yanından ayrılmaya zaman bulamadan onu yakalamış olmalıyım ve dedim ki, "Sarah. Yarın olur. Bir şey unutmuştum. Aynı yerde. Aynı saatte." Ve parmaklarım sessiz cihazın üzerinde, buluşmayı iple çekerek, oturdum. Kendi kendime düşündüm: Hatırlıyorum. Umut böyle bir şey işte.

V

Gazeteyi masanın üzerine dümdüz serdim ve aynı sayfayı tekrar tekrar okudum çünkü kapı girişine bakmayacaktım. İnsanlar sürekli olarak içeri giriyordu ve ben başını aşağı yukarı oynatarak aptalca bir beklenti içinde olduğunu belli edenlerden olmayacaktım. Hepimizin, kendimizin bu kadar hayal kırıklığına kapılmasına izin verecek ne beklentisi var ki? Akşam gazetesinde her zamanki cinayet haberleri ve şeker karnesiyle ilgili bir parlamento tartışması vardı ve şu anda Sarah beş dakika gecikmişti. Şanssızlığıma bakın ki beni saatime bakarken yakalamıştı. "Özür dilerim. Otobüsle geldim ve trafik çok kötüydü," diyen sesini duydum.

"Metro daha hızlı," dedim.

"Biliyorum ama hızlı gelmek istemedim."

Çoğu kez gerçeği söyleyerek beni şaşkına döndürürdü. Âşık olduğumuz o günlerde, ona gerçekten daha fazlasını söyletmeye çalışırdım – ilişkimizin asla bitmeyeceği, bir gün evleneceğimiz gibi. Ona inanmazdım ama ağzından o kelimeleri duymak, belki de sadece bana bunları bizzat reddetme zevkini tattıracağı için, hoşuma giderdi. Ama o ...mış gibi yapma oyununu asla oynamadı, sonra da birdenbire, beklenmedik bir biçimde öyle tatlılık ve rahatlıkla bir laf ederdi ki gardımı yıkıverirdi... Bir keresinde ben onun bir gün ilişkimizin biteceğine dair sakin varsayımı yüzünden mutsuzken, "Asla ama asla bir erkeği seni sevdiğim gibi sevmedim ve bir daha da sevmeyeceğim," dediğini inanılmaz bir mutlulukla hatırlıyorum. Elbette, bilmiyordu, diye düşündüm, ama o da aynı ...mış gibi yapma oyununu oynuyordu.

Yanıma oturdu ve bir bardak lager* istedi. "Rules'da bir masa ayırttım," dedim.

"Burada kalamaz mıyız?"

"Eskiden hep gittiğimiz yer."

"Evet."

Belki de hareketlerimiz gergin görünüyordu çünkü fazla uzak olmayan bir koltukta oturan ufak tefek bir adamın dikkatini çektiğimizi fark ettim. Onu bakışlarımla yıldırmaya çalıştım ve hiç zorlanmadım. Uzun bir bıyığı ve sürmeli gözleri vardı ve telaşla bakışlarını kaçırdı; dirseği bira bardağına çarparak yere devirdi, böylece şaşkınlığa kapıldı. O zaman üzüldüm çünkü beni fotoğraflarımdan tanımış olabileceği aklıma geldi; az sayıdaki okurlarımdan biri bile olabilirdi. Yanında küçük bir çocuk oturuyordu ve bir babayı oğlunun yanında küçük düşürmek ne kadar da zalimce. Garson hızla ileri atılınca çocuk utançtan kızardı ve babası gereksiz bir hararetle özür dilemeye başladı.

"Tabii ki nerede istersen orada yemek yemelisin," dedim Sarah'ya.

"Biliyorsun, oraya bir daha hiç gitmedim."

"Doğru, hiç senin restoranın olmadı orası, değil mi?"

"Sen oraya çok gidiyor musun?"

---

* Düşük sıcaklıklarda mayalanmış bir bira türü. (ç.n.)

"Bana uygun. Haftada iki üç kez."

Birdenbire ayağa kalktı, "Hadi gidelim," dedi ve aniden bir öksürük krizine tutuldu. Küçük bedenine göre fazla büyük bir öksürük gibiydi, öyle şiddetliydi ki alnı terledi.

"Bu çok kötü."

"Yok, önemli bir şey değil, özür dilerim."

"Taksi?"

"Yürümeyi tercih ederim."

Maiden Lane'den yukarı doğru yürüyünce solda bir kapı girişi ve yerde ızgara var, birbirimizle hiç konuşmadan oradan geçtik. Henry'nin alışkanlıkları hakkında onu sorguladığım ve ilgimden hoşlandığı ilk yemekten sonra metroya giderken burada onu hayli beceriksizce öpmüştüm. Bunu neden yaptığımı bilmiyorum, aynadaki o görüntü aklıma geldiği için olabilir belki, zira onunla sevişmeye niyetim yoktu; onu tekrar aramaya bile pek niyetli değildim. Kolay elde edilebileceği düşüncesiyle beni heyecanlandıramayacak kadar güzeldi.

Oturduğumuzda, eski garsonlardan biri "Siz buraya gelmeyeli çok uzun zaman oldu, efendim," dedi ve keşke Sarah'ya yalan söylememiş olsaydım diye düşündüm.

"Ha," dedim, "bugünlerde üst katta yiyorum."

"Siz de, hanımefendi, uzun zamandır..."

"Neredeyse iki yıl oldu," dedi Sarah, bazen nefret ettiğim doğruculuğuyla.

"Ama hatırlıyorum, büyük lager severdiniz."

"İyi bir hafızan var, Alfred," dedi Sarah ve garson adının hatırlanması karşısında zevkten ışıldadı. Garsonlarla iyi geçinme becerisine her zaman sahip olmuştu bu kadın.

Gergin bir havada süren havadan sudan sohbetimiz yemekle kesildi ve Sarah neden burada olduğu konusunu ancak yemeğimizi bitirdiğimiz zaman açtı. "Benimle yemek yemeni şundan dolayı istedim," dedi. "Sana sormak istediklerim var, Henry hakkında."

"Henry hakkında?" diye tekrarladım, sesimdeki hayal kırıklığını gizlemeye çalışarak.

"Onun için endişeleniyorum. Geçen gece onu nasıl buldun? Tuhaf bir hali var mıydı?"

"Bir terslik fark etmedim," dedim.

"Senden bir ricam olacak –ah, biliyorum çok meşgulsün– ara sıra ona uğrayabilir misin diyecektim. Sanırım yalnız."

"Seninleyken mi?"

"Beni hiçbir zaman gerçek anlamda fark etmediğini biliyorsun. Yıllardan beri."

"Belki de sen yokken fark etmeye başlamıştır seni."

"Pek dışarı çıkmıyorum," dedi, "bugünlerde," diye devam ederken öksürüğü konuşmayı tam yerinde kesti. Kriz bitene kadar da nasıl devam edeceğini düşünüp taşınmıştı, gerçeği saptırmak onun tarzı değilse de. "Yeni bir kitap üzerinde mi çalışıyorsun?" diye sordu. Sanki bir yabancı konuşuyordu, insanın bir kokteyl partide tanışacağı türden bir yabancı. Güney Afrika şarabının içildiği ilk gün bile böyle bir şey söylememişti.

"Tabii ki."

"O sonuncusunu fazla sevmedim."

"Yazmak başlı başına bir mücadeleydi tam o sırada – barış geliyordu..." Barış gidiyordu da diyebilirdim pekâlâ.

"Zaman zaman o eski düşünceye döneceğinden korktum – o nefret ettiğim. Bazı erkekler yapardı."

"Bir kitabı yazmak bir senemi alıyor. Bir intikam için çok zahmetli bir iş."

"Almak zorunda olduğun intikamın ne kadar küçük olduğunu bilseydin..."

"Elbette şaka yapıyorum. Birlikte güzel zaman geçirdik, yetişkiniz, bir gün biteceğini biliyorduk. Şimdi, görüyorsun ki, dostça buluşabiliyoruz ve Henry hakkında konuşuyoruz."

Hesabı ödedim ve çıktık, caddenin yirmi metre ilerisinde o kapı girişi ve ızgara vardı. Kaldırımda durup "Sanırım Strand'e gidiyorsun?" dedim.

"Hayır, Leicester Meydanı'na."

"Ben Strand'e gidiyorum." Kapının önünde duruyordu ve sokak boştu. "Ben burada hoşça kal diyeceğim. Seni gördüğüme sevindim."

"Evet."

"Ne zaman müsait olursan ara beni."

Ona yaklaştım, ızgarayı ayaklarımın altında hissedebiliyordum. "Sarah," dedim. Kimse geliyor mu diye, zaman var mı diye bakar gibi, başını hızla öte yana çevirdi... ancak tekrar bana döndüğünde yine öksürük krizine tutuldu. Kapı girişinde iki büklüm olup öksürdü de öksürdü. Öksürükten gözleri kızardı. Kürk mantosunun içinde, köşeye kısılmış bir küçük hayvana benziyordu.

"Özür dilerim."

Sanki elimden bir şeyim alınmış gibi mahzun ve karamsar bir halde "Buna baktırmak lazım," dedim.

"Yalnızca öksürük." Elini uzattı ve "Hoşça kal... Maurice," dedi. İsim sanki bir hakaretti. "Hoşça kal," dedim ama elini sıkmadım; dönüp bakmadan, meşgulmüş ve gittiğim için rahatlamış izlenimi vermeye çalışarak hızla yürüyüp uzaklaştım, öksürüğün yeniden başladığını duyduğumda da, keşke ıslıkla bir şarkı, kaygısız, maceracı, mutlu bir şey çalabilseydim diye düşündüm, ama hiç müzik kulağım yok.

VI

Gençken insan ömür boyu süreceğine ve her türlü felakete dayanacağına inandığı çalışma alışkanlıkları geliştirir. Yirmi yıldan fazladır, haftada beş gün boyunca günde muhtemelen beş yüz kelime ortalamayı tutturdum. Bir yılda bir romanı bitirebiliyorum ve bu süreye daktilo edilmiş metni yeniden okuyup düzeltmek dahil. Her zaman çok sistemli oldum ve kotam dolduğunda, bir sahnenin ortasında bile olsa çalışmayı bırakırım. Sabah çalışması sırasında arada bir yaptıklarımı sayarım ve yazdıklarımı yüzer yüzer işaretlerim. Hiçbir matbaacının çalışmamın baskı büyüklüğünü dikkatle hesaplaması gerekmez çünkü benim daktilo edilmiş metnimin ön sayfasında rakam şöyle yazılıdır – 83,764. Gençken bir gönül macerası bile programımı değiştiremezdi. Bir gönül macerası öğle yemeğinden sonra başlamak zorundaydı ve ne kadar geç yatarsam yatayım –kendi yatağımda uyuduğum sürece– sabahki çalışmamı yeniden okur ve öylece uyurdum. Savaş bile beni pek etkilemedi. Topal bir bacak beni orduya katılmaktan muaf tuttu ve Sivil Savunma'daydım, sessiz sabah nöbetlerini hiç istemiyor olmam, birlikte çalıştığım arkadaşlarımın canına minnetti. Bunun sonucu olarak, hevesli olma konusunda haksız bir ün kazandım ama ben sadece masam, yazı kâğıtlarım, sistematik olarak, yavaş yavaş kalemin ucundan dökülen o kelime kotasına hevesliydim. Kendi kendime uyguladığım disiplinin bozulması Sarah'yla mümkün oldu. Günün ilk ışıklarıyla gelen o ilk hava akınlarının ortasındaki bombalar ve 1944'ün V1'leri* kendi elverişli gece alışkanlıklarını sürdürüyorlardı, ama çok defa Sarah'yı sadece sabahları görebiliyordum; çünkü öğleden sonraları, alışverişlerini bitirdikten sonra akşam sirenler çalana kadar birlikte vakit geçirmek ve dedikodu yapmak isteyen arkadaşlarından asla tam olarak kurtulamıyordu. Bazen kuyruk beklemeler arasında gelirdi ve manavla kasap arasında sevişirdik.

Ama o koşullar altında bile işe dönmek hayli kolaydı. İnsan mutlu olduğu sürece her türlü disipline katlanabilir; çalışma alışkanlıklarını bozan şey mutsuzluktu. Ne kadar çok münakaşa ettiğimizi, ona ne kadar çok öfkeyle bağırıp kusur bulduğumu fark etmeye başladığımda, aşkımızın ölüme mahkûm olduğunu anladım; aşk, başı ve sonu olan

---

* V1 füzesi. Uçan Bomba olarak da bilinen, II. Dünya Savaşı sırasında Almanya tarafından geliştirilen pilotsuz uçak. (ç.n.)

bir gönül macerasına dönüşmüştü. Başladığı ilk dakikayı söyleyebilirdim ve bir gün sona ereceği saati de söyleyebileceğimi anladım. Evden çıktığı zaman kendimi işe veremez olurdum; birbirimize söylediklerimizi yeniden kurardım, kendimi öfke ya da pişmanlığın içine savururdum. Biliyordum ki her seferinde ilişkinin sonunu hızlandırıyordum. Sevdiğim tek şeyi hayatımın dışına itiyor, itiyordum. Aşkın sürebildiğine inanmış gibi yaptığım sürece mutluydum – sanırım birlikte yaşamak için bile uygundum, öyle olunca da aşk sürüyordu. Ama eğer aşk ölmek zorundaysa, onun çabuk ölmesini isterdim. Aşkımız sanki tuzağa düşmüş küçük bir yaratıktı ve kan kaybından ölüyordu; gözlerimi kapatıp gırtlağını sıkmalıydım.

İşte bütün bu zaman boyunca çalışamıyordum. Bir romancının yazdıklarının çoğu, dediğim gibi, bilinçaltında gerçekleşiyor: O derinliklerde, ilk kelime kâğıt üzerinde görünmeden önce son kelime yazılıyor. Hikâyemizin detaylarını hatırlıyoruz, onları uydurmuyoruz. Savaş, bu derin deniz mağaralarını etkilemedi, ama şimdi benim için savaştan, romanımdan çok daha önemli bir şey vardı – aşkın sonu. Şimdi bunun üzerinde çalışılıyordu, bir hikâye gibi: Dudaklara öylesine kendiliğinden gelmiş gibi görünen, onu ağlatan o sivri kelime, o sualtı mağaralarında bilenmiştir. Romanım geri kaldı, ama aşkım ilham gibi sonuna kadar koşturdu.

Son kitabımı beğenmemesine şaşırmıyorum. Baştan sona isteksizce yazılmıştı, yardım almadan, hiçbir nedeni yok, sadece insan yaşamını sürdürmeli. Eleştirmenler usta işi olduğunu söylediler; eski bir tutkudan bana kalan tek şey buydu. Belki de yeni romanla tutku geri gelir, heyecan kişinin bilinci açıkken hiçbir zaman bilmediğini yeniden hatırlamasını sağlar diye düşündüm, ama Sarah'yla Rules'da yemek yedikten sonra bir hafta boyunca hiç çalışamadım. İşte yine başladı – ben, ben, ben; sanki bu Sarah'nın, Henry'nin ve tabii henüz tanımadan veya hatta inanmadan nefret ettiğim o üçüncünün değil de benim hikâyemdi.

Sabahları çalışmaya çalıştım ama yapamadım; öğle yemeğinde çok fazla içki içtiğim için öğleden sonralarım ziyan oldu; hava karardıktan sonra ışıklar kapalıyken pencerede durup dümdüz karanlık Common'ın karşı tarafındaki kuzey yakasının ışıklı pencerelerini görebiliyordum. Hava çok soğuktu ve gaz sobam sadece dibine sokulduğum zaman beni ısıtıyordu ve o zaman da yakıyordu. Birkaç kar tanesi güney yakasının lambaları önünden savruldu ve kalın nemli parmaklarını cama vurdu. Zilin çaldığını duymadım. Ev sahibem kapıya vurdu ve "Bay Parkis diye biri sizi görmek istiyor," dedi, böylece bir harfitarifle beni arayan kişinin sosyal statüsünü ifade etmiş oldu. Bu ismi hiç duymamıştım, ama kadına onu içeri almasını söyledim.

Acaba, o yumuşak bakışlı mahcup gözleri, o çoktandır modası geçmiş, havadan dolayı ıslak bıyıkları daha önce nerede görmüştüm? Sadece okuma lambamı yaktım ve miyop gibi gözlerini kısarak oraya doğru geldi; karanlıkta beni iyi göremiyordu. "Bay Bendrix mi efendim?" dedi.

"Evet."

"Adım Parkis," dedi, sanki bu bana bir şey ifade ediyormuş gibi. "Bay Savage'ın yanında çalışıyorum efendim," diye ekledi.

"Ha, evet. Oturun. Bir sigara alın."

"Ah, hayır efendim," dedi, "görevde olmaz – tabii ki gizlenme amacıyla içtiğim sigaralar hariç."

"Ama şimdi görevde değilsiniz ya?"

"Bir anlamda efendim, evet. Daha yeni rahatladım, yarım saattir raporumu yazarken. Bay Savage, raporları haftalık istediğinizi söyledi – masraflarla birlikte."

"Rapor edecek bir şey mi var?" Hissettiğim şey hayal kırıklığı mıydı, yoksa heyecan mıydı emin değildim.

"Hiç de boş sayfa sayılmaz efendim," dedi kendinden hoşnut bir tavırla ve cebinden çok sayıda kâğıt ve zarf çıkararak doğru zarfı aradı.

"Oturun. Beni rahatsız ediyorsunuz böyle."

"Nasıl isterseniz efendim." Oturunca beni biraz daha iyi görebiliyordu. "Daha önce sizinle bir yerde karşılaşmadık mı efendim?"

İlk kâğıdı zarfın içinden çıkardım; çok intizamlı bir yazıyla yazılmış masraf listesiydi ama sanki bir okul çocuğu tarafından yazılmıştı. "Çok net yazıyorsunuz," dedim.

"O benim oğlum. Onu bu işte eğitiyorum." Aceleyle ekledi: "Onun için hiçbir şey almıyorum, efendim, ona görev vermemişsem eğer, şimdiki gibi."

"Görevde, öyle mi?"

"Yalnızca ben raporumu hazırlarken, efendim."

"Kaç yaşında?"

"On iki oldu," dedi, sanki oğlu bir saatmiş gibi. "Küçükler faydalı olabiliyor ve arada bir bir çizgi roman dışında maliyetleri olmuyor. Hem kimse onları fark etmiyor. Çocuklar doğuştan avaredirler."

"Bir çocuk için tuhaf bir iş gibi."

"Ama efendim, işin asıl önemini anlamıyor. Bir yatak odasına girilmesi gerekiyorsa, onu arkada bırakıyorum."

Okudum:

18 Ocak	İki akşam gazetesi	2 peni.
	Metroyla dönüş	1/8 peni.
	Kahve, Gunter's*	2/-

Okurken beni dikkatle izliyordu. "Kahve dükkânı istemediğim ölçüde pahalıydı," dedi, "ama dikkat çekmeden gidebileceğimin en ucuzuydu."

19 Ocak	Metrolar	2/4 peni.
	Şişe bira	3/-
	Kokteyl	2/6 peni.
	Yarım litre bira	1/6 peni.

* Londra'da bir kafe. (ç.n.)

Okumamı tekrar kesti. "Bira biraz da benim kusurum, efendim, çünkü dikkatsizlik sonucu bir bardağı döktüm. Ama tam da ucuna gelmiştim, rapor edilecek bir şey vardı. Bilir misiniz, efendim, bazen haftalar boyu elimiz boş kalır, ama bu defa ikinci günde..."

Tabii ki onu hatırladım ve utanan oğlunu da. 19 Ocak tarihinin altını okudum (18 Ocak'ta sadece önemsiz hareketlerin kaydedildiğini bakar bakmaz görebilmiştim): "Söz konusu şahıs otobüsle Piccadilly Circus'a gitti. Kadın heyecanlı görünüyordu. Air Sokağı'ndan yukarı devam edip Café Royal'e gitti. Burada bir beyefendi onu bekliyordu. Ben ve oğlum..."

Beni bırakmadı. "Farkındasınızdır, efendim, elyazısı değişiyor. Özel nitelikte bir durum olursa asla oğluma rapor yazdırmıyorum."

"Ona iyi bakın," dedim.

"Oğlum ve ben yakın bir koltuğa oturduk," diye okumaya devam ettim. "Şahıs ve beyefendi belli ki çok yakındı, birbirlerine resmiyet olmadan sıcak davranıyorlardı, bir keresinde sanırım masanın altından el ele tutuştular. Bundan emin olamadım ama şahsın sol eli görünmüyordu ve beyefendinin de sağ eli öyleydi ki bu genellikle o türden bir el tutuşmaya işarettir. Kısa ve samimi bir sohbetin ardından ikisi yürüyerek müşterileri tarafından Rules olarak bilinen sessiz ve gözlerden uzak bir restorana gittiler ve masa yerine bir kanepeyi tercih ederek iki domuz pirzolası söylediler."

"Domuz pirzolası önemli mi?"

"Eğer çok sık yenirse, efendim, kimlik saptama işareti olabilir."

"Adamın kimliğini saptamadınız, öyleyse."

"Okumaya devam ederseniz, göreceksiniz efendim."

"Bu domuz pirzolalarının sipariş edildiğini gözlemlediğimde barda bir kokteyl içiyordum ama garsonların hiçbirinden ya da barın arkasındaki kadından beyefendinin kimliğini öğrenemedim. Sorularımı üstü kapalı ve kayıtsız bir tavırla dile getirdiysem de elbette merak uyandırdılar ve oradan ayrılmamın iyi olacağını düşündüm. Bununla birlikte, Vaudeville Tiyatrosu kapıcısıyla tanışıklık kurarak restoranı gözlem altına almayı başardım."

"Nasıl," diye sordum, "tanışıklık kurdunuz?"

"Bedford Head'in barında, efendim, şahısların güvenli bir şekilde domuz pirzolası siparişleriyle meşgul olduklarını görünce, daha sonra da tiyatroya dönüşte ona eşlik ettim, sahne kapısının..."

"Orayı biliyorum."

"Raporumu kısa tutmaya çalıştım, efendim, asıl gerekli olan şeylerle."

"Çok doğru."

Rapor şöyle devam ediyordu: "Yemekten sonra şahıslar birlikte Maiden Lane'den çıktılar ve bir marketin önünde ayrıldılar. Muazzam duygular altında zorlandıkları izlenimi edindim ve bana öyle geldi ki temelli ayrılıyorlardı, bu soruşturmaya yazabiliyorsam bir mutlu son diyebilirim."

Endişe içinde düşüncelerimi bir kez daha kesintiye uğrattı: "Kişisel izlenimlerimi mazur görürsünüz, değil mi?"

"Elbette."

"Benim mesleğimde bile, efendim, bazen duygularımızın harekete geçtiği oluyor, ben de *hoşlandım* hanımefendiden – bahis konusu şahıstan, yani."

"Beyefendiyi mi, yoksa bahis konusu şahsı mı izleyeceğim konusunda tereddüt ettim, ama bana verilen talimatların birincisine izin vermeyeceğine karar verdim. Bu yüzden hanımefendiyi takip ettim. Charing Cross Road'a doğru biraz yürüdü, çok tedirgin görünüyordu. Sonra dönüp Ulusal Portre Galerisi'ne girdi, ancak sadece birkaç dakika kaldı..."

"Önemli başka bir şey var mı?"

"Hayır efendim. Bence gerçekten sadece oturacak bir yer arıyordu çünkü bundan sonra bir kiliseye girdi."

"Kiliseye mi?"

"Bir Katolik kilisesi, efendim, Maiden Lane'de. Orada hepsinden bulunur. Ama dua etmek için değil, efendim. Sadece oturmak için."

"O kadarını dahi biliyorsunuz, değil mi?"

"Doğal olarak şahsı içeriye kadar takip ettim. *Hakikaten* dua eden biri gibi görünmek için birkaç sıra arkasında diz çöktüm ve inanın bana, dua etmedi efendim. Katolik değil o, değil mi efendim?"

"Hayır."

"Karanlıkta oturmak içindi efendim, sakinleşene kadar."

"Belki biriyle buluşacaktı."

"Hayır efendim, sadece üç dakika kaldı ve hiç kimseyle konuşmadı. Bana sorarsanız esaslı bir ağlamaydı istediği."

"Mümkün. Ama eller konusunda yanılıyorsunuz, Bay Parkis."

"Eller mi, efendim?"

Işık yüzüme tamamen vuracak şekilde pozisyon aldım.

"Asla ellerimizi tutacak kadar ileri gitmedik."

Artık şakamı gerçekleştirmiş olarak onun için üzüldüm – zaten çok ürkek olan birini korkutmuş olduğum için üzüldüm. Sanki aniden yara almış ve şimdi de korkudan donmuş halde ikinci bıçak darbesini bekliyor gibi ağzı hafif açık bana bakıyordu. "Herhalde bu türden hatalar çok sık oluyordur, Bay Parkis. Bay Savage bizi tanıştırmalıydı," dedim.

"Of, olamaz efendim," dedi perişan bir halde, "ben öyle zannettim." Sonra oturduğu yerde başını eğdi ve dizlerinin üzerinde duran şapkasına bakarak oturdu. Onu neşelendirmeye çalıştım. "Önemli değil," dedim. "Dışarıdan bakınca, gerçekten çok komik."

"Ama ben içerideyim, efendim," dedi. Şapkasını çevirdi ve dışarıdaki meydan gibi nemli ve kasvetli bir sesle devam etti: "Dert ettiğim Bay Savage değil, efendim. Meslekte karşınıza çıkabilecek en anlayışlı adamdır o – dert ettiğim oğlum. Beni gözünde çok büyüterek başladı." Mutsuzluğunun derinliklerinden onaylamaksızın ve korkarak bir gülümseme çekip çıkardı. "Ne tarz şeyler okuduklarını bilirsiniz, efendim. Nick Carter'lar* ve benzeri şeyler."

"Bunu bilmek zorunda mı?"

"Doğrudan doğruya bir çocukla oynamak durumundasınız, efendim ve o da mutlaka sorular soracaktır. Nasıl takip ettiğimi bilmek isteyecek – öğrendiği şey bu, takip etmek."

"Ona benim adamın kim olduğunu çıkardığımı söyleyemez misiniz – sadece bunu ve artık ilgilenmediğimi?"

"Bunu söylemeniz büyük nezaket efendim, ama her türlü ihtimali göz önünde bulundurmalısınız. Bunu, oğluma bile yapmam demiyorum ama araştırma esnasında bir gün sizinle karşılaşırsa ne düşünecek?"

"Buna gerek yok."

"Ama bu pekâlâ olabilir, efendim."

"Bu defa neden onu evde bırakmıyorsunuz?"

"Bu işleri daha da berbat eder, efendim. Annesi yok ve okulu tatil, ben de tatillerinde her zaman onu eğitme işini üstlendim – Bay Savage'ın tam onayıyla. Hayır. Bu sefer kendimi gülünç duruma düşürdüm ve buna göğüs germek zorundayım. Keşke o bu kadar çok ciddi olmasaydı, efendim, ama ben bir gaf yaptığım zaman gücüne gidiyor. Bir gün Bay Prentice –Bay Savage'ın yardımcısı, epey sert bir adamdır efendim– çocuğun duyacağı şekilde, 'Bu yaptığın kaçıncı gaf Parkis,' dedi. Çocuğun gözünü ilk açan şey buydu." İnanılmaz bir kararlılık havasıyla ayağa kalktı (bir başka erkeğin cesaretini ölçmek ne haddimize) ve "Sizi meşgul ediyorum efendim, *kendi* problemlerimi anlatarak," dedi.

"Keyif aldım, Bay Parkis," dedim alaycı olmadan. "Endişelenmeyin. Oğlunuz size çekmiş olmalı."

"Annesinin zekâsına sahip, efendim," dedi üzgün bir halde. "Acele etmeliyim. Dışarısı soğuk, gerçi buraya gelmeden

---

* 1930'lu yılların sonunda filmlere, radyo skeçlerine konu olan özel dedektif öykülerinin kurgusal karakteri. (ç.n.)

önce ona korunaklı güzel bir yer buldum. Ama öyle meraklı ki onun kuru kalacağına güvenmiyorum. Sizce sakıncası yoksa masrafları imzalar mısınız, efendim, eğer onaylıyorsanız?"

İnce pardösüsü yukarı ve şapkası aşağı dönmüş halde onu penceremden izledim; kar daha da bastırmıştı ve daha üçüncü lambanın altında, çamur izleri görünen küçük bir kardan adama benzemişti. Şaşkınlıkla gördüm ki on dakikadır Sarah'yı ve kıskançlığımı düşünmemiştim; neredeyse bir başkasının derdini düşünecek kadar insan olmuştum.

VII

Kıskançlık veya benzeri şeylerin yalnızca arzuyla birlikte var olduğuna inanmışımdır her zaman. Eski Ahit yazarları "kıskanç bir Tanrı" diye yazmaktan hoşlanırlardı ve onlara göre insanın Tanrı'ya olan aşkını ifade etmesinin kaba ve dolambaçlı yolu buydu. Ama sanırım arzunun farklı çeşitleri var. Benim şu anki arzum aşktan daha çok nefrete yakındı ve Sarah'nın bir keresinde bana anlattıklarından dolayı Henry'nin çoktandır ona karşı fiziksel arzu duymadığına inanmak için sebeplerim var. Ama yine de bence o günlerde o da benim kadar kıskanıyordu Sarah'yı. Onun arzusu sadece bir can yoldaşıydı, ilk kez Sarah'nın mahremiyetinden dışlanmış hissediyordu kendini; kaygılı ve çaresizdi – ne olduğunu ya da ne olacağını bilmiyordu. Müthiş bir güvensizlik içinde yaşıyordu. Bu kapsamda onun durumu benimkinden daha kötüydü. Ben hiçbir şeye sahip olmamanın güvencesini yaşıyordum. O halen Sarah'nın masadaki varlığına, merdivenlerdeki ayak seslerine, kapıların açılıp kapanmasına ve yanağındaki öpücüğüne –şu anda bundan daha fazlasının olduğundan kuşkuluyum ama bu kadarı açlıktan ölen bir adam için ne kadar da fazla– sahipken, ben kaybettiklerimden daha fazlasına sahip olamazdım. Belki de durumu daha da kötüleştiren, onun bir zamanlar, benim asla sahip olmadığım güven duygusuna sahip olmasıydı. İşe bakın ki, Bay Parkis Common'ın karşısından döndüğü anda Sarah ile benim bir zamanlar sevgili olduğumuzu bile bilmiyordu. Ben o kelimeyi yazdığımda ise beynim iradem dışında karşı konulmaz biçimde acının başladığı o noktaya geri dönüyor.

Maiden Lane'deki beceriksiz öpücükten sonra ben Sarah'yı arayana kadar bütün bir hafta geçti. Yemekte, Henry'nin sinemayı sevmediğini ve bu yüzden çok nadir gittiğini söylemişti. Warner'da kitaplarımdan birinin filmini gösteriyorlardı ve böylece kısmen "gösteriş yapmak" için, kısmen o öpücüğün nezaket gereği bir şekilde devamının gelmesinin gerektiğini düşündüğümden, kısmen de bir devlet memurunun evlilik yaşamıyla hâlâ ilgilendiğimden, Sarah'ya benimle birlikte gelmesini teklif ettim. "Herhalde Henry'yi de çağırmak işe yaramaz?"

"Asla," dedi.

"Çıkışta bizimle yemekte buluşsa?"

"Eve bir sürü iş getiriyor. Sefil bir Liberal gelecek hafta meclise dullarla ilgili bir soru önergesi veriyor." Yani bu Liberalin –sanırım Lewis adlı Galli bir adamdı– o gece yatağımızı hazırladığı söylenebilirdi.

Film iyi bir film değildi ve benim için son derece gerçek yaşanmış durumların yer yer çarpıtılarak beyazperdenin hazır klişelerine dönüşmüş olmasını görmek son derece acı vericiydi. Sarah'yla başka bir şeye gitmiş olmayı dilerdim. En başında ona, "Biliyor musun benim yazdığım şey bu değil," diyordum ama bunu sürekli söyleyemedim. Eliyle bana anlayışlı bir şekilde dokundu ve o andan sonra çocuklar ve âşıkların yaptığı gibi ellerimiz masumca kenetlenmiş olarak oturduk. Birdenbire ve beklenmedik bir şekilde, yalnızca birkaç dakikalığına, film gerçeğe dönüştü. Bunun benim hikâyem olduğunu ve bir zamanlar benim diyaloğum olduğunu unuttum ve ucuz bir restoranda geçen küçük bir sahneden gerçekten etkilendim. Âşık soğanlı biftek sipariş etmişti ve kız bir an için soğan yemeye tereddüt etti çünkü kocası kokusunu sevmiyordu, âşık incindi ve öfkelendi çünkü bu tereddüdün altında yatan nedeni anlamıştı, bu da eve dönüşündeki kaçınılmaz sarılmayı getirdi aklına. Sahne başarılıydı: Tutku hissini sözlü ya da fiili herhangi bir hitabet olmadan sıradan basit bir bölümle aktarmak istemiştim ve işe yaramıştı. Birkaç saniyeliğine mutluydum – yazmak buydu işte: Dünyada başka hiçbir şeyle ilgilenmiyordum. Eve dönüp o sahneyi yeniden okumak istiyordum; yeni bir şey üzerinde çalışmak istiyordum; Sarah Miles'ı yemeğe davet etmemiş olmayı diledim, öyle diledim ki bunu.

Sonrasında –yine Rules'daydık ve bifteklerimizi henüz servis etmemişlerdi– Sarah dedi ki: "Senin *yazdığın* bir sahne vardı."

"Soğanla ilgili olan mı?"

"Evet." Tam da o sırada masaya bir tabak soğan konuldu. Ona dedim ki –o akşam onu arzulamak aklımın ucundan bile geçmemişti– "Ya Henry'nin soğana itirazı var mı?"

"Evet. Tahammül edemez. Sen sever misin?"

"Evet." Soğan tabağını bana uzattı, sonra kendi de aldı.

Bir tabak soğan sayesinde âşık olunur mu? Mümkün görünmüyor ama ben tam o anda âşık olduğuma yemin edebilirim. Elbette sadece soğan değildi neden – o aniden ortaya çıkan, onun kendine has bir kadın olduğuna ve sonradan beni birçok defa mutlu ve mutsuz edecek bir içtenliğe sahip olduğuna dair bir sezgiydi. Elimi örtünün altına soktum ve dizinin üstüne koydum, onun eli de uzandı ve elimi tuttu. "Biftek güzelmiş," dedim ve onun cevabı şiir gibi geldi: "Yediklerimin en güzeli."

Ne elde etmeye çalışma ne de baştan çıkarma vardı. Nefis bifteklerimizin yarısını tabakta bıraktık, kırmızı şarabın da üçte biri şişede kaldı ve Maiden Lane'e aklımızdan aynı şeyi geçirerek çıktık. Aşağı yukarı öncekiyle aynı noktada, kapı girişiyle ızgaranın yanında, öpüştük. "Ben âşık oldum," dedim.

"Ben de."

"Eve gidemeyiz."

"Hayır."

Charing Cross istasyonunun oradan bir taksiye bindik ve şoföre bizi Arbuckle* Bulvarı'na götürmesini söyledim – eskiden Paddington İstasyonu yanı başında uzanan ve Ritz, Carlton ve benzeri lüks isimleri olan sıra sıra otellerin bulunduğu Eastbourne Terrace'a taksi şoförlerinin kendi aralarında verdikleri isimdi bu. Bu otellerin kapıları her zaman açıktı ve günün hangi saati olursa olsun bir iki saatliğine bir oda tutabilirdiniz. Bir hafta önce bir kez daha gitmiştim terasa**. Yarısı yıkılmıştı – otellerin olduğu yarısı ise bombalardan yerle bir olmuştu ve o gece seviştiğimiz yer hiç yoktan iyiydi. Daha önce Bristol Oteli'nin bulunduğu yerdi; koridordaki saksıda bir eğreltiotu vardı ve mavi saçlı bir müdire bizi en iyi odaya götürmüştü: Yaldız boyalı çift kişilik büyük karyola, kırmızı kadife perdeler ve boy aynasının bulunduğu gerçek bir Edward stili oda. (Arbuckle Bulvarı'na gelen insanlar çift kişilik karyolaya hiç ihtiyaç duymazdı.) Önemsiz ayrıntıları çok iyi hatırlıyorum: Müdirenin bana gece kalacak mıyız diye sorduğunu, odanın kısacık bir kullanım için on beş şilin tuttuğunu, elektrikli sayacın yalnızca şilin kabul ettiğini ve ikimizde de bir şilin bile olmadığını, ama başka hiçbir şey hatırlamıyorum – ilk seferinde Sarah'nın nasıl göründüğü ya da, ikimizin de heyecanlı olduğumuz ve kötü seviştiğimiz hariç, ne yaptığımızı. Bunun önemi yoktu. Başlamıştık – önemli olan buydu. Önümüzde sabırsızlıkla beklediğimiz koskoca bir hayat

* Argoda, "abazan". Taksiciler, lüks otellerin bulunduğu caddeye "Abazanlar Bulvarı" diyebileceğimiz bir isim takmış. (ç.n.)

** Eastborne Terrace, teras şeklinde yan yana dizilmiş, önlerinde boşluk bulunan binalardan oluştuğu için buraya kısaca "teras" da deniyor. (ç.n.)

vardı. Ah, her zaman hatırladığım bir başka şey daha vardı. Odamızın (yarım saatte "odamız" olmuştu) kapısında onu tekrar öptüğümde ve onun eve Henry'ye gitmesinden ne kadar nefret ettiğimi söylediğimde, demişti ki, "Dert etme. O dul kadınlarla meşguldür."

"Onun seni öpmesini düşünmekten bile nefret ediyorum," dedim.

"Öpmez. Soğandan daha çok nefret ettiği bir şey yok."

Onu Common'daki evinin kendine ait bölümüne kadar götürdüm. Henry'nin çalışma odasının ışığı kapısının altından görünüyordu ve biz üst kata çıktık. Sofada ellerimiz birbirimizin vücutlarında, ayrılamıyorduk. "Yukarıya gelebilir," dedim, "her an."

"Onu duyarız," dedi ve korkutucu bir açıklıkla ekledi: "Her zaman gıcırdayan bir basamak var."

Paltomu çıkaracak zamanım yoktu. Öpüştük, basamağın gıcırtısını duyduk ve Henry içeri girdiğinde Sarah'nın yüzündeki sakinliği üzülerek izledim. "Yukarı gelip bize içki ikram edersin diye umuyorduk," dedi.

"Elbette," dedi Henry. "Ne alırsın Bendrix?" Ben içmeyeceğimi söyledim; yapacak işim vardı.

"Geceleri hiç çalışmadığını söylemiştin sanırım."

"Ah, bu sayılmaz. Yazdıklarımı bir daha gözden geçireceğim."

"İlginç bir kitap mı?"

"Pek değil."

"Keşke bende de olsaydı – sendeki bir şeyleri kâğıda dökme gücü."

Sarah beni kapıya kadar geçirdi ve yine öpüştük. O an sevdiğim Sarah değil Henry'di. Sanki geçmişteki ve gelecekteki bütün erkeklerin gölgesi o ana düşmüştü. "Sorun nedir?" diye sordu. Bir öpücüğün arkasındaki anlamı, beyindeki fısıltıyı okumak konusunda her zaman hızlıydı.

"Hiçbir şey," dedim. "Sabah seni ararım."

"Ben seni arasam daha iyi," dedi ve ben tedbir, diye düşündüm; tedbir, böyle bir ilişkiyi nasıl idare edeceğini ne kadar iyi biliyor ve tekrar basamağı hatırladım; her zaman –kullandığı ifade "her zaman"dı– gıcırdayan.

İKİNCİ KİTAP

I

Mutsuzluk duygusunu aktarmak mutluluk duygusunu aktarmaktan çok daha kolaydır. Mutsuzken kendi varlığımızın farkında görünürüz, korkunç bir benlikçilik şeklinde olsa bile: Benim bu acım kişiseldir, bu gerilen sinir bana aittir, başkasına değil. Ama mutluluk bizi mahveder, kimliğimizi kaybederiz. Azizler kendi Tanrı tasavvurlarını betimlemek için insana dair sevgi sözcükleri kullanmıştır, öyleyse, sanırım, biz de bir kadına duyduğumuz aşkın yoğunluğunu ifade etmek için ibadet, meditasyon ve derin düşünce ifadelerini kullanabiliriz. Belleğimizi, aklımızı ve zekâmızı da teslim eder, ayrıca mahrumiyeti, *noche oscura*'yı* ve bazen bir tür ödül olarak huzuru da yaşarız. Aşk eyleminin kendisi küçük ölüm olarak tanımlanır ve âşıklar bazen küçük huzuru da yaşarlar. Aslında nefret ettiğime, âşıkmış gibi bu cümleleri yazıyor olmam tuhaf. Bazen kendi düşüncelerimi tanımıyorum. "Karanlık gece" ve ibadet gibi yalnızca bir tek duası olan ifadeler hakkında ne biliyorum ki? Onları bir kadının işe yaramaz giysileri, kokuları ve krem kutularına,

* Ruhun karanlık gecesi. 16. yüzyılda yaşamış İspanyol mistik ve şair Aziz Juan de la Cruz bu başlığı taşıyan şiirinde ruhun Tanrı'yla mistik birleşmeye uzanan yolculuğunu anlatır. "Ruhun Karanlık Gecesi" bugün ruhani aydınlanma öncesi yaşanan yoğun ve acılı bir deneyime, ruhsal çöküntüye, bir tür varoluş krizine gönderme yapar. (ç.n.)

ölüm dolayısıyla sahip olan bir koca gibi miras aldım, hepsi bu... Ama yine de bu huzur *vardı*...

Savaşın o ilk aylarında işte böyle düşünüyordum – sahte bir savaş ve aynı zamanda sahte bir barış mıydı? Şimdi, bütün o aylar süren belirsizlik ve bekleyişin üzerine konfor ve güvencenin kolları gerilmiş görünüyor, ama sanırım barış o zaman bile yanlış anlaşılma ve şüpheyle delinmiş olmalı. Tıpkı o ilk gece eve içimde hiçbir coşku olmadan, yalnızca bir keder ve boyun eğme duygusuyla gittiğim gibi, başka günlerde defalarca, bu durumdaki birçok erkekten sadece biri –o an için gözde âşık– olduğumdan emin olarak eve döndüm. Gece uyanır uyanmaz beynimde düşüncesini bulup uykuyu terk edecek kadar saplantılı bir şekilde âşık olduğum bu kadın bütün zamanını bana bırakmış gibiydi. Yine de hiçbir güven duyamıyordum; aşk eyleminde kendini beğenmiş olabilirim ama kırışık bir yüz ve topal bir bacak biçimindeki kuşkuyu görmek için sadece aynaya bakmam yeterliydi – neden ben? Buluşamadığımız durumlar her zaman olurdu – dişçi ya da kuaför randevuları, Henry'nin oyaladığı, ikisinin yalnız olduğu zamanlar. Henry, dulların emekli maaşları üzerinde çalışırken ya da –yakında bu görevden başka bir göreve alınacağı için– gaz maskelerinin dağıtımında ve onaylanmış mukavva kutularının dizaynında görevliyken, kendi evinde beni aldatma (bir sevgilinin egotizmiyle ben, var olmayan görev imasıyla bu kelimeyi zaten kullanıyordum) fırsatı olmadığını kendi kendime söylemenin bir yararı yoktu, zira arzular depreştiğinde en tehlikeli koşullar altında bile sevişmenin mümkün olduğunu ben bilmiyor muydum? Bir âşığın başarısıyla birlikte güvensizlik de büyüyor. Birbirimizi hemen bir sonraki sefer bir daha gördüğümüzde tam da imkânsız diyebileceğim biçimde gerçekleşti ya.

Hâlâ aklımda kalan son ihtiyatlı tavsiyesinin hüznüyle uyandım ve uyandıktan üç dakika sonra telefondaki sesi bunu dağıttı. Sadece telefonda konuşarak bütün bir ruh halini böylesine tersine çevirebilen bir kadın ondan önce ya da sonra asla tanımadım. Bir odaya geldiğinde ya da elini koluma dokundurduğunda, her ayrıldığımda kaybettiğim mutlak güveni anında var ediyordu.

"Alo," dedi, "uyuyor musun?"

"Hayır. Seni ne zaman görebilirim? Bu sabah?"

"Henry, üşütmüş. Evden çıkmayacak."

"Sen buraya gelebilseydin..."

"Telefona bakmak için evde kalmalıyım."

"Sadece üşüttüğü için mi?"

Dün gece Henry'ye karşı dostluk ve duygudaşlık hissetmiştim ama şimdiden alay edilecek, öfke duyulacak ve gizlice ezilecek bir düşmana dönüşmüştü.

"Sesini tamamen kaybetmiş."

Hastalığının saçmalığından kötü niyetli bir zevk duydum; dul aylıkları konusunda boğuk boğuk fısıldayan sesi kısılmış bir devlet memuru. "Seni görmemin bir yolu yok mu?" dedim.

"Neden olmasın."

Telefonda bir anlık sessizlik oldu ve kesildi sandım. "Alo. Alo," dedim. Ama düşünüyordu, hepsi bu, dikkatle, sükûnetle ve hızla, öyle ki bana doğru cevabı bir kerede verebilsin. "Henry'nin yatağına saat birde tepsi götürüyorum. Biz de kendi sandviçlerimizi oturma odasında yiyebiliriz. Ona senin filmle ilgili –ya da senin şu hikâyenle ilgili– konuşmaya geldiğini söylerim." O telefonu kapatır kapatmaz güven duygusuyla bağlantım koptu ve daha önce kaç kez tam da böyle planlar yapmış olabilir diye düşündüm. Evine gidip zili çaldığımda kendimi bir düşman gibi –ya da birkaç yıl sonra Parkis ve oğlunun onun hareketlerini izleyeceği gibi, onun sözlerini izleyen bir dedektif gibi– hissettim. Ama sonra kapı açıldı ve güven geri geldi.

O günlerde kimin kimi istediği asla sorulmuyordu – arzuyla birlikte oluyorduk. Henry, yünlü yeşil sabahlığı içinde iki yastığa dayanmış oturarak tepsisinden yemeğini yedi ve biz alt kattaki odada, sert tahta döşeme üzerinde destek olarak bir tek minderle ve kapıyı aralık bırakıp seviştik. O an geldiğinde, Henry üst kattan duyar korkusuyla o tuhaf hüzünlü ve ateşli kendini bırakış çığlığı duyulmasın diye elimi nazikçe ağzına kapatmam gerekti.

Sadece ondan fikir almaya niyetlenmiş olduğum düşünülürse. Yanında yere çömeldim ve izledim de izledim – sanki bu manzarayı bir daha göremeyecekmişim gibi: Parke üzerinde bir likör birikintisi gibi duran tarif edilemez bir kahverengi tonundaki saçlarını, alnındaki teri, bir yarışı bitirmiş ve şimdi zafer yorgunluğuyla yatan genç bir atlet gibi nefes nefese soluk alışını.

O sırada basamak gıcırdadı. Bir an ikimiz de kımıldamadık. Sandviçler yenmemiş, masanın üzerinde istiflenmiş duruyordu, bardaklar doldurulmamıştı. Fısıldayarak, "Alt kata indi," dedi Sarah. Bir sandalyeye oturup kucağına bir tabak ve yanına bir bardak koydu.

"Sanırım duydu," dedim, "geçerken."

"Ne olduğunu anlamaz."

İkna olmamış görünüyor olmalıydım ki Sarah duygudan yoksun bir şefkatle izah etti: "Zavallı Henry. Bu hiç olmadı – bütün on yıl boyunca hiç." Buna karşın, güvenliğimizden o kadar emin değildik, orada sessizce oturup basamak tekrar gıcırdayana kadar dinledik. Fazlaca yüksek bir sesle "O soğanlı sahneyi beğendiğine sevindim," derken sesim kendi kendime çatlak ve yapmacık geldi ve Henry kapıyı iterek açıp içeri baktı. Gri bir yünlü kumaş kılıfın içinde duran bir sıcak su torbası vardı elinde. "Merhaba, Bendrix," diye fısıldadı.

"Onu kendin almamalıydın," dedi Sarah.

"Sizi rahatsız etmek istemedim."

"Dün akşamki film hakkında konuşuyorduk."

"Umarım istediğin her şeyi almışsındır," diye fısıldadı bana. Sarah'nın benim için çıkardığı bordo şarabına bir göz attı. "Ona '29'u verseydin," diyerek derinlikten yoksun sesiyle soluk aldı ve ağır hareketlerle yine dışarı attı, biz yine baş başa kaldık.

"Kafana takıyor musun?" diye sordum ve Sarah başını hayır anlamında iki yana salladı. Tam olarak ne demek istediğimi bilmiyordum – sanırım aklımda Henry'nin görünmesinin pişmanlığa yol açmış olabileceği düşüncesi vardı ama Sarah'nın pişmanlığı ortadan kaldırmak için harika bir yöntemi vardı. Hepimizin aksine, suçluluk duygusu zihnini meşgul etmiyordu. Ona göre bir şey olmuşsa olmuştu; pişmanlık eylemle birlikte biterdi. Bizi yakalamış olsa, Henry'nin kızgınlığının bir dakikadan fazla sürmesini mantıklı bulmuyordu herhalde. Katoliklerin günah çıkarma kabininde geçmişin baskılarından arındığı her zaman söylenir – Tanrı'ya benim kadar az inansa da o açıdan kesinlikle doğuştan Katolik olarak tanımlanabilirdi. Ya da ben o zaman öyle düşünüyordum, şimdiyse bundan kuşkuluyum.

Eğer bu benim kitabım düz bir seyir izleyemiyorsa bunun nedeni bilmediğim bir bölgede kaybolmuş olmamdır; haritam yok. Bazen buraya yazdığım herhangi bir şeyin doğru olup olmadığını merak ediyorum. O öğle sonrasında bana hiç sormadan, birdenbire, "Hiç kimseyi ya da hiçbir şeyi seni sevdiğim gibi sevmedim," dediğinde tam bir güven duymuştum. Elinde yarısı yenmiş bir sandviçle o sandalyede otururken, beş dakika önce tahta döşemede yaptığı gibi kendini tamamen teslim ediyor gibiydi sanki. Çoğumuz bu denli kesin bir açıklama yapmaya çekiniriz – hatırlarız, öngörürüz ve kuşku duyarız. Onun hiç kuşkusu yoktu. Yalnızca o an önemliydi. Sonsuzluğun zamanın bir uzantısı değil zamansızlık olduğu söylenir, dolayısıyla bazen onun teslimiyeti o tuhaf matematiksel sonsuzluk noktasına; genişliği olmayan, hiçbir yer işgal etmeyen noktaya değiyor gibi geliyordu bana. Zamanın önemi neydi – tüm bir geçmiş ve zaman zaman (yine aynı kelime) tanımış olabileceği diğer erkekler, ya da içinde aynı açıklamayı aynı gerçeklik duygusuyla yapıyor olabileceği tüm bir gelecek mi? Ben de kendisini aynı şekilde sevdiğimi söyleyerek cevap verdiğimde, o değildi ama bendim yalancı, çünkü ben zaman bilincini asla kaybetmiyorum; benim için şimdiki zaman asla burada olmuyor; her zaman geçen yıl ya da gelecek hafta oluyor.

"Başka hiç kimseyi, bir daha asla," dediğinde bile yalan söylemiyordu. Zamanın içinde, matematiksel noktada var olmayan çelişkiler var. Aşk için benim sahip olduğumdan çok daha fazla kapasiteye sahipti. Her zaman o perdeyi indiremez, unutamaz ve korkmamazlık edemezdim. Aşk anında bile, henüz işlenmemiş bir suç için delil toplamaya çalışan bir polis memuru gibiydim ve yedi yılı aşkın bir süre sonra Parkis'in mektubunu açtığım zaman deliller acılarıma katılmak üzere orada, anılarımdaydı.

II

"Sayın beyefendi," diyordu mektup, "benim ve oğlumun 17 numaradaki hizmetçiyle ahbaplık kurduğumuzu rapor edebilmekten memnuniyet duyuyorum. Bu, araştırmanın daha hızlı bir şekilde ilerlemesini sağladı, çünkü ben arada bir şahsın randevu defterine gizlice bakabiliyorum ve böylece hareketleri hakkında bilgi edinebiliyorum, ayrıca şahsın çöp sepetinin içindekileri her gün kontrol edebiliyorum, size içinden ilginç bir belgeyi de ekte gönderiyor ve lütfen görüşlerinizle birlikte iade etmenizi rica ediyorum. Söz konusu şahıs ayrıca bir günlük tutuyor ve birkaç yıldır tutmuş, ama güvenliği artırmak açısından ileride dostum olarak bahsedeceğim hizmetçi, şüpheli bir ayrıntı olma ihtimali bulunan ya da bulunmayan günlüğü şahıs kilit altında tuttuğu için eline geçiremedi. Mektuba eklediğim önemli belgeden ayrı olarak, şahıs randevularını, bir paravan olarak kabul edilmesi gereken randevu defterinde tanzim edildiği şekilde yerine getirmemek için epey zaman harcıyor görünüyor. Bununla birlikte ben şahsen, tüm tarafların çıkarı açısından mutlak gerçeğin arzulandığı bu doğrultuda bir araştırmaya zayıf bir görüş ya da önyargı ile yaklaşmak istemiyorum."

Yalnızca trajedi değildir bizi yaralayan; grotesk de silah taşır, haysiyetsiz, acayip silahlar. Bay Parkis'in tutarsız, baştan savma ve işe yaramaz raporlarını kendi oğlunun yanında ağzına sokmak istediğim zamanlar olmuştu. Sanki Sarah'yı tuzağa düşürmeye çalışırken (ama ne amaçla? Henry'yi ya da kendimi incitmek için mi?) bir soytarının mahremiyetimizin ortasına yuvarlanmasına izin vermiştim. Mahremiyet. Bu kelime bile Bay Parkis'in raporları gibi kokuyor. Bir defasında, "Cedar Road 16 numarada bir mahrem ilişki gerçekleştiğine dair doğrudan delilim olmasa da şahıs kesinlikle bir aldatma niyeti gösterdi" diye yazmamış mıydı? Ama bu daha sonraydı. Onun bu raporundan sadece iki defasında Sarah'nın dişçisini ve kuaförünü ziyaret etmek için randevular not ettiğini, eğer bu randevular gerçekten alındıysa, dişçi ve kuaföre gitmediğini, takip edilmekten de kurtulduğunu öğrendim. Sonra Bay Parkis'in uçuk mor mürekkeple ucuz not kâğıdına ince Waverley stili elyazısıyla yazdığı derme çatma belgesini çevirince Sarah'nin kendi koyu renk düzgün yazısını gördüm. Neredeyse iki yıl sonra yazısını tanıyabileceğimi idrak edememiştim.

Bu sadece raporun arkasına iliştirilmiş bir kâğıt parçasıydı ve kırmızı kurşunkalemle büyük A işareti konmuştu. A'nın altına Bay Parkis, "Bütün delil belgelerinin muhtemel muameleler açısından, dosyalanmak üzere iade edilmesi önemlidir," diye yazmıştı. Kâğıt parçası atık kâğıt sepetinden kurtarılmıştı ve bir sevgilinin elinden çıkmış olabilir diye dikkatlice düzeltilmişti. Kesinlikle bir sevgiliye hitaben yazılmış olmalıydı: "Sana yazmaya ya da seninle konuşmaya gerek duymuyorum, ben konuşamadan her şeyi biliyorsun, ama insan sevince her zaman kullandığı eski yöntemleri kullanma gereği duyuyor. Daha yeni sevmeye başladığımı biliyorum, ama şimdiden sen hariç her şeyi, herkesi terk etmek istiyorum; yalnızca korku ve alışkanlık beni engelliyor. Sevgili..." Devamı yoktu. Dik dik bana bakıyordu ve ben onun bir zamanlar bana yazdığı tüm notların her satırını nasıl da unuttuğumu düşünmeden edemedim. Eğer bana olan aşkını o kadar açık itiraf ediyor olsalardı onları saklamaz mıydım ve benim saklamamdan korktuğu için o günlerde bana yazarken her zaman dikkatli olmamış mıydı, kendi ifadesiyle "satır aralarında"? Ama bu son aşk dilde kemik falan bırakmamıştı. Gözden uzak, ikisinin arasında kalmayı reddetmişti. Hatırladığım tek bir şifreli kelime vardı – "soğanlar". Yazışmalarımızda üstü örtülü olarak tutkumuzu temsil etmek üzere bu kelime serbestti. Aşk "soğanlar" haline geldi, eylemin kendisi bile "soğanlar"dı. "Şimdiden sen hariç her şeyi, herkesi terk etmek istiyorum" ve soğanları düşündüm, nefretle soğanları – benim zamanında böyleydi.

Mektup parçasının altına "yorum yok" diye yazdım, bir zarfa koydum ve zarfın üzerine Bay Parkis'in adresini yazdım, ancak gece uyandığımda her şeyi kendi kendime ezbere tekrarlayabiliyordum ve "terk etmek" kelimesi her türlü fiziksel şekle büründü. Yattığım yerde uyuyamıyordum, hatıralar birbiri ardına nefret ve arzuyla canımı acıtıyordu; saçları parke zeminde yelpaze gibi yayılmış ve basamak gıcırdıyor, kırda bir gün yoldan görünmeyen bir hendeğe uzanmışız, sert zeminde saç tutamları arasında kırağı ışıltılarını görüyordum ve tam kritik anda bir traktör zorlana zorlana geldi ve adam hiç başını çevirmedi. Nefret neden arzuyu öldürmüyor? Uyumak için her şeyi verirdim. Eğer birinin yerime geçmesi ihtimaline inansaydım bir okul çocuğu gibi davranırdım. Ama yerime geçecek birini bulmaya çalıştığım bir zaman olmuştu ve işe yaramamıştı.

Ben kıskanç bir erkeğim – sanırım, Henry'ye duyduğum kıskançlık, Sarah'ya duyduğum kıskançlık ve Bay Parkis'in acemice takip ettiği o ötekine duyduğum kıskançlık gibi uzun bir kıskançlık siciline bu sözleri yazmak, aptalca görünüyor. Şimdi bütün bunlar geçmişe aitken, Henry'ye karşı ancak hatıralar bilhassa canlandığında kıskançlık duyuyorum (çünkü yemin ediyorum ki biz evlenmiş olsaydık, Sarah'nın sadakati ve benim arzumla, ömür boyu mutlu olabilirdik) ama benim rakibime olan kıskançlığım hâlâ duruyor – "rakibim", her zaman tadını çıkardığı o dayanılmaz kendinden hoşnutluğu, güveni ve başarıyı ifade etmeye büyük ölçüde yetersiz aşırı duygusal bir kelime. Bazen Henry'nin beni fotoğrafın bir parçası olarak bile kabul etmeyeceğini düşünüyorum ve dikkati üzerime çekmek, "Beni görmezden gelemezsin. Ben buradayım. Daha sonra ne olduysa oldu, Sarah o zaman beni sevdi," diye kulağına bağırmak için çok büyük bir arzu duyuyorum.

Sarah ve ben kıskançlık üzerine uzun tartışmalar yapardık. Yeri geldikçe bana açık açık anlattığı geçmişini bile kıskanıyordum – (muhtemelen Henry'nin ne yazık ki uyandırmayı başaramadığı o son kasılmayı bulmak için o bilinçdışı arzu dışında) hiçbir anlamı olmayan maceralar. Henry'ye olduğu kadar âşıklarına da sadıktı ama beni biraz rahatlatması gereken şey (hiç şüphesiz bana da sadık olmuştur) beni kızdırıyordu. Sırf gerçek olduğuna inanmayı reddederek kızmama güldüğü bir an olmuştu, tıpkı kendi güzelliğine inanmayı reddettiği gibi ve benim geçmişimi ya da muhtemel geleceğimi kıskanmayı reddettiği için ben bir o kadar daha kızmıştım. Aşkın benimkinden başka bir biçime girebileceğine inanmayı reddediyordum; aşkı kendi kıskançlığım ölçüsünde değerlendiriyordum ve bu standartla tabii ki o beni hiç sevemezdi.

Tartışmalar her zaman aynı biçimde seyrederdi ve ben sadece belli bir tanesini anlatıyorum çünkü o defa tartışma eylemle bitmişti – ne zaman yazmaya başlasam eninde sonunda mutlaka ortaya çıkan bu şüphe, belki de onun haklı ve benim haksız olduğum duygusu hariç, hiçbir yere varmayan aptalca bir eylem.

Öfkeyle "Bu senin eski frijitliğinden kalma bir şey. Frijit bir kadın asla kıskanç değildir, sıradan insan duygularının seviyesine bile ulaşamamışsın, o kadar," dediğimi hatırlıyorum.

Herhangi bir karşı fikir öne sürmemesi beni kızdırmıştı. "Haklı olabilirsin. Ben sadece senin mutlu olmanı istediğimi söylüyorum. Senin mutsuz olmandan nefret ediyorum. Kendini mutlu etmek için yaptığın hiçbir şeye itirazım yok."

"Sen sadece bahane arıyorsun. Ben bir başkasıyla birlikte olursam, sen de aynı şeyi yapabileceğini hissediyorsun – her istediğinde."

"Bunun konuyla ilgisi yok. Ben senin mutlu olmanı istiyorum, hepsi bu."

"Benim için yatağımı yapar mıydın?"

"Belki."

Güvensizlik âşıkların hissettiği en kötü duygudur; bazen en monoton, arzu edilmeyen evlilik bile daha iyi görünür. Güvensizlik anlamları çarpıtır, güveni zehirler. Sımsıkı kuşatılmış bir şehirde her nöbetçi potansiyel bir haindir. Bay Parkis'li günlerden önce bile onu kontrol etmeye çalışıyordum; onu küçük yalanlar söylerken, benden korkması dışında hiçbir anlamı olmayan bir şeylerden sakınırken yakalıyordum. Her yalanı büyütüp ihanete dönüştürüyordum ve en açık ifadelerinde bile gizli manalar arıyordum. Çünkü onun başka bir erkeğe dokunması düşüncesine bile dayanamıyordum, sürekli bundan korkuyordum ve elinin en sıradan hareketinde bile cinsellik görüyordum.

"Sen benim bedbaht olacağıma mutlu olmamı istemez miydin?" diye dayanılmaz bir mantıkla sordu.

"Seni bir başka erkekle görmektense ölmeyi ya da senin öldüğünü görmeyi tercih ederim," dedim. "Eksantrik değilim. Sıradan insan aşkı bu. İstediğin kişiye sor. Hepsi aynı şeyi söyler – âşık oldularsa tabii." Ona laf dokundurdum. "Seven herkes kıskançtır."

Benim odamdaydık. Günün güvenli bir saatinde buraya gelmiştik, bir ilkbahar akşamüstü, sevişmek için; önümüzde saatler varken ben bütün o zamanı münakaşayla boşa harcamıştım ve bunu yapamamıştık. Yatağın üzerine oturup "Üzgünüm," dedi, "maksadım seni kızdırmak değildi. Sanırım sen haklısın." Ama yakasını bırakmadım. Ondan nefret ediyordum çünkü beni sevmediğini düşünmek istiyordum; onu hayatımdan çıkarmak isiyordum. Şimdi merak ediyorum, beni ister sevmiş ister sevmemiş olsun, acaba ona karşı ne hıncım vardı? Yaklaşık bir yıldır bana sadık kalmıştı, bana büyük haz vermişti, ruh hallerime katlanmıştı; ya ben, karşılığında ona anlık zevkler dışında ne vermiştim? Bu ilişkiye her şeyi göze alarak, bir gün bitmesi gerektiğini bilerek girmiştim; buna rağmen güvensizlik duygusu, umutsuz geleceğe olan makul inanç melankoli gibi üzerime çöktüğünde, sanki istenmeyen ve erken gelen bir misafir gibi şimdi kapıda duran geleceği içeri almak istiyormuşum gibi onun başının etini yiyip duracaktım. Aşkım ve korkum vicdan gibi davranıyorlardı. Günaha inanmış olsaydık davranışlarımız pek farklı olmazdı.

"Henry'yi kıskanırdın," dedim.

"Hayır. Kıskanmazdım. Bu saçma."

"Evliliğinizin tehdit altında olduğunu görseydin..."

"Asla olmaz," dedi içimi karartarak, ben de sözlerini bir hakaret olarak aldım ve doğruca dışarı yürüyüp merdivenlerden inerek sokağa çıktım. Her şey bitti mi, diye merak ediyordum, kendimi mi kandırıyorum? Geri dönmeye hiç gerek yok. Onu hayatımdan çıkarabilirsem, bir yerlerde ömür boyu sürecek sakin ve dostça bir evlilik bulamaz mıyım? Belki o zaman yeterince sevmediğim için kıskançlık da duymam; rahata kavuşurum, böylece, kendime acıma ve nefret duyguları, karanlık çöken Common'da sahipsiz ahmaklar gibi el ele yürüdüler.

Yazmaya başladığımda bunun bir nefret öyküsü olduğunu söyledim ama emin değilim. Belki nefretim de gerçekten sevgim kadar yetersizdir. Şimdi yazmaktan kafamı kaldırıp masamın yakınındaki bir aynada kendi yüzümü gördüm ve nefret gerçekten buna mı benziyor, diye düşündüm. Çünkü dükkân vitrinindeki sahip olamayacağımız parlak nesnelere öylesine imrenerek bakarken, hepimizin çocuklukta gördüğü, camdan bize yansıyan, nefesimizle puslanmış o yüzü hatırladım.

Bu münakaşa 1940 yılının Mayıs ayı içinde yaşanmıştı. Savaş bize birçok yönden yardımcı olmuştu ve bu şekilde savaşı neredeyse ilişkimde itibarsız ve güvenilmez bir suç ortağı olarak görmeye başlamıştım. (O "ilişki" kelimesinin sudkostiği*, başlangıç ve son imasıyla bile bile dilimdeydi.) Sanırım Almanya o zamana kadar Benelüks Ülkeleri'ni işgal etmişti: Ceset gibi ilkbahar, kıyamet kokusuyla bana tatlı geliyordu, ancak benim için iki somut gerçek dışında hiçbir şey önemli değildi – Henry İç Güvenlik Bakanlığı'na kaydırılmıştı ve geç saatlere kadar çalışıyordu, ev sahibem hava saldırıları korkusuyla bodrum kata taşınmıştı ve artık üst katta yere çöküp parmaklıklar arasından istenmeyen ziyaretçileri gözetleyemiyordu. Benim kendi yaşantım hiçbir surette değişmemişti, çünkü topallığım nedeniyle (çocukluğumda geçirdiğim bir kaza sonucu bir bacağım diğerinden daha kısa) yalnızca hava saldırıları başladığında gözcülük yapmaya gerek duyuyordum. O an için sanki savaş defterini kapatmış gibiydim.

O akşam Piccadilly'ye vardığımda hâlâ içim nefret ve güvensizlikle doluydu. Dünyada her şeyden çok Sarah'yı incitmek istiyordum. Eve bir kadınla birlikte dönüp Sarah'yla

---

* Sudkostik (kostik soda): Etkili sabun yapımında ve lavabo açmakta kullanılan güçlü kimyasal madde. (ç.n.)

birlikte olduğum aynı yatakta onunla birlikte olmak istiyordum; sanki onu incitmemin tek yolu kendimi incitmekti. Sokaklar bu saatte artık karanlık ve sessizdi, yine de aysız gökyüzünde projektörlerin ışık huzmeleri ve şekilleri hareket ediyordu. Kadınların kapı önlerinde ve kullanılmayan barınakların girişlerinde durduğu yerlerde yüzleri göremiyordunuz. El fenerleriyle ateşböcekleri gibi sinyal vermek zorundaydılar. Sackville Caddesi boyunca küçük ışıklar yanıp sönüyordu. Sarah şu an ne yapıyordur diye düşünürken buldum kendimi. Evine mi gitmişti, yoksa benim geri dönme ihtimalime karşı bekliyor muydu?

Bir kadın fenerini yakıp "Benimle eve gelmek ister misin, canım?" dedi. Kafamı iki yana sallayıp yoluma devam ettim. Caddenin biraz ilerisinde bir kız bir erkekle konuşuyordu; ışığı açıp ona yüzünü gösterince, esmer, mutlu ama henüz fazla dokunulmamış genç bir şey gözüme çarptı; henüz tutsaklığının farkında olmayan bir hayvan. Geçtikten sonra yoldan geri dönüp onlara doğru geldim; ben yaklaşınca adam kızı bıraktı ve ben konuştum. "Bir şey içer misin?" diye sordum.

"Sonra benimle eve gelecek misin?"

"Evet."

"Çabuk olursak sevinirim."

Sokağın başındaki *pub*'a gittik, iki viski söyledim, ama o içerken onun yüzünde Sarah'yı göremedim. Sarah'dan daha gençti, on dokuzdan fazla olamazdı, daha güzeldi, Sarah'ya göre çok daha el değmemiş olduğu bile söylenebilirdi, ancak bunun tek nedeni pek çekici olmamasıydı; artık onu bir kedi ya da köpeğin yanımda olmasını istediğimden daha fazla istemediğimi anladım. Bana sadece birkaç bina ötede çatı katında güzel bir dairesi olduğunu anlatıyordu; bana ne kadar kira ödemek zorunda olduğunu, kaç yaşında olduğunu, nerede doğduğunu ve bir yıl boyunca bir kafede çalıştığını söyledi. Kendisiyle konuşan herkesle eve gitmediğini, ama benim bir centilmen olduğumu hemen anladığını söyledi bana. Jones adında bir kanaryası olduğunu anlattı, onu kendisine hediye eden centilmenin adını vermişti kuşa. Londra'da kanarya otu bulmanın zorluğundan bahsetmeye başladı. Düşündüm ki, Sarah hâlâ odamdaysa arayabilirim. Bir bahçem varsa ara sıra onun kanaryasını hatırlar mıydım diye kızın bana sorduğunu duydum. "Sorduğum için bana kızmıyorsun değil mi?" dedi.

Viskimi içerken ona en ufak bir arzu duymuyor olmamın ne kadar tuhaf olduğunu düşündüm. Önüme gelenle yattığım bütün o yılların ardından sanki aniden büyümüştüm. Sarah'ya olan tutkum katışıksız şehveti sonsuza dek öldürmüştü. Bir daha asla âşık olmaksızın bir kadınla birlikte olamayacaktım.

Beni bu *pub*'a getiren şey de kesinlikle aşk değildi; onunla ilgili bu açıklamaları yazarken, onu hayatımdan temelli çıkarmaya uğraşırken, hâlâ kendi kendime söylediğim gibi, Common'dan buraya kadar bütün yol boyunca kendi kendime bunun nefret olduğunu söylemiştim, çünkü ben hep kendi kendime, ölürse onu unutabileceğimi söylemiştim.

İncinen gururunu onarmak için bir sterlin vererek kızı viskisini bitirmek üzere *pub*'da bırakıp çıktım ve bir telefon kulübesi bulana kadar New Burlington Caddesi'nde yürüdüm. Yanımda el feneri yoktu ve numaramı çevirmeyi tamamlayana kadar birbiri ardına kibritler çakmak zorunda kaldım. Sonra çalma sesini dinledim, telefonun masamda durduğu yeri hayal edebiliyor ve Sarah'nın, sandalyede oturuyorsa ya da yatakta yatıyorsa, oraya ulaşmak için kaç adım atacağını tam olarak biliyordum. Yine de boş odada telefonu yarım dakika süreyle çaldırdım. Sonra onun evini aradım ve hizmetçisi bana henüz eve gelmediğini söyledi. Onun karartma altındaki Common'da dolaştığını düşündüm – o günlerde çok güvenli bir yer değildi ve saatime bakarak, ben eğer aptallık etmeseydim bizim hâlâ birlikte olacak üç saatimiz vardı diye düşündüm. Eve yalnız döndüm ve kitap okumaya çalıştım, ama kulağım hiç çalmayan telefondaydı sürekli. Gururum onu tekrar aramamı engelliyordu. Sonunda çift doz uyku ilacı alıp yattım, öyle ki sabah ilk fark ettiğim şey, Sarah'nın telefonda benimle sanki hiçbir şey olmamış gibi konuşan sesiydi. Ben ahizeyi yerine koyana kadar sanki barış mükemmelen yeniden sağlanmıştı, ancak o anda beynimdeki şeytan o üç saatin ziyan edilmesinin onun için hiçbir anlamı olmadığı düşüncesini kafama soktu.

Kişileştirilmiş bir Tanrı'nın son derece ihtimal dışı olduğunu sorgusuz sualsiz kabul edebilen insanların kişileştirilmiş bir şeytanı hayal etmekte neden zorlandıklarını asla anlamadım. İblisin hayal gücümde nasıl çalıştığını çok yakından öğrenmiştim. Sözler Sarah'nın ağzından çıkana kadar beklese de, onun söylediği hiçbir şey iblisin kurnazca şüphelerinin aksini ispat etmiyordu. Tartışmalarımız yaşanmadan uzun zaman önce şeytan onları hazırlıyordu, aşkın düşmanı olduğu kadar Sarah'nın düşmanı değildi; şeytanın olması gereken şey bu değil midir ki? Öyle sanıyorum ki seven bir Tanrı varsa, şeytan bu sevginin en zayıf, en kusurlu taklidini bile yok etme dürtüsüne kapılır. Sevgi alışkanlığının büyüyebileceğinden korkmaz mı ve hepimizi tuzağa düşürerek sevgiyi ortadan kaldırmasına yardım eden hainlere dönüştürmeye çalışmaz mı? Bizi kullanan ve azizlerini de bizim gibi bir malzemeden çıkaran bir Tanrı varsa, şeytanın da emelleri olabilir; benim gibi bir insanı, zavallı Parkis'i bile, edinilmiş fanatizmle aşkı bulduğumuz yerde imha etmeye hazır kendi azizleri olmak üzere eğitmeyi hayal edebilir.

III

Çünkü Parkis'in bundan sonraki raporunda şeytanın oyunu için hakiki bir heyecan görebildiğimi düşünüyordum. Nihayet gerçekten aşkın kokusunu almıştı ve şimdi onu takip ediyordu, oğlu da bir av köpeği gibi hemen ardındaydı. Sarah'nın bu kadar çok zamanını nerede harcadığını keşfetmişti; üstelik, ziyaretlerin gizli olduğunu kesin olarak biliyordu. Bay Parkis'in keskin zekâlı bir dedektif çıktığını kabul etmek zorundaydım. Tam "bahis konusu şahıs" Cedar Road'da 16 numaraya doğru yürürken, oğlunun yardımıyla Miles'ların hizmetçisinin evin önüne gelmesini sağlamıştı. Sarah durup o gün izinli olan hizmetçiyle konuştu ve hizmetçi onu küçük Parkis'le tanıştırdı. Sonra Sarah devam etti ve Parkis'in kendisinin beklediği bir sonraki köşeden döndü. Parkis, onun biraz ilerleyip sonra geri döndüğünü gördü. Hizmetçi ve küçük Parkis'in gözden uzak olduklarını görünce 16 numaranın zilini çaldı. Bay Parkis daha sonra 16 numarada kimlerin oturduğunu araştırmaya koyuldu. Apartmanda birden fazla daire bulunduğu ve henüz Sarah'nın üç zilden hangisini çaldığını bilmesi mümkün olmadığı için bu o kadar kolay değildi. Birkaç güne kadar son bir rapor getirme sözü verdi. Bütün yapması gereken, Sarah bir dahaki sefer bu yöne doğru yürümeye başladığında, ondan önce gidip üç zile de pudra sürmekti. "Elbette, asıl kanıt bir yana, söz konusu şahsın yanlış bir davranışta bulunduğuna dair bir kanıt yoktur. Bu raporlara dayanarak yasal işlemler başlatılması için bu tür kanıtlara ihtiyaç olması durumunda, şahsı uygun bir aradan sonra daire içinde takip etmek gerekebilir. Şahsı teşhis edebilecek ikinci bir tanık gerekir. Şahsı suçüstü yakalamak şart değil; üstünün başının bariz bir şekilde dağınık ve karışık olması Mahkemeler tarafından yeterli bulunabilir."

Nefret, fiziksel aşka çok benziyor, zirve noktası ve sonra sakin dönemleri var. Bay Parkis'in raporunu okurken, zavallı Sarah şu an için nefretimin orgazmı oldu, ben de şimdi tatmin oldum, diye düşünebilirdim. Onun için üzüntü duyabilir, onun gibi kıstırılmış olabilirdim. Aşktan başka hiçbir suç işlememişti ama işte Parkis ve oğlu her hareketini izliyor, hizmetçisiyle komplo kuruyor, zillerin üzerine pudra sürüyor, belki de bugünlerde huzur bulduğu tek şeyde şiddetli patlamalar planlıyorlardı. Raporu yırtmak ve ajanları peşinden almak geçti aklımdan. Üyesi olduğum paspal bir kulüpte *Tatler*'ı* açmamış ve Henry'nin fotoğrafını görmemiş olsaydım belki de öyle yapardım. Henry artık başarılıydı: En son Kraliçe'nin Doğum Günü Onur Ödülleri töreninde, bakanlıktaki hizmetlerinden dolayı C.B.E.** nişanı almıştı; Kraliyet Komisyonu Başkanı olarak atanmıştı ve işte kolunda Sarah'yla birlikte, patlayan flaşlar karşısında soluk benizli ve patlak gözlü haliyle *The Last Siren**** adlı İngiliz filminin galasındaydı. Sarah flaşlardan kaçmak için başını eğmişti ama ben parmakların takıldığı ya da onlara direnen bu dolaşmış sık saçları tanırdım. Birden elimi uzatıp ona, saçlarına ve bedenindeki tüylere dokunmak istedim; yanımda uzanmasını istedim, başımı yastıkta döndürüp onunla konuşabilmek istedim, teninin neredeyse hissedilemeyen kokusunu ve tadını istedim, ama işte bir Daire başkanının memnuniyeti ve güveni içinde gazetecinin fotoğraf makinesine bakan Henry vardı.

1898'de Sir Walter Besant tarafından hediye edilmiş bir geyik başının altında oturup Henry'ye yazdım. Onunla önemli bir konuda görüşmem gerektiğini yazıp benimle öğlen yemeği yemesini teklif ettim – gelecek hafta içinde istediği günü seçebilirdi. Çabucak araması ve aynı zamanda kendisinin bana öğlen yemeği teklif etmesi tam Henry'den beklenen davranıştı – ağırlanmaktan bu kadar rahatsızlık duyan bir adam hiç tanımadım. Bahanesinin ne olduğunu hatırlayamıyorum ama bu beni sinirlendirdi. Sanırım kendi kulübünde özellikle iyi bir porto şarap olduğunu söyledi ama

---

* Ünlü İngiliz moda ve sosyete dergisi. (ç.n.)

** Britanya'nın yüksek onur unvanı olan "Commander of the Most Excellent Order of the British Empire" nişanı. (ç.n.)

*** Son Denizkızı. (ç.n.)

gerçek neden minnet duygusunun onu rahatsız etmesiydi – ısmarlanan bir yemeğin küçük minnetinin bile. Minnetinin ne kadar küçük olacağını pek tahmin edemezdi. Cumartesi gününü seçmişti ve o gün benim kulübüm neredeyse boştu. Gazetecilerin hazırlayacak günlük gazeteleri yok, okul müfettişleri Bromley ve Streatham'deki evlerine gitmiş, o gün din adamlarına ne olduğunu hiç bilmiyorum – belki de evde kalıp vaazlarını hazırlıyorlardır. Yazarlara gelince (kulübün kendileri için kurulmuş olduğu yazarlar) hepsi de duvarda asılıydı – Conan Doyle, Charles Garvice, Stanley Weyman, Nat Gould, daha ünlü ve tanıdık bir yüz nadirdi; hayatta olanlar parmakla sayılacak kadar azdı. Kulüpte her zaman kendimi evimde hissetmişimdir çünkü yazar meslektaşlarıma rastlama şansım çok azdır.

Henry'nin bir Viyana bifteği* seçtiğini hatırlıyorum – bu onun saflığının işaretiydi. Ne sipariş ettiği hakkında hiçbir fikri olmadığına ve Wiener Schnitzel** gibi bir şey umduğuna gerçekten inanıyorum. Deplasmanda oynadığından yemekle ilgili yorum yapamayacak kadar huzursuzdu ve vıcık vıcık pembe karışımı bir şekilde boğazına tıkmayı başardı. Flaşlar karşısındaki o kendini beğenmiş görüntüsünü hatırladım ve Cabinet Pudding'i*** seçtiğinde onu uyarmak için hiçbir girişimde bulunmadım. İğrenç yemek sırasında (kulüp o gün kendini aşmıştı) dikkate değer hiçbir şey konuşmadık. Henry, basında her gün haberleri yer alan bir Kraliyet Komisyonu'nun faaliyetlerine kabine gizliliği görünümü vermek için elinden geleni yaptı. Kahve için salona geçtik ve

* İngiltere'de İkinci Dünya Savaşı sırasında bir restoranda yemek yemek isteyenlerin önlerine konan et konusunda seçici davranma gibi bir lüksleri yoktu. Mönüde Viyana bifteği varsa herkes bunun at eti olduğunu bilir, sesini çıkarmadan yerdi. (ç.n.)

** Viyana usulü şinitzel. (ç.n.)

*** Savaş yıllarında İngiltere'de gıda maddelerinin temininde büyük sıkıntı yaşandığı için en sevilen tatlılar bile gerçek malzemeleriyle değil, alternatif bazı malzemelerle yapılıyordu. Meşhur bir İngiliz tatlısı olan Cabinet Pudding (diplomat pudingi) de muhtemelen orijinali gibi yapılamamıştı. (ç.n.)

kendimizi ateşin yanında siyah bir at kılı kanepesi müsrifliği içinde tamamen yalnız bulduk. Duvarlardaki boynuzların duruma ne kadar uygun olduğunu düşündüm ve ayaklarımı eski moda şömine parmaklığına dayayarak Henry'yi köşesinde sıkıca kıstırdım. Kahvemi karıştırdım ve "Sarah nasıl?" diye sordum.

"Gayet iyi," diye kaçamak bir cevap verdi Henry. Portosunu dikkatle ve şüpheyle tattı; sanırım Viyana bifteğini unutmamıştı.

"Hâlâ endişeli misin?" diye sordum ona.

Bakışını mutsuz bir şekilde değiştirdi. "Endişeli miyim?"

"Endişeliydin. Bana öyle söyledin."

"Hatırlamıyorum. Gayet iyi o," diye açıkladı mecalsiz bir halde, sanki karısının sağlığını soruyormuşum gibi.

"O dedektife hiç danıştın mı?"

"Onu unuttuğunu umuyordum. İyi değildim – yani, bu Kraliyet Komisyonu olayı gelişiyordu. Çok yoruluyordum."

"Senin için onunla görüşmeyi önerdiğimi hatırlıyor musun?"

"İkimiz de çok çalışmaktan bitkin düşmüş olmalıyız." Yukarıdaki boynuzlara bakıyor, gözlerini kısarak bağışlayanın adını okumaya çalışıyordu. Aptal aptal şunu söyledi: "Bir sürü kafan var gibi görünüyorsun." Onu bırakmaya niyetim yoktu. Dedim ki, "Birkaç gün sonra o adamı görmeye gittim."

Gözlüğünü masaya bırakarak, "Bendrix," dedi, "kesinlikle buna hakkın..."

"Bütün masrafları ben ödüyorum."

"Şeytanca bir cüret." Ayağa kalktı ama onu şiddet uygulamadan çıkamayacağı bir noktaya hapsetmiştim, şiddetse Henry'nin karakterine uygun değildi.

"Elbette onun aklanmasını isterdin, değil mi?"

"Aklanacak bir şey yoktu. Bırak gideyim, lütfen."

"Sanırım raporları okumalısın."

"Hiç niyetim..."

"Öyleyse ben sana gizli ziyaretler hakkındaki bölümü okumak zorunda kalacağım. Aşk mektubunu dosyalanması için dedektiflere iade ettim. Henry'ciğim, düpedüz aldatılıyorsun."

Gerçekten bana vuracağını sandım. Vursaydı ben de zevkle geri vururdum, Sarah'nın aptalca yıllar boyu sadık kaldığı bu hödüğe vururdum, ancak o anda kulübün başkanı girdi içeri. Victoria dönemi şairine benzeyen ama aslında bir zamanlar tanıdığı köpeklerin acıklı küçük anılarını yazan uzun kır sakallı ve yeleğinde çorba lekeleri bulunan bir adamdı. (*For Ever Fido*, 1912'de büyük başarı kazanmıştı.) "Ah Bendrix," dedi, "seni burada uzun süredir görmemiştim." Onu Henry ile tanıştırdım ve bir berber çabukluğuyla, "Haberleri her gün takip ediyordum," dedi.

"Ne haberleri?" O kelime söylendiğinde bir an için Henry'nin aklına önce işi gelmemişti.

"Kraliyet Komisyonu."

Sonunda o gittiğinde, Henry, "Şimdi lütfen bana raporları ver de gideyim," dedi.

Başkan bizimleyken sanırım konuyu bir daha düşünmüştü, ben de son raporu ona verdim. Onu doğruca ateşe attı ve demirle içine gömdü. Hareketin asaleti olduğunu düşünmeden edemedim. "Ne yapacaksın?" diye sordum.

"Hiçbir şey."

"Gerçeklerden kurtulmuş değilsin."

"Gerçeklerin canı cehenneme," dedi Henry. Onun daha önce küfür ettiğini duymamıştım.

"İstediğin zaman bir kopyasını verebilirim."

"Şimdi, gitmeme izin verir misin?" dedi Henry. İblis işini görmüştü, zehrimin boşaldığını hissettim. Bacaklarımı şömine parmaklığından çekip Henry'nin geçmesine izin verdim. Doğruca kulüpten çıktı; şapkasını unutmuştu; Common'dan bu tarafa geldiği o gün sırılsıklam gördüğüm o süper siyah şapkasını – o günden bu yana sanki haftalar değil de bir asır geçmişti.

IV

Arkasından yetişmeyi ya da en azından onunla ileride erişebileceği Whitehall'da karşılaşmayı umuyordum, bu yüzden şapkasını yanımda taşıdım ama görünürde yoktu. Nereye gideceğimi bilemeden geri döndüm. Bugünler en kötü zamanlar – bu kadarı çok fazla. Charing Cross metro istasyonunun yakınındaki küçük kitapçıya girip baktım ve acaba şu anda Sarah, Bay Parkis köşede beklerken Cedar Road'daki pudralı zile dokunmuş olabilir mi diye merak ettim. Zamanı geri döndürebilseydim, sanırım, şöyle yapardım: Henry'yi yağmurdan önünü göremez vaziyette bırakırdım yürüsün. Ama yapabileceğim herhangi bir şeyin olayların gidişatını değiştirebileceğinden kuşkulanmaya başlıyorum. Henry ve ben, görünüşte, müttefikiz, ama sonsuz bir gelgit karşısında müttefik miyiz?

Yolun karşısına geçtim, seyyar meyve satıcılarının yanından Victoria Bahçeleri'ne yürüdüm. Kapalı, rüzgârlı havada banklarda oturan çok fazla insan yoktu ve neredeyse anında Henry'yi gördüm, ama onu tanımak bir saniyemi aldı. Dışarılarda, başında şapkası olmadan, isimsiz ve mülksüzlere, fakir semtlerden gelen kimsenin tanımadığı insanlara –serçeleri besleyen yaşlı adam, üzerinde Swan & Edgar's markası yazılı kahverengi kâğıttan paket taşıyan kadın– karışmış gibiydi. Oturmuş orada, başını eğmiş, ayakkabılarına bakıyordu. O kadar uzun zamandır sırf kendim için üzülüyordum ki, düşmanım için üzülmek bana tuhaf geldi. Şapkayı sessizce yanındaki sıraya koydum, uzaklaşacaktım ama başını kaldırıp baktı ve ağlamış olduğunu gördüm. Çok uzun bir yolu dolanmış olmalıydı. Gözyaşları, Kraliyet Komisyonu'ndan farklı bir dünyaya aitti.

"Üzgünüm, Henry," dedim. Suçumuzdan bir pişmanlık manevrasıyla sıyrılabileceğimize ne kadar kolay inanıyoruz.

"Otur," diye emretti Henry gözyaşlarının otoritesiyle; ben de ona itaat ettim. "Düşünüyordum. İkiniz sevgili miydiniz, Bendrix?" dedi.

"Neden böyle bir şey hayal..."

"Tek açıklaması bu."

"Neden bahsettiğini bilmiyorum."

"Tek bahanesi de bu, Bendrix. Görmüyor musun, yaptığın şeyin... korkunç olduğunu?" Konuşurken şapkasını çevirdi ve imalatçısının ismini kontrol etti.

"Sanırım benim rezil bir aptal olduğumu düşünüyorsun, Bendrix, bunu anlamayacak kadar. Beni neden terk etmedi?"

Ona kendi karısının karakteri hakkında ders mi vermeliydim? İçimdeki zehir yeniden harekete geçmişti. "Senin, güvenli iyi bir gelirin var. Onun için bir alışkanlıksın. Sen güvencesin." Sanki ben Komisyon önünde yeminli ifade veriyormuşum gibi ciddiyet ve dikkatle dinliyordu. Haince devam ettim: "Bize artık başkalarına yaptığın gibi zorluk çıkarmıyordun."

"Başkaları da mı vardı?"

"Bazen her şeyi bildiğini ama aldırmadığını düşünüyordum. Bazen seninle birlikte çözüm bulmayı çok istiyordum – tıpkı şimdi, çok geç olduğunda yaptığımız gibi. Hakkında ne düşündüğümü sana söylemek istiyordum."

"Ne düşünüyordun?"

"Onun pezevengi olduğunu. Benim için pezevenklik ettin, onlar için pezevenklik ettin ve şimdi de sonuncusu için pezevenklik ediyorsun. Müzmin pezevenk. Neden sinirlenmiyorsun, Henry?"

"Hiç bilmiyordum."

"Bilgisizliğinle pezevenklik ettin. Onunla nasıl sevişeceğini asla öğrenmemekle pezevenklik ettin, bu yüzden dışarıda aramak zorunda kaldı. Fırsatlar vererek pezevenklik ettin... Sıkıcı ve aptal olarak pezevenklik ettin, işte bu yüzden şu anda sıkıcı ve aptal olmayan biri Cedar Road'da onunla düşüp kalkıyor."

"Seni neden terk etti?"

"Çünkü ben de sıkıcı ve aptal birine dönüştüm. Ama ben doğuştan böyle değildim, Henry. Beni sen yarattın. Seni terk etmek istemedi, ben de can sıkıcı oldum, yakınmalar ve kıskançlıkla onun canını sıktım."

"İnsanlar kitaplarını çok övüyor," dedi.

"Senin de birinci sınıf bir yönetici olduğunu söylüyorlar. Yaptığımız işlerin ne önemi var?"

Başını kaldırıp güney yakasının üzerinden geçen gri kümülüs bulutlarına bakarak üzgün üzgün, "Herhangi bir şeyin önemi kaldı mı, bilmiyorum," dedi. Martılar mavnalar üzerinde alçaktan uçuyordu ve saçma kulesi harabe depoların arasında kış ışığında simsiyah dikilmişti. Serçeleri besleyen adam gitmişti, kahverengi kâğıt paketli kadın da öyle, meyve satıcıları istasyonun önünde alacakaranlıkta hayvanlar gibi bağırıyordu. Sanki tüm dünyanın panjurları açılıyordu; birazdan hepimiz kendi başımıza kalacaktık. "Onca zaman neden bizi görmeye gelmediğini merak etmiştim," dedi Henry.

"Sanırım –bir bakıma– aşkın sonuna gelmiştik. Birlikte yapabileceğimiz başka hiçbir şey yoktu. Senin için alışveriş yapabilir, yemek pişirebilir ve seninle uyuyabilirdi, ama yalnızca benimle sevişebilirdi."

Sanki görevi *beni* teselli etmekmiş gibi, sanki yaşlara bürünen benim gözlerimmiş gibi, "O seni çok seviyor," dedi.

"İnsan sevilmekle tatmin olmuyor."

"Ben olmuştum."

"Aşkın giderek artmasını istiyordum, asla azalmasını istemiyordum..." Sarah'dan başka hiç kimseyle böyle konuşmamıştım, ama Henry'nin vereceği cevap Sarah'nınkinin yerini tutmazdı. "İnsan doğasında yok bu. İnsan tatmin olmalı..." dedi, ama Sarah'nın söylemiş olduğu bu değildi ve orada Henry'nin yanında Victoria Bahçeleri'nde oturmuş, günün sona erişini izlerken, bütün "ilişkinin" sonunu hatırladım.

V

"O kadar korkmana gerek yok. Aşk bitmez. Sırf birbirimizi görmüyoruz diye..." demişti bana – randevusundan sırılsıklam dönüp sofaya girdiği günden önce ondan duyduğum neredeyse son sözlerdi bunlar. O kararını vermişti bile ama ben telefondan, ölü bulunmuş birinin ağzı açık sessizliğinden başka bir şeyin gelmediği ertesi güne kadar bilmiyordum. "Sevgilim, sevgilim. İnsanlar hayatları boyunca O'nu hiç görmedikleri halde Tanrı'yı sevmeye devam ediyorlar, değil mi?" dedi bana.

"Bizim aşkımız o tür bir aşk değil."

"Ben bazen başka bir tür olduğuna inanmıyorum." Sanırım onun şimdiden bir yabancının etkisinde olduğunu kabul etmem lazımdı – birlikte olduğumuz ilk dönem hiç bu şekilde konuşmamıştı. Tanrı'yı dünyamızdan uzaklaştırmak konusunda mutlu mesut bir anlaşmaya varmıştık. Tahrip olmuş sofada yolunu aydınlatmak için ben el fenerini dikkatle tutarken tekrar söyledi: "Her şey yolunda olmalı. Yeterince seversek."

"Artık seni heyecanlandıramıyorum," dedim. "Her şeyin var."

"Bilmiyorsun," dedi, "bilmiyorsun."

Pencerelerden fırlayan cam kırıkları ayaklarımızın altında ufalanıyordu. Yalnızca kapının üzerindeki vitraylı cam sağlam kalmıştı. Camlar, çocukların ıslak tarlalarda ya da yol kenarları boyunca kırdığı buzlar gibi toz haline gelip bembeyaz oldu. O bana tekrar, "Korkma," dedi. Beş saattir güney yönünden arılar gibi hiç durmadan vızıldayan o acayip yeni silahlardan bahsetmediğini biliyordum.

Sonradan V1 denilen şeylerin 1944 Haziran'ındaki ilk gecesiydi. Hava saldırılarına alışmamıştık. 1944 Şubat'ındaki kısa hava akınları dışında, son bombardımanlarla saldırıların tırmandırıldığı 1941'den bu yana hiçbir şey olmamıştı. Sirenler çaldığında ve ilk uçan bombalar geldiğinde, bazı uçakların gece savunmamızı yarıp geçtiğini sanmıştık. Bir saat sonra hâlâ tehlike geçti işareti verilmeyince insanın morali bozuluyordu. Sarah'ya, "Gevşek davranıyor olmalılar. Yapacak fazla bir şey yok," dediğim an benim yatağımda karanlıkta yatarken ilk uçan bombamızı gördük. Common'ın üzerinden alçaktan uçarak geçti ve biz onu yanan bir uçak ve tuhaf boğuk uğultusunu ise kontrolden çıkmış bir motorun sesi zannettik. İkincisi geldi ve sonra üçüncüsü. O zaman savunmamız hakkındaki fikrimiz değişti. "Onları güvercinler gibi vuruyorlar," dedim, "gelmeye devam etmek için çılgın olmalılar." Ama gelmeye devam ettiler, saatler boyunca, şafak söktükten sonra bile, hatta bunun yeni bir şey olduğunu biz anlayana kadar.

Taarruz başladığında biz daha yatağa yeni uzanmıştık. Hiç fark etmiyordu. Ölüm o günlerde hiç önemli değildi – ilk günlerde bunu arzuluyordum bile; kalkıp giyinmeyi, onun el fenerinin yavaş yavaş uzaklaşan bir otomobilin kuyruk lambası gibi Common'ın karşı tarafına doğru bir çizgi halinde uzayıp gitmesini sonsuza dek bitirecek yıkılıp yok oluşu. Sonsuzluğun, ölüm anının sonsuza dek uzatılması şeklinde var olmayabileceğini zaman zaman düşünmüşümdür ve ben olsam bu anı seçerdim, o hayatta olsaydı yine de seçerdim, mutlak güven ve mutlak haz anını, düşünmek imkânsız olduğu için münakaşa etmenin de imkânsız olduğu anı. İhtiyatlı olmasından yakınıyordum ve bizim "soğan" kelimesini kullanmamız ile Bay Parkis'in çöpten kurtardığı yazısının parçasını kahrolarak mukayese etmiştim ama terk etmeye o kadar muktedir olduğunu bilmeseydim benim meçhul halefime yazdığı mesajı okumak daha az canımı yakardı. Hayır, V1'ler sevişme eylemi sona erene kadar bizi etkilemedi. İçimde ne varsa tüketmiş, başım onun karnında ve onun –su gibi saydam ve tarifsiz– tadı ağzımda, sırtüstü yatıyordum ki uçan füzelerden biri Common'a düştü, güney tarafında daha fazla cam kırıldığını duyabiliyorduk.

"Sanırım bodrum kata gitmeliyiz," dedim.

"Ev sahiben oradadır. Başka insanlarla karşılaşamam."

Sahiplenmenin ardından sorumluluk duygusu gelir, ancak insan yalnızca bir sevgili olduğunu, hiçbir şeyden sorumlu olmadığını unutmuştur. "Evde olmayabilir. Aşağı inip bakacağım," dedim.

"Gitme. Lütfen gitme."

"Bir dakika sürmez." O günlerde bir dakikanın sonsuzluk kadar sürebileceğini bilse de insanın kullanmayı sürdürdüğü bir cümleydi bu. Ropdöşambrımı giyip fenerimi buldum. Ona pek ihtiyacım yoktu, gökyüzü şimdi griydi ve aydınlanmamış odada onun yüzünün hatlarını görebiliyordum.

"Çabuk ol," dedi.

Merdivenlerden aşağı koşarken yeni bir robot uçağının geldiğini, sonra da motor durduğundaki ani bekleme sessizliğini duydum. O anın tehlike anı olduğunu, camlardan uzaklaşmayı ve yere dümdüz uzanmayı öğrenmeye henüz vaktimiz olmamıştı. Patlamayı hiç duymadım ve beş saniye ya da beş dakika sonra farklı bir dünyada uyandım. Hâlâ ayakta olduğumu sanıyordum ve karanlık beni şaşırtmıştı; biri yanağıma soğuk bir el bastırıyor gibiydi ve ağzım kanla tuzluydu. Uzun bir yolculuğa çıkmışım gibi bir yorgunluk hissi dışında zihnimdeki her şey birkaç saniyeliğine boşalmıştı. Sarah'yı hiç hatırlamıyordum ve kaygı, kıskançlık, güvensizlik, nefret duyguları beni tamamen terk etmişti; zihnim birinin mutluluk mesajı yazmak üzere olduğu bomboş bir sayfaydı. Hafızam geri döndüğünde yazı yazmanın devam edeceğinden ve mutlu olacağımdan emin hissediyordum kendimi.

Ama hafızam geri geldiğinde durum öyle değildi. İlkönce sırtüstü yattığımı ve üzerime yerleşen, ışığı kesen şeyin ön kapı olduğunu fark ettim; diğer molozlar onu tutmuş ve vücudumdan bir iki santim yukarıda durdurmuştu, ama ne tuhaftı ki daha sonra omzumdan dizlerime kadar sanki onun gölgesiyle yaralanmış olduğumu keşfettim. Yanağıma bastıran el kapının porselen koluydu ve birkaç dişimi kırmıştı. Bundan sonra, tabii ki Sarah'yı, Henry'yi ve aşkın sona erme korkusunu hatırladım.

Kapının altından çıkıp üzerimdeki tozları silkeledim. Bodruma doğru seslendim ama orada kimse yoktu. Yıkılmış kapı girişinden gri sabah ışığını görebiliyordum ve harap olmuş koridordan büyük bir boşluk duygusunun uzandığını hissediyordum; daha önce ışığı kesen bir ağacın yok oluverdiğini fark ettim – devrilmiş gövdesinden bile bir iz yoktu. Çok uzaklarda bekçiler düdük çalıyordu. Üst kata çıktım. Birinci katın parmaklıkları uçmuştu ve otuz santim kadar çimentoya gömülmüştü ama ev, o günlerin standardına göre henüz tam bir hasar görmemişti; patlamadan komşularımız büyük ölçüde etkilenmişti. Odamın kapısı açıktı ve koridordan gelirken Sarah'yı görebiliyordum; yataktan inmiş ve yere diz çökmüştü – korkudan, diye düşündüm. Tuhaf biçimde genç, çıplak bir çocuk gibi görünüyordu. "Çok yakına düştü," dedim.

Hızla dönüp bana korkuyla baktı. Ropdöşambrımın yırtıldığının ve baştan aşağı çimentoya bulandığımın farkına varmamıştım; saçlarım çimentodan beyazlamıştı, ağzımda ve yanaklarımda kan vardı. "Aman Tanrım," dedi, "yaşıyorsun."

"Hayal kırıklığına uğramış gibisin."

Yerden kalktı ve giysilerine uzandı. "Şimdi gitmenin bir anlamı yok. Birazdan tehlike geçti sinyali verirler," dedim ona.

"Gitmeliyim," dedi.

"Aynı yere iki bomba düşmez," dedim, ama istemsizce, çünkü bu genellikle tersi çıkan bir halk efsanesiydi.

"Yaralanmışsın."

"Sadece iki dişimi kaybettim, hepsi bu."

"Gel, yüzünü yıkayayım." Yeni bir itirazda daha bulunmama fırsat vermeden giyinmesini bitirmişti – bu kadar çabuk giyinebilen başka bir kadın hiç tanımamıştım. Yüzümü çok yavaş ve dikkatlice yıkadı.

"Yerde ne yapıyordun?" diye sordum.

"Dua ediyordum."

"Kime?"

"Var olması muhtemel herhangi bir şeye."

"Alt kata gelmen daha gerçekçi olurdu." Ciddiyeti beni korkutuyordu. Dalga geçerek onu bu halinden kurtarmak istiyordum.

"Geldim," dedi.

"Seni duymadım."

"Orada kimse yoktu. Seni göremedim, sonra kapının altından çıkan kolunu fark ettim. Öldüğünü sandım."

"Gelip kontrol edebilirdin."

"Geldim. Kapıyı kaldıramadım."

"Hareket edebileceğim yer vardı. Kapı beni tutmuyordu. Uyandırılabilirdim."

"Anlamıyorum. Senin kesinlikle öldüğünü biliyordum."

"Öyleyse dua edilecek fazla bir şey kalmamıştı, öyle değil mi?" diye takıldım ona. "Bir mucize hariç."

"Yeterince umutsuzsan," dedi, "mucizeler için dua edebilirsin. Gerçek oluyorlar, değil mi, çaresizler için ve ben çaresizdim."

"Tehlike geçene kadar kal." Başını iki yana sallayıp doğruca odadan çıktı. Arkasından merdivenleri indim ve istemediğim halde başının etini yemeye başladım. "Öğleden sonra seni görecek miyim?"

"Hayır. Gelemem."

"Yarın bir ara..."

"Henry geri dönüyor."

Henry. Henry. Henry – bu isim ilişkimiz boyunca çınladı; aşkın öldüğünü, şefkat ve alışkanlığın kazandığını hatırlatmasıyla birlikte mutluluk, keyif ya da heyecan içeren her türlü ruh halini körelterek. "O kadar korkmana gerek yok," dedi Sarah, "aşk bitmez..." Ve sofadaki o karşılaşmadan, "Sen ha?" demesinden önce neredeyse iki yıl geçti.

VI

Ondan sonraki günlerde, elbette, umudum vardı. Telefona cevap verilmemesinin yalnızca bir tesadüf olduğunu düşünüyordum, bir hafta sonra hizmetçiye rastladım, Miles'ları sordum ve öğrendim ki Sarah evde yokmuş, taşraya gitmiş, kendi kendime savaş zamanında mektupların kaybolduğunu söyledim. Sabahlar boyunca posta kutusundaki çıngırağı duyar ve ev sahibem benim mektuplarımı getirene kadar bilhassa üst katta beklerdim. Mektupların hepsinin üzerini hemen okumazdım – hayal kırıklığının ertelenmesi, umudun mümkün olduğunca canlı tutulması lazım; mektupları sırayla okurdum ve ancak destenin sonuna geldiğimde Sarah'dan hiçbir şey gelmediğine emin olurdum. Sonra saat dört postasına kadar hayat yeniden canlılığını yitirirdi ve ardından da insan geceyi atlatmak zorunda kalırdı.

Yaklaşık bir hafta boyunca ona hiç yazmadım; bana engel olan gururumu bir sabah tamamen terk ederek endişeli ve gergin bir halde yazdım, mektubu kuzey yakasına "Acil" ve "Lütfen iletiniz" damgasıyla yolladım. Hiç cevap alamadım ve sonra umudumu kesip bana tam olarak ne söylediğini hatırladım. "İnsanlar hayatları boyunca O'nu hiç görmedikleri halde Tanrı'yı sevmeye devam ediyorlar, değil mi?" Kendi aynasında her zaman iyi görünmesi gerektiğini düşündüm, nefretle. Kendisine asil görünmesini sağlamak için din ile feragati karıştırıyor. Şimdi X kişiyle yatağa girmeyi tercih ettiğini itiraf etmiyor.

Bu en kötü dönemdi: Hayal etmek, imgelerle düşünmek benim mesleğim; günde elli kez, böylece ben gece uyanır uyanmaz perde kalkar ve oyun başlardı; hep aynı oyun, Sarah sevişiyor, Sarah X ile birlikte, bizim birlikteyken yaptığımız şeyleri yapıyorlar, Sarah kendine has bir şekilde öpüşüyor, vücudunu yay gibi büküyor ve ağzından o acı gibi çığlık çıkıyor, Sarah teslim oluyor. Geceleri beni çabuk uyutsun diye haplar alıyordum ama beni gün doğana kadar uyutacak hiçbir hap bulamadım. Gündüz dikkatimi dağıtan tek şey uçan bombalardı; sessizlik ve patlama arasındaki birkaç saniye Sarah aklımdan çıkıyordu. Üç hafta geçti ve imgeler hâlâ ilk seferki kadar net ve yoğundu ve bitmelerini gerektirecek hiçbir neden görünmüyordu ve ben gerçekten ciddi ciddi intiharı düşünmeye başladım. Bir tarih bile belirledim ve neredeyse bir umut duygusu olarak uyku haplarımı biriktirdim. Artık sonsuza kadar bu şekilde devam etmeme gerek yok, dedim kendi kendime. Sonra o gün geldi ve oyun hiç durmadan devam etti; kendimi öldürmedim. Korktuğumdan değil; beni engelleyen bir anıydı – V1 düştükten sonra odaya geldiğimde Sarah'nın yüzündeki hayal kırıklığının anısı. Gelişmemiş bir tür vicdana sahip olduğundan, X ile ilişkisi vicdanını daha az yaralasın diye içten içe ölmemi ummamış mıydı? Şimdi kendimi öldürürsem, benim için endişelenmesine gerek kalmayacaktı ve elbette bizim dört yıllık birlikteliğimizin ardından X ile bile sorunlar yaşayacaktı. Ona bu mutluluğu tattırmayacaktım. Bir yolunu bilseydim onun endişelerini tahammül edemeyeceği noktaya kadar çıkarırdım ve bu âcizliğim beni öfkelendiriyordu. Ondan öyle nefret ediyordum ki.

Aşkın bir sonu olduğu kadar nefretin de bir sonu vardır elbette. Altı ay sonra artık bütün gün Sarah'yı düşünmediğimi ve mutlu olduğumu fark ettim. Nefret tamamen son bulmazdı çünkü hemen bir kırtasiyeciye girdim, resimli bir kartpostal aldım ve üzerine –kim bilir– belki de bir an için acı verebilecek coşkulu bir mesaj yazdım, ama sıra adresini yazmaya gelinceye kadar onu incitme arzusunu yitirdim ve kartı yere attım. Henry'yle buluşmamızın nefreti yeniden canlandırması garipti. Parkis'in yeni raporunu açarken keşke aşk da bunun gibi yeniden canlanabilse diye düşündüğümü hatırlıyorum.

Bay Parkis işini iyi yapmıştı; pudra işe yaramış, hangi daire olduğu belirlenmişti – Cedar Road 16 numaranın en üst katı: Bayan Smythe adlı biriyle erkek kardeşi Richard oturuyordu. Bir kız kardeş olarak Bayan Smythe'in de bir koca olarak Henry kadar sorun çıkarmayan biri olup olmadığını merak ettim ve o isimle tüm gizli kibrim şahlandı – şu y harfi ve sonuna konulan e harfi.* Cedar Road'da oturan bir Smythe'e kadar düştü mü diye düşündüm. Son iki yıl içindeki uzun bir sevgili zincirinin son halkası mıydı ya da onu gördüğümde (ki ben onu Bay Parkis'in raporlarında olduğundan daha az kendimi gizleyerek görmeye kararlıydım) 1944 Haziran'ında uğruna beni terk ettiği adama mı bakıyor olacaktım?

"Zili çalıp doğruca içeri yürüsem ve yaralı bir koca gibi onun karşısına mı çıksam?" diye sordum Bay Parkis'e (benimle randevulu olarak bir A.B.C.'de** buluşmuştu – yanında oğlu olduğu ve onu bara götüremeyeceği için kendisi bunu önermişti).

"Ben buna karşıyım efendim," dedi Bay Parkis, çayına üçüncü kaşık şekeri koyarken. Oğlu arka tarafta bizi duy-

* Yazar, orijinali Smith olan bu İngiliz soyadının yer yer bazı nedenlerle bu şekilde değiştirilmiş yazılışını hor görüyor. (ç.n.)

** Birleşik Krallık'ta 1862'de Dr. John Dauglish'in kendi çığır açan buluşu olan fırın tekniğiyle kurduğu "Aerated Bread Company" (A.B.C.) adlı ekmek ve pasta şirketi. 1864'ten sonra A.B.C.'ler pasta, ekmek ve çöreklerin yanı sıra çay da servis edilmeye başlanan salonlar haline geldi. Şirket 1982'de faaliyetine son verdi. (ç.n.)

mayacağı bir masada bir bardak portakallı gazoz ve çörekle oturuyordu. İçeri giren herkesi, şapka ve paltolarından ince sulu karı silkelerken sanki sonra rapor etmek zorundaymış gibi uyanık kahverengi boncuk gözleriyle izliyordu – Parkis eğitiminin bir parçası olarak bunu yapmak zorundaydı belki de. "Bakın, efendim, siz kendiniz kanıt bırakmaya niyetli değilseniz, mahkemede işleri zorlaştırır bu."

"Mahkemeye hiç gitmeyecek bu."

"Dostane çözüm mü?"

"İlgi eksikliği," dedim. "İnsan adı Smythe olan birini mesele yapamaz gerçekten. Yalnızca onu görmek isterim, hepsi bu."

"En güvenlisi, efendim, bir sayaç okuyucusu olmak."

"Siperli bir şapka takamam ben."

"Duygularınızı anlıyorum efendim. Benim de kaçınmaya çalıştığım bir şey bu. Zamanı gelince oğlumun da bundan kaçınmasını isterim." Hüzünlü gözleri, oğlunun yaptığı her hareketi izliyordu. "Dondurma istedi, efendim, ama ben hayır dedim, bu havada olmaz." Dondurmanın düşüncesi bile buz kesmesine neden olmuş gibi biraz titredi. "Her mesleğin bir onuru vardır, efendim," dediği zaman ne demek istediği konusunda hiçbir fikrim yoktu.

"Bana oğlunu ödünç verir misin?" dedim.

"Eğer bana tatsız bir şey olmayacağını garanti ederseniz, efendim," dedi kuşkuyla.

"Bayan Miles oradayken gitmek istemiyorum. Bu sahne evrensel geçerlilik taşıyacak."

"Ama çocuk neden, efendim?"

"Onlara çocuğun hasta olduğunu söyleyeceğim. Yanlış adrese gitmişiz gibi olacak. Bir süre orada oturmasına izin vermeden edemezler."

"Oğlan bunu yapacak yetenekte," dedi Bay Parkis gururla, "ve Lance'e kimse dayanamaz."

"Adı Lance, öyle mi?"

"Sir Lancelot'un isminden geliyor, efendim. Yuvarlak Masa Şövalyeleri."

"Çok şaşırdım. O bölüm çok tatsızdı kesinlikle."

"Kutsal Kâse'yi buldu, efendim," dedi Bay Parkis.

"Onu bulan Galahad'dı. Lancelot, Guinevere ile birlikte yatakta yakalanmıştı." Masumlarla böyle dalga geçme arzusu nereden geliyor bize? Çekememezlik mi? Bay Parkis, sanki ona ihanet etmiş gibi oğluna doğru bakarak, üzgün üzgün "Bunu duymamıştım," dedi.

VII

Ertesi gün Cedar Road'a gitmeden önce anacaddede –babasına rağmen– çocuğa dondurma aldım. Henry Miles bir kokteyl partisi veriyordu – Bay Parkis öyle haber verdi, dolayısıyla asayiş berkemaldi. Elbiselerini düzelttikten sonra çocuğu bana teslim etti. Bir müşteriyle ilk kez sahneye çıkmanın onuruna çocuk en güzel kıyafetlerini giymiş, bense en kötülerimi giymiştim. Çilekli dondurmanın birazı kaşığından düşüp elbisesini lekeledi. Son damlasına kadar bitirinceye dek sessizce oturdum. Sonra, "Bir tane daha?" dedim. Kafa salladı. "Çilekli mi yine?"

"Vanilyalı," dedi ve uzun bir aradan sonra, "lütfen," diye ekledi.

İkinci dondurmayı büyük bir ihtiyatla yedi, sanki parmak izlerini temizliyormuş gibi kaşığı dikkatle yalayarak. Sonra bir baba oğul gibi el ele Common'dan geçerek Cedar Road'a gittik. Sarah ve ben, ikimiz de çocuksuzduk, diye düşündüm. Evlenip çocuk sahibi olmak ve bu şehvet ve kıskançlık gibi kaçak göçek meselelerle Parkis'in raporlarından uzakta, şirin ve sakin bir yerde huzur içinde yaşamak daha mantıklı olmaz mıydı?

Cedar Road'daki evin en üst kat ziline bastım. Çocuğa dedim ki, "Unutma. Sen hastasın."

"Bana dondurma verirler mi?" diye başladı. Parkis onu hazır olması için eğitmişti.

"Vermezler."

Sanırım kapıyı açan Bayan Smythe idi – saçlarını hayır işleri için düzenlenen kermeslerde ağartmış orta yaşlı bir kadındı. "Bay Wilson burada mı oturuyor?" diye sordum.

"Hayır. Ne yazık ki..."

"Acaba alt katta mıdır, siz biliyor musunuz?"

"Bu binada Wilson diye biri yok."

"Tüh," dedim. "Çocuğu onca yoldan getirdim ve şimdi iyi hissetmiyor..."

Çocuğa bakmaya cesaret edemiyordum ama Bayan Smythe'in ona bakışından rolünü sessiz ve etkili bir biçimde yerine getirdiğini kesin olarak hissediyordum. Bay Savage onu ekibinin bir üyesi olarak kabul etmekten gurur duyardı.

"İçeri getirin onu, otursun," dedi Bayan Smythe.

"Çok naziksiniz."

Sarah'nın bu kapıdan küçük, dağınık sofaya kim bilir kaç kez geçtiğini düşündüm. İşte, X'in evindeydim. Muhtemelen askıdaki kahverengi bere ona aitti. Benim yerimi alan kişinin parmakları –Sarah'ya dokunan parmaklar– gaz sobasının sarı alevine, kar grisi öğleden sonra boyunca yanan pembe abajurlu lambalara, kreton koltuk kılıfı israfına açılan bu kapının kulpunu her gün çeviriyordu. "Küçük oğlunuza bir bardak su verebilir miyim?"

"Çok naziksiniz." Bunu daha önce söylediğimi hatırladım.

"Ya da biraz sıkma portakal suyu."

"Zahmet etmeyin."

"Portakal suyu," diye tembihledi çocuk sıkı sıkı, yine uzun bir aradan sonra kadın kapıdan çıkarken "lütfen"i ekledi. Şimdi ikimiz yalnız kalınca ona baktım: Koltuğa gömülmüş, gerçekten de hasta görünüyordu. Bana göz kırpmamış olsaydı acaba... diye düşünecektim. Bayan Smythe elinde portakal suyuyla döndü ve ben "Teşekkür et, Arthur," dedim.

"Adı Arthur mu?"

"Arthur James," dedim.

"Çok eski moda bir isim."

"Biz, eski kafalı bir aileyiz. Annesi, Tennyson* severdi."

"Annesi?.."

"Evet," dedim ve çocuğa merhametle baktı.

"Sizin için bir teselli olmalı."

"Aynı zamanda da kaygı," dedim. Utanmaya başladım; kadın öyle saftı ki, bense burada ne arıyordum? Bay X'le görüşmeyi bile başaramamıştım henüz ve yataktaki adamla yüzleşmek beni mutlu edecek miydi? Taktik değiştirdim. "Kendimi tanıtmalıyım. Benim adım Bridges," dedim.

"Benimki de Smythe."

"Sizinle daha önce karşılaştığıma dair kuvvetli bir his var içimde."

"Sanmıyorum. Benim yüz hafızam çok kuvvetlidir."

"Belki de sizi Common'da görmüşümdür."

"Oraya erkek kardeşimle bazen gideriz."

"Bir ihtimal John Smythe olmasın?"

"Hayır," dedi, "Richard. Küçük oğlan nasıl oldu?"

"Daha kötüyüm," dedi Parkis'in oğlu.

"Ateşini ölçsek mi, ne dersiniz?"

"Biraz daha portakal suyu alabilir miyim?"

"Bir zararı olamaz, olabilir mi acaba?" diye sordu Bayan Smythe. "Zavallı çocuk. Belki ateşi vardır."

"Size yeterince rahatsızlık verdik."

"Sizi misafir etmezsem kardeşim asla affetmez beni. Çocukları çok sever."

"Kardeşiniz evde mi?"

"Gelmek üzeredir."

---

* İngiliz şair Alfred Tennyson. (ç.n.)

"İşten mi geliyor eve?"

"Şey, aslında o pazarları çalışır."

"Rahip mi?" diye gizli bir fesatlıkla sordum ve kafamı karıştıran bir yanıt aldım: "Pek sayılmaz." Endişeli bir bakış aramıza perde gibi girdi ve kadın özel sorunlarıyla birlikte onun arkasına çekildi. O ayağa kalkarken sofanın kapısı açıldı ve gelen X'ti. Sofanın loşluğunda yakışıklı bir aktör yüzü izlenimi edindim – bir kabalık göstergesi olarak aynada kendine çok fazla bakan bir yüz, ardından da kederli ve memnuniyetsiz bir halde keşke Sarah'nın daha iyi bir zevki olsaydı diye düşündüm. Sonra içeriye, lambaların aydınlığına girdi. Sol yanağını kaplayan bariz çirkin lekeler ayırt edici işaretler gibiydi – ona haksızlık etmiştim, hiçbir aynada kendine bakmaktan mutlu olamazdı.

"Kardeşim Richard. Bay Bridges," dedi Bayan Smythe, "Bay Bridges'in küçük oğlu kendini iyi hissetmiyor. Onları içeri davet ettim."

Adam gözlerini çocuktan ayırmadan elimi sıktı. Elinin kuruluğunu ve sıcaklığını fark ettim. "Oğlunuzu daha önce gördüm," dedi.

"Common'da mı?"

"Belki."

Odaya göre fazlaca güçlü biriydi. Kretonlara yakışmıyordu. Onlar başka bir odadayken kız kardeşi burada mı oturuyordu... yoksa sevişirlerken onu bazı işler için dışarıya mı gönderiyorlardı?

Eh, adamı görmüştüm; kalmak için başka bir neden yoktu –şimdi onun görüntüsüyle ortaya çıkan tüm diğer sorular hariç– nerede tanışmışlardı? İlk adımı Sarah mı atmıştı? Bu adamda ne bulmuştu? Ne kadar sürmüştü, ne kadar sık buluşmuşlardı? Sarah'nın yazdığı bazı sözleri ezbere biliyordum: "Sana yazmaya ya da seninle konuşmaya ihtiyacım yok... Daha yeni yeni sevmeye başladığımı biliyorum, ama şimdiden sen hariç herkesi, her şeyi terk etmek istiyorum."

Adamın yanağındaki derisi soyulmuş lekelere baktım ve hiçbir yerde güvenlik olmadığını düşündüm: Bir kamburluk, bir topallık – hepsinde aşkı harekete geçiren bir tetikleyici var.

"Buraya gelmekte asıl amacınız neydi?" diyerek aniden düşüncelerimin arasına girdi.

"Bayan Smythe'e söyledim – Wilson adında bir adam..."

"Sizin yüzünüzü hatırlamıyorum ama oğlunuzunkini hatırlıyorum." Çocuğun eline dokunmak istermiş gibi hüsran dolu kısa bir hareket yaptı. Gözlerinde mesafeli bir hassasiyet vardı. "Benden korkmanıza gerek yok," dedi. "Buraya insanların gelmesine alışığım. Emin olun ben yalnızca faydalı olmak istiyorum."

"İnsanlar genellikle çekingenlik ediyor," diye ekledi Bayan Smythe. Bütün bunların ne anlama geldiğini inanın hiç anlayamamıştım.

"Ben sadece Wilson adında bir adamı arıyordum."

"Öyle bir adam olmadığını *benim* bildiğimi siz de biliyorsunuz."

"Bana bir telefon rehberi verebilirseniz adresine bakabilirim..."

"Oturun tekrar," dedi ve çocuğa bakıp dalgın dalgın düşündü.

"Gitmeliyim. Arthur daha iyi hissediyor ve Wilson..." Anlaşılmaz davranışları beni huzursuz ediyordu.

"İsterseniz siz gidebilirsiniz elbette, ama çocuğu –yarım saatliğine de olsa– burada bırakamaz mısınız? Onunla konuşmak istiyorum." Bana öyle geliyordu ki Parkis'in asistanını tanımıştı ve onu çapraz sorguya çekecekti. "Ona sormak istediğiniz her şeyi bana sorabilirsiniz," dedim. Lekesiz yanağını bana her döndüğünde öfkem büyüyordu; çirkin sarı yanağını her gördüğümde öfkem geçiyordu ve – şehvetin burada, çiçekli kretonlar arasında, Bayan Smythe çay getirmeye gittiğinde var olduğuna inanamadığım gibi–

buna da inanamıyordum. Ama çaresizlik her zaman bir cevap üretebilir ve çaresizlik şimdi bana soruyordu: Şehvet değil de aşk olsa yine bu kadar inanamaz mıydın?

"Siz ve ben çok yaşlıyız," dedi adam. "Ama okuldaki öğretmenleri ve rahipler – onlar yalanlarıyla bu çocuğu daha yeni kirletmeye başladılar."

"Hangi musibetten bahsettiğinizi anlamadım," dedim ve çabucak Bayan Smythe'e dönüp ekledim: "Özür dilerim."

"İşte, görüyorsunuz," dedi. "Musibet dediniz, ama eğer sizi sinirlendirdiysem belki de 'Tanrım' demeliydiniz."

Onu büyük şaşkınlığa uğratmıştım sanırım: İngiltere Kilisesi'ne mensup olmayan Protestan bir papazdı belki. Bayan Smythe onun pazarları çalıştığını söylemişti, ama böyle bir adamın Sarah'nın âşığı olması ne kadar korkunç bir tuhaflıktı. Bu aniden Sarah'nın önemini azalttı; aşk ilişkisi bir şakaya dönüştü; katılacağım ilk akşam yemeğinde bizzat komik bir anekdot olarak anlatılabilirdi. Bir an için kendimi Sarah'dan kurtarmıştım. Çocuk "Hastayım. Biraz daha portakal suyu alabilir miyim?" dedi.

"Bence içmesen iyi olur, canım," dedi Bayan Smythe.

"Gerçekten onu alıp gitmeliyim. Çok nazik davrandınız." Adamın yüz lekelerini iyi görebilmeye çalışıyordum. "Sizi biraz bile üzdüysem, özür dilerim. İstemeden oldu. Dini inançlarınızı paylaşmıyorum," dedim.

Bana şaşkınlıkla baktı. "Ama benim dini inancım yok. Hiçbir şeye inanmıyorum."

"Sanmıştım ki şeye... itiraz ettiniz."

"Yarım bırakılmış işlerden nefret ederim. Affedersiniz. Biliyorum çok ileri gittim, Bay Bridges, ama bazen insanların –Tanrı'ya emanet ol gibi– geleneksel ifadelerle bile hatırlamasından korkuyorum. Keşke torunumun, tanrı gibi bir kelimenin bizim için Svahili dilindeki bir kelimeden fazla bir şey ifade etmediğini bile bilmeyeceğine inanabilsem."

"Bir torununuz mu var?"

"Hiç çocuğum yok," dedi üzgün üzgün. "Oğlunuza gıpta ediyorum. Bu büyük bir görev ve büyük bir sorumluluk."

"Ona ne sormak istediniz?"

"Burada kendisini evinde hissetmesini istedim çünkü daha sonra yine gelebilir. İnsanın bir çocuğa söylemek istediği o kadar çok şey var ki. Dünya nasıl yaratıldı. Ona ölümden bahsetmek istedim. Onu okulda aşılanan bütün yalanlardan kurtarmak istedim."

"Bunları yapmak için yarım saat yetmez."

"İnsan tohum ekebilir."

"Bu İncil'de var," dedim, kötü niyetle.

"Ah, ben de kirletildim. Bunu bana söylemenize gerek yok."

"İnsanlar gerçekten size mi geliyorlar... gizlice?"

"Şaşırırsınız," dedi Bayan Smythe. "İnsanlar bir umut mesajına çok hasretler."

"Umut mu?"

"Evet, umut," dedi Smythe. "Dünyadaki herkes burada sahip olduklarımızdan başka hiçbir şey olmadığını bilse nasıl bir umut olacağını göremiyor musunuz? Gelecekte tazmin, ödüller, cezalar yok." Diğer yanağı görünmediği zaman yüzünde çılgın bir asalet vardı. "O zaman bu dünyayı cennete çevirmeye başlarız."

"Önce açıklanması gereken çok fazla şey var," dedim.

"Size kütüphanemi gösterebilir miyim?"

"Güney Londra'daki en iyi rasyonalist kütüphane," dedi Bayan Smythe.

"Benim ikna edilmeye ihtiyacım yok, Bay Smythe. Ben zaten hiçbir şeye inanmıyorum. Ancak nadiren."

"Halletmemiz gerekenler nadir olanlar."

"Tuhaf olan, bunların umut anları olması."

"Gurur, umudun kisvesine bürünebilir. Ya da bencilliğin."

"Bütün bunlarla ilgisi olduğunu sanmıyorum. Birdenbire oluyor, hiçbir neden yokken, bir koku..."

"Oo," dedi Smythe, "bir çiçeğin yapısı, tasarımın mantığı, bir saatçiye ihtiyaç duyan bir saatle ilgili tüm bu meseleler. Bunun modası geçti. Schwenigen, tüm bunların cevabını yirmi beş yıl önce verdi. Gelin size göstereyim..."

"Bugün olmaz. Çocuğu gerçekten eve götürmeliyim."

Reddedilmiş bir âşık gibi, yine o hüsran dolu hassasiyet jestini yaptı. Birdenbire kaç ölüm döşeğinden kovulmuştu, diye düşündüm. Ona bazı umut mesajları vermek istediğimi de fark ettim ama o sırada yanak döndü ve yalnızca kibirli aktör suratını gördüm. Onu zavallı, yetersiz ve çağdışı olduğunda tercih ediyorum. Ayer, Russell – bugün onlar modaydılar, ama kütüphanesinde çok fazla mantıksal pozitivist olduğundan kuşkuluydum. Onda sadece dava adamları vardı, tarafsızlar yoktu.

Kapıda –o tehlikeli "Tanrı'ya emanet olun" ifadesini kullanmadığını fark ettim– doğrudan yakışıklı olan yüzünü hedef aldım: "Bir arkadaşımla tanışmalısınız, Bayan Miles. O ilgilenir..." Ve sustum. Atış hedefini bulmuştu. Sanki lekeler daha koyu kırmızıya dönüştü ve adam aniden dönüp giderken Bayan Smythe'in "Aman Tanrım," dediğini duydum. Ona acı verdiğimden kuşku yoktu, ama bu acı onun olduğu kadar benimdi de. Yaptığım atışın ıska geçmesini ne kadar çok isterdim.

Dışarıdaki oluğun yanında Parkis'in oğlunun midesi bulandı. Onu kustururken orada dikilip acaba bu adam da mı Sarah'yı kaybetti diye düşündüm. Bunun bir sonu yok muydu? Şimdi de Y'yi mi bulmak zorundaydım?

VIII

"Gerçekten çok kolay oldu, efendim," dedi Parkis. "Çok kalabalık vardı, Bayan Miles beni eşinin bakanlıktaki arkadaşlarından biri sandı, Bay Miles da beni *eşinin* arkadaşı sandı."

"Güzel bir kokteyl parti miydi?" diye sordum, o ilk karşılaşmamızı ve Sarah'yı bir yabancıyla gördüğüm günü hatırlayarak.

"Son derece başarılıydı diyebilirim, efendim, ama Bayan Miles biraz keyifsiz görünüyordu. Çok kötü öksürüyordu." Onu zevkle dinledim. Belki de bu partide kuytularda öpüşme veya temas olmamıştı. Masamın üzerine kahverengi bir kâğıt paket koydu ve gururla şöyle dedi: "Odasına giden yolu hizmetçiden öğrenmiştim. Biri beni fark etseydi, tuvaleti arıyorum diyecektim ama kimse görmedi. İşte orada, masasının üzerindeydi; o gün üzerinde çalışmış olmalıydı. Elbette çok ihtiyatlı olabilir, ama benim günlüklerle ilgili tecrübem şudur ki her zaman bir şeyleri ele verirler. İnsanlar kendi küçük şifrelerini icat eder ama hemen anlarsınız işin içyüzünü, efendim. Ya da bir şeyleri eksik bırakırlar, ama siz onların ne olduğunu kısa sürede bulursunuz." O konuşurken defteri paketten çıkardım ve kapağını açtım. "İnsan doğası, efendim, bir günlük tutuyorsanız, bir şeyleri hatırlamak istersiniz. Yoksa başka ne için tutulur?"

"Siz buna baktınız mı?" diye sordum.

"İçeriğine biraz baktım, efendim ve bir tek paragraftan onun ihtiyatlı biri olmadığı yargısına vardım."

"Bu yılın değil," dedim. "İki yıl önceki."

Bir an allak bullak oldu.

"İşime yarar," dedim.

"İşimizi görür, efendim – eğer hiçbir şey örtbas edilmediyse."

Günlük, büyük bir hesap defterine, kırmızı mavi çizgiler arasına, tanıdık koyu renk elyazısıyla yazılmıştı. Günü gününe tutulmamıştı ve Parkis'i yatıştırabildim: "Birkaç yılı kapsıyor."

"Sanırım bir şey onun çıkarıp okumasına vesile oldu." Benimle ilgili, ilişkimizle ilgili bir anı, tam da o gün aklına düşmüş, huzurunu kaçırmış olabilir mi acaba diye düşündüm. "Bunu ele geçirdiğimize sevindim, çok sevindim," dedim Parkis'e. "Biliyor musunuz, gerçekten hesabı kapatabiliriz artık diyorum."

"Umarım memnun kalmışsınızdır, efendim."

"Çok memnunum."

"Bir de, Bay Savage'a böyle yazar mısınız, efendim. Müşterilerden kötü haberler alıyor, ama kimse ona iyi şeyleri yazmıyor. Bir müşteri ne kadar memnun olursa o da o kadar unutmak istiyor, bizi hemen aklından çıkarmayı istiyor. Onları da suçlayamayız ki."

"Yazacağım."

"Ayrıca, çocuğa iyi davrandığınız için, teşekkür ederim, efendim. Biraz üzgündü ama nasıl olduğunu bilirim – Lance gibi bir çocuk söz konusuysa dondurmayı sınırlamak zordur. Siz ona bir şey diyemeden dondurmaları koparır sizden." Okumak için sabırsızlanıyordum ama Parkis lafı uzatıyordu. Belki de gerçekten onu hatırlayacağıma güvenmiyordu ve o acındıran bakışları ve o seyrek bıyıklarıyla hafızamda daha sağlam bir iz bırakmaya uğraşıyordu. "İşbirliğimizden keyif aldım, efendim – tabii böyle üzücü koşullar altında keyif almaktan söz edilebilirse. Unvanları olsa bile her zaman gerçek beyefendilerle çalışmıyoruz. Bir keresinde bir Lordlar Kamarası üyesi ile çalışmıştım, ona raporumu verdiğimde sanki suçlu taraf benmişim gibi küplere bindi. Cesaret kırıcı bir şey bu, efendim. Ne kadar başarılı olursanız sizi son kez görmekten o kadar memnun oluyorlar."

Parkis'i son kez görmek istediğimi çok iyi biliyordum ve sözleri bende suçluluk duygusu uyandırdı. Adamı hemen gönderemedim. "Düşünüyordum da, efendim," dedi, "size küçük bir hatıra vermek isterdim – ama sizin almak istemeyeceğiniz bir şeyse." Sevilmek ne tuhaf. Kendiliğinden belli bir bağlılık uyandırıyor. Bu yüzden Parkis'e yalan söyledim. "Sizin sohbetinizden her zaman keyif aldım."

"Çok talihsiz bir şekilde başlayan sohbetimiz, efendim. Aptalca bir hatayla."

"Oğlunuza hiç bahsettiniz mi?"

"Evet, efendim, ama ancak aradan birkaç gün geçtikten sonra, çöp sepeti başarısının ardından. Bu acıyı hafifletti."

Deftere dönüp okudum: "Çok mutluyum. M. yarın dönüyor." Bir an M.'nin kim olduğunu düşündüm. İnsanın bir zamanlar sevilmiş olmasını, varlığının bir zamanlar bir başkasının gününün iyi ya da kötü geçmesini sağlama gücüne sahip olmasını düşünmek ne kadar tuhaf ve alışılmadık.

"Ama bir hatırayı gerçekten reddetmezseniz, efendim."

"Elbette reddetmem, Parkis."

"İşte şöyle bir şeyim var, efendim, ilgi çekebilecek ve kullanılabilecek bir şey." Cebinden peçeteye sarılmış bir nesneyi çıkardı ve masanın üzerinden utana sıkıla bana doğru itti. Üzerinde Hotel Metropole, Brightlingsea yazan ucuz bir kül tablasıydı. "Epeyce bir geçmişi var, efendim, bunun. Bolton vakasını hatırlarsınız."

"Hatırladığımı söyleyemem."

"Zamanında büyük patırtı yaratmıştı, efendim. Leydi Bolton, hizmetçisi ve o adam. Üçünü birlikte buldular. Bu kül tablası yatağın yanındaydı. Leydi'nin tarafında."

"Küçük bir müze toplamış olmalısınız."

"Bunu Bay Savage'a vermeliydim –özel bir ilgi göstermişti– ama şimdi vermediğime memnunum, efendim. Dostlarınız üzerine sigaralarını koyduğunda bu yazının bazı yorumlara yol açtığını göreceksiniz diye düşünüyorum, siz de pat diye cevabı vereceksiniz – Bolton Vakası. Hepsi daha fazlasını öğrenmek isteyecek."

"Heyecan verici görünüyor."

"İnsan doğası işte efendim, öyle değil mi ve insanın aşkı. Yine de şaşırmıştım. Üçüncü kişiyi beklemiyordum. Oda çok büyük veya lüks de değildi. Bayan Parkis hayattaydı o zaman, ama ona detayları anlatmak istemedim. Bazı şeyler onu rahatsız ediyordu."

"Hatıraya kesinlikle değer vereceğim."

"Ah, kül tablalarının dili olsa, efendim."

"Olsa, gerçekten."

Ama bu olağanüstü fikirleriyle bile Parkis sözlerini bitirmişti. Son kez elimi sıktı, biraz yapış yapıştı (belki Lance'in eline temas etmişti) ve gitti. İnsanın tekrar görmeyi isteyebileceği tiplerden değildi. Sonra Sarah'nın günlüğünü açtım. Öncelikle her şeyin bittiği 1944 Haziran'ında yazdıklarına bakmayı düşündüm ve bunun nedenini bulduktan sonra kendi günlüğümden kontrol ederek aşkının nasıl yavaş yavaş sönüp gittiğini tam olarak öğrenebileceğim birçok başka tarih vardı. Bunu, görülmesi gereken bir davanın –Parkis'in davalarından birinin– belgesi olarak ele almak istiyordum, ama günlüğü açtığımda beklemediğim şeylerle karşılaştığım için o kadar sakin olamadım. Nefret, şüphe ve kıskançlık beni o kadar uzağa sürüklemişti ki Sarah'nın sözlerini bir yabancının aşk ilanı gibi okudum. Aleyhinde bol bol delil bulmayı bekliyordum –çok defa yalanını yakalamamış mıydım?– ve sesine inanamadığım için şimdi bütün cevap inanabileceğim şekilde yazılı olarak buradaydı. Çünkü önce son sayfaları okumuştum ve sonunda emin olmak için tekrar okudum. İnsan kendi içinde seveceği bir ebeveyn ya da Tanrı'dan başka kimse için hiçbir şey bulunmadığını bildiği zaman, sevildiğini keşfetmesi ve buna inanması garip bir şey.

ÜÇÜNCÜ KİTAP

I

...bitirdiğimizde geriye bir tek Sen kalmıştın. Her ikimiz için de. Aşkı her seferinde azar azar tüketerek, orada burada, bir o erkekte bir bu erkekte idareli kullanarak ömrümü geçirebilirdim. Ama ilk seferinde bile, Paddington yakınlarındaki otelde, sahip olduğumuz her şeyi tükettik. Sen oradaydın, günün birinde geriye Senin aşkından başka hiçbir şey kalmasın diye, zengin adama öğrettiğin gibi bize israf etmeyi öğretiyordun. Ama Sen bana karşı fazlasıyla iyisin. Senden acı istediğimde, Sen bana huzur veriyorsun. Ona da ver. Benim huzurumu ona ver – onun buna daha fazla ihtiyacı var.

12 Şubat 1946.

İki gün önce ne çok huzur, sükûnet ve aşk duygusuna sahiptim. Yeniden mutlu bir hayatım olacaktı ama dün gece rüyamda Maurice ile tepede buluşmak için uzun bir merdivenden yukarı çıktığımı gördüm. Hâlâ mutluydum çünkü merdivenlerin tepesine vardığımda sevişecektik. Geliyorum diye seslendim ona ama bana cevap veren Maurice'in sesi değildi; bir yabancının yolunu kaybetmiş gemileri uyaran bir sis düdüğü gibi uğuldayan sesiydi ve beni korkuttu. Evini kiraya verip gitmiş, diye düşündüm ve nerede olduğunu bilmiyordum, merdivenlerden tekrar aşağı inerken belime kadar sulara gömüldüm, sofada sisten göz gözü görmüyordu. O sırada uyandım. Artık huzurlu değilim. Onu eski günlerde alıştığım gibi istiyorum. Onunla birlikte sandviç yemek istiyorum. Onunla birlikte barda içki içmek istiyorum. Yoruldum, daha fazla acı istemiyorum. Maurice'i istiyorum. Sıradan dünyevi insan aşkını istiyorum. Sevgili Tanrım, biliyorsun ki Senin acını istemek istiyorum, ama bunu şimdi istemiyorum. Acıyı bir süreliğine al, başka bir zaman ver bana.

Bundan sonra defteri baştan okumaya başladım. Günü gününe yazmamıştı ve ben de her sayfayı okumak istemiyordum. Henry ile birlikte gittiği sinemalar, restoranlar, partiler – hakkında hiçbir şey bilmediğim o hayat hâlâ beni incitecek güce sahipti.

II

12 Haziran 1944.

Bazen onu sevdiğime ve sonsuza dek seveceğime ikna etmeye çalışmaktan çok yoruluyorum. Bir avukat gibi sözlerimin üzerine atılıyor ve onları çarpıtıyor. Aşkımız bitecek olursa çevresini saracak o çölden* korkuyor biliyorum ama benim de tıpatıp aynı şeyi hissettiğimi anlayamıyor. Onun yüksek sesle söylediğini ben sessizce kendime söylüyorum ve buraya yazıyorum. İnsan çölde ne inşa edebilir ki? Bazen pek çok kez seviştiğimiz bir günden sonra, buna bir son vermemiz mümkün olamaz mı diye düşünüyorum, bunu onun da düşündüğünü ve ıssızlığın başladığı o noktadan korktuğunu biliyorum. Birbirimizi kaybedersek çölde ne yaparız? Ondan sonra nasıl yaşamını sürdürür insan?

Dünü, bugünü ve yarını kıskanıyor. Onun aşkı bir ortaçağ bekâret kemeri gibi; yalnızca kendisi orada benimle

---

* Çöl, çile çekmeye ve ilahi aşka işaret eden bir metafordur. Sarah ve dolayısıyla Graham Greene, eserde sık sık çöl ve/veya ıssızlık metaforlarına değiniyor. (ç.n.)

birlikteyken, içimdeyken, kendini güvende hissediyor. Ancak ona güvende olduğunu hissettirebildiğim zaman, vahşice, ölçüsüzce değil de huzurla, mutlulukla sevebiliyoruz ve ıssızlık gözden kayboluyor. Belki de bir ömür boyu.

İnsan Tanrı'ya inanabilirse ıssızlığı doldurabilir mi?

Ben her zaman beğenilmekten ve hayran olunmaktan hoşlanmışımdır. Bir erkek bana sırtını dönerse, bir dostumu kaybedersem kendimi müthiş güvensiz hissederim. Bir kocayı bile kaybetmek istemem. Her zaman, her yerde, her şeyi isterim. Issızlıktan korkarım. Kiliselerde, Tanrı sizi seviyor, Tanrı her şeydir diyorlar. Ona inanan insanların hayran olunmaya ihtiyaçları yoktur, bir erkekle birlikte olmaya ihtiyaçları yoktur, güvende hissederler. Ama ben bir inanç icat edemem ki.

Bugün bütün gün Maurice bana karşı çok tatlıydı. Bana sık sık bir başka kadını asla bu kadar çok sevmediğini söylüyor. Bunu sık söylerse beni inandıracağını düşünüyor. Ama ben de onu aynı şekilde sevdiğim için buna inanıyorum. Onu sevmekten vazgeçseydim, artık onun aşkına da inanmazdım. Eğer Tanrı'yı sevseydim, o zaman Onun bana olan sevgisine inanırdım. Buna ihtiyaç duymak yetmez. Önce sevmemiz lazım, nasıl olacağını bilmiyorum. Ama buna ihtiyacım var, çok ihtiyacım var.

Bütün gün tatlıydı. Yalnızca bir kez, bir adamın isminden bahsedildiğinde gözlerini kaçırdığını gördüm. Benim hâlâ başka erkeklerle birlikte olduğumu düşünüyor, yapsam da, bu o kadar büyük mesele mi? Eğer ara sıra kendisi bir kadınla birlikte olsa ben dert eder miyim? Issızlıkta birbirimizden yoksun kalmışsak, onu ufak bir arkadaşlıktan mahrum etmezdim. Bazen düşünüyorum da, zamanı gelirse o benden bir bardak suyu bile esirger; beni hiçbir şeyin ve hiç kimsenin olmadığı tam bir inzivaya sürükler – bir keşiş gibi, gerçi onlar asla yalnız olmazlar, ya da öyle derler. Kafam çok karışık. Birbirimize ne yapıyoruz? Çünkü biliyorum ki o bana ne yapıyorsa ben de ona tam olarak aynı şeyi yapıyorum. Bazen çok mutluyuz ve aynı zamanda hayatımızda hiç olmadığımız kadar mutsuzuz. Sanki aynı heykel üzerinde birlikte çalışıyor, onu birbirimizin bedbahtlığından yontuyoruz. Ama ben tasarımı bile bilmiyorum.

17 Haziran 1944.

Dün onunla birlikte eve gittim ve her zamanki şeyleri yaptık. Onları buraya yazacak cüretim yok, ama yazmak isterdim, çünkü şimdi ben yazarken çoktan yarın oldu ve dünün sonuna gelmekten korkuyorum. Ben yazmaya devam ettiğim sürece dün bugün oldu ve biz hâlâ birlikteyiz.

Dün ben onu beklerken Common'da dışarıya hoparlörler yerleştirmişlerdi: I.L.P.* ve Komünist Parti, sadece fıkralar anlatan adam ve bir de Hıristiyanlığa saldıran bir adam vardı. Güney Londra Rasyonalist Cemiyeti ya da buna benzer bir isim. Bir yanağını kaplayan lekeler olmasaydı yakışıklı biri olacakmış. Onu dinleyen çok az kişi vardı ve konuşmasını bölen yoktu. Çoktan ölmüş bir şeye saldırıyordu ve ben bunu neden dert edindiğini merak ettim. Orada kalıp birkaç dakika dinledim; bir Tanrı için yapılan savunmalara karşı çıkıyordu. Benim yalnız olmamaya duyduğum bu korkakça ihtiyaç dışında bir Tanrı var mıydı gerçekten bilmiyordum.

Henry'nin fikrini değiştirmiş olabileceğine ve eve geleceğini bildirmek için bir telgraf göndermiş olabileceğine dair ani bir korku kaplamıştı içimi. En çok neden korktuğumu asla bilmiyorum – benim hayal kırıklığımdan mı, yoksa Maurice'in hayal kırıklığından mı? Her ikimizde de aynı biçimde işliyor: Kavga çıkarıyoruz. Ben kendime kızıyorum, o bana kızıyor. Eve gittim, telgraf yoktu, Maurice'le buluşmaya on dakika geciktim ve onun kızgınlığını karşılamak için kendi kendime kızmaya başladım, ancak o beklenmedik bir şekilde bana nazik davrandı.

---

* Independent Labour Party (Bağımsız İşçi Partisi). (ç.n.)

Daha önce hiç bu kadar sakin bir gün geçirmemiştik ve daha önümüzde bütün bir gece vardı. Marul, sandviç ve tereyağı tayınımızı aldık – fazla yemek istemiyorduk ve hava çok sıcaktı. Şimdi de sıcak; herkes ne güzel bir yaz diyor. Bense Henry'ye katılmak üzere taşraya giden bir trendeyim ve her şey sonsuza dek bitti. Korkuyorum: Issızlık *bu* ve kilometreler boyunca hiç kimse, hiçbir şey yok. Londra'da olsaydım çabucak ölmüş olabilirdim ama eğer Londra'da olsaydım telefona gider ve ezbere bildiğim tek numarayı çevirirdim. Çoğu kez kendi numaramı unutuyorum. Freud olsa, bu aynı zamanda Henry'nin de numarası olduğu için unutmak istediğimi söylerdi. Ama Henry'yi seviyorum, mutlu olmasını istiyorum. Ondan sadece bugün nefret ediyorum çünkü o *mutlu*, ama ben değilim, Maurice değil ve o hiçbir şey bilmiyor. Yorgun göründüğümü söyleyecek ve bunun bir lanet olduğunu düşünecek – artık o günlerin hesabını tutmaya zahmet etmiyor.

Bu gece sirenler çaldı – dün geceyi kastediyorum elbette ama ne önemi var? Issızlıkta zaman yok. Ama ıssızlıktan istediğim zaman çıkabilirim. Yarın eve giden bir treni yakalayıp ona telefon edebilirim. Henry belki hâlâ taşrada olacaktır ve biz geceyi birlikte geçirebiliriz. Bir yemin o kadar da önemli değil – hiç tanımadığım birine, aslında inanmadığım birine edilmiş bir yemin. Bir yeminimi bozduğumu hiç kimse bilmeyecek, O'nunla ben hariç – ve O yok, değil mi? O var olamaz. Merhametli bir Tanrı'nız varken bu çaresizliğe düşemezsiniz.

Geri dönsem nerede olurduk? Sirenler çalmadan önce dün neredeysek orada ve ondan bir yıl öncesinde. Bitecek korkusuyla birbirimize kızgın, geriye hiçbir şey kalmadığında hayatımızla ne yapacağımızı düşünüp dururken. Artık daha fazla düşünmeme gerek yok – artık korkacak bir şey yok. Artık bitti. Ama sevgili Tanrım, bu sevme arzusunu ne yapacağım?

Neden "sevgili Tanrım" diye yazıp duruyorum? Sevgili değil – benim için değil. Eğer O varsa, o zaman bu yemin fikrini kafama o soktu ve bunun için ondan nefret ediyorum. Her beş dakikada bir gri taştan bir kilise ve bir birahane hattan geriye doğru kayıyordu: Issızlık kiliseler ve birahanelerle dolu. Ayrıca birçok market, bisikletli adamlar, çimenler, inekler ve bir de fabrika bacaları. Bir akvaryumdaki suyun içinde yüzen balıklar gibi kumların arasında görünüyorlar. Akvaryumda Henry de bekliyordu, öpeyim diye burnunu uzatarak.

Sirenlere hiç aldırış etmedik. Onların önemi yoktu. O şekilde ölmekten korkmuyorduk. Ama hava saldırısı durmaksızın devam ediyordu. Sıradan bir saldırı değildi; gazetelerin yazmasına izin verilmiyor henüz ama herkes biliyor. Bize uyarısını yaptıkları yeni şeydi bu. Maurice bodrumda kimse var mı diye bakmak üzere alt kata indi – o benim için korkuyordu, ben onun için korkuyordum. Bir şey olacağını biliyordum.

Sokakta bir patlama olduğunda gideli iki dakikayı geçmemişti. Odası arka taraftaydı ve burada kapının basınçla açılması ve birkaç sıva parçasının dökülmesinden başka bir şey olmadı ama bomba düştüğünde onun evin ön tarafında olduğunu biliyordum. Merdivenlerden aşağı indim; basamaklar moloz ve kırılan tırabzanın parçalarıyla darmadağındı ve koridor berbat bir haldeydi. İlkönce Maurice'i görmedim ve sonra yerdeki kapının altından çıkan kolunu gördüm. Eline dokundum; ölü bir el olduğuna yemin edebilirdim. İki kişi birbirini sevdiğinde öpüşmedeki şefkat yoksunluğunu gizleyemezler ve eğer birazcık canı kalmış olsaydı eline dokununca hissetmez miydim ben? Elini tutup kendime doğru çekseydim kapının altından olduğu gibi çıkacağını biliyordum. Şimdi elbette bunun bir histeri olduğunu biliyorum. Ben kandırılmıştım. O ölmemişti. Kişi histeri sırasında verdiği sözlerden sorumlu mudur? Ya da insan hangi vaadini bozar? Bütün bunları yazarken ben şimdi histeriğim. Ama hiçbir yerde, mutsuz olduğumu söyleyebileceğim tek bir kişi bile yok çünkü bana neden diye soracaklar, sorular başlayacak ve ben sinir krizi geçireceğim. Ben sinir krizi geçirmemeliyim çünkü Henry'yi korumalıyım. Of, Henry'nin canı cehenneme, Henry'nin canı cehenneme. Benimle ilgili gerçeği kabul edecek ve korunmaya ihtiyaç duymayacak birini istiyorum. Ben bir fahişe ve sahtekârsam, bir fahişe ve sahtekârı sevecek kimse yok mudur?

Yere çömeldim; böyle bir şey yaptığıma göre çıldırmıştım; çocukken bile bunu yapmak zorunda kalmamıştım – annemle babam duaya hiç inanmazdı, ben de onlardan farklı değildim. Ne söyleyeceğime dair hiçbir fikrim yoktu. Maurice ölmüştü. Yok olmuştu. Ruh diye bir şey yoktu. Ona verdiğim yarım mutluluk bile kan gibi akıp gitmişti ondan. Bir daha mutlu olma şansına sahip olmayacaktı. Sanırım hiç kimseyle; onu bir başkası sevmiş ve benden daha fazla mutlu etmiş olabilirdi, ama artık o şansa sahip olmayacaktı. Diz çöküp başımı yatağa koydum ve inanabilmeyi diledim. Sevgili Tanrım, dedim –neden sevgili, neden sevgili?– inanmamı sağla. İnanamıyorum. İnandır beni. Ben bir fahişe ve sahtekârım, kendimden nefret ediyorum, dedim. Benden bir şey olmuyor. İnanmamı *sağla*. Gözlerimi sıkıca kapattım, tırnaklarımı acıdan başka şey hissetmeyinceye kadar avuçlarımın içine geçirdim ve inanacağım, dedim. Onu dirilt de inanayım. Ona bir şans ver. Mutlu olmasını sağla. Bunu yap ve inanayım. Ama bu yeterli değildi. İnanmak can yakmıyor. Bunun için dedim ki, onu seviyorum ve onu diriltirsen her şeyi yapacağım, çok yavaş söyledim, ondan temelli vazgeçeceğim, sadece onu diriltip bir şans ver ve bastırdım, bastırdım, derimin yarıldığını hissediyordum ve dedim ki, İnsanlar birbirlerini görmeden sevebilirler, değil mi, Seni seviyorlar, hayatları boyunca Seni görmeden ve o kapıdan girdi içeri, yaşıyordu ve ben düşündüm ki şimdi onsuz olmanın çilesi başlıyor ve keşke yine kapının altında güvenle ölmüş olsaydı dedim.

9 Temmuz 1944.

Henry ile birlikte 8.30 trenini yakaladık. Birinci mevki vagonu boş. Henry, Kraliyet Komisyonu Tutanakları'nı yüksek sesle okudu. Paddington'da bir taksiye atladık ve Henry'yi bakanlıkta indirdim. Bu gece evde olmaya söz verdirdim. Taksici yanlış yola girdi ve beni güney yakasından götürdü, 14 numaranın önünden geçtik. Kapı onarılmış ve ön pencereler tahtayla kapatılmıştı. Ölü hissetmek korkunç. İnsan ne olursa olsun yaşadığını tekrar hissetmek istiyor. Kuzey yakasına geldiğimde, iletilmemiş eski mektuplar vardı çünkü ben onlara "hiçbir şey iletmemelerini" söylemiştim. Eski kitap katalogları, eski faturalar, "Önemlidir. Lütfen iletiniz" yazılı bir mektup. Açmak istedim ve hâlâ hayatta olsaydım öyle olacaktı ama onu da kataloglarla birlikte yırtıp attım.

III

10 Temmuz 1944.

Düşündüm ki Common'da Maurice ile tesadüfen karşılaşırsam vaadimi bozmamış sayılırım ve böylece kahvaltıdan sonra, öğle yemeğinden sonra ve akşamüstü tekrar orada yürüyüşe çıktım ama onu hiç görmedim. Saat altıdan sonra dışarıda kalamıyordum çünkü Henry'nin yemekte konukları oluyordu. Konuşmacılar yine haziranda olduğu gibi parktaydı; yüzü lekeli adam hâlâ Hıristiyanlığa saldırıyordu ve kimse umursamıyordu. Keşke o beni inanmadığımız birine verdiğimiz sözü tutmak zorunda olmadığımıza, mucizelerin gerçek olmadığına ikna edebilse diye düşündüm ve gidip bir süre onu dinledim, ama sürekli Maurice'i görebilir miyim diye etrafıma bakıyordum. Adam İncillerin tarihlerinden bahsediyordu ve en eskisinin İsa doğmadan yüz yıl önce yazılmamış olduğunu söyledi. Bu kitapların o kadar eski olduğunu hiç bilmiyordum, ama efsane başladığında bunun o kadar önemli olduğunu sanmıyordum. Sonra adam bize İsa'nın İncillerde asla Tanrı olduğunu iddia etmediğini söyledi, ama İsa diye bir adam hiç yaşamış mıydı, hem benim bu bekleyişimin ve Maurice'i göremeyişimin acısının yanında İncillerin ne önemi vardı. Kır saçlı bir kadın, üzerinde onun Richard Smythe olan adının, Cedar Road adresinin yazılı olduğu ve gelip onunla özel görüşmek isteyen herkesi davet eden küçük kartlar dağıtıyordu. Bazı insanlar kadın sanki bağış talep etmiş gibi kartları almayı reddedip uzaklaşıyor, bazıları da kartları çimlerin üzerine atıyordu (sanırım ekonomik nedenlerden dolayı kadının bir kısmını yerden aldığını gördüm). Durum çok hazin görünüyordu – korkunç lekeler ve hiç kimsenin ilgilenmediği bir şey hakkında konuşmak, atılan kartlarsa sanki reddedilmiş arkadaşlık teklifleriydi. Kartı cebime koydum ve bunu yaptığımı görmüş olmasını ümit ettim.

Sir William Mallock yemeğe geldi. Ulusal Sigorta'da Lloyd George'un danışmanlarından biriydi, çok yaşlı ve önemliydi. Henry'nin, elbette artık emekli maaşlarıyla bir ilişkisi kalmamıştı ama konuya ilgisi devam ediyordu ve o günleri hatırlamayı seviyordu. Maurice'le benim ilk yemeğimizi yediğimiz ve her şeyin başladığı sıralarda dul maaşları üzerinde çalışmıyor muydu? Henry, Mallock'la dul maaşlarına bir şilin daha zam yapılsa on yıl önceki seviyelerine çıkıp çıkmayacağı konusunda istatistiklerle dolu uzun bir tartışmaya girdi. Hayat pahalılığı konusunda anlaşamıyorlardı, çok akademik bir tartışmaydı çünkü ikisi de zaten ülkenin maaşlara zam yapmaya gücünün yetmediğini söylediler. Benim Henry'nin İç Güvenlik Bakanlığı'ndaki şefiyle sohbet etmem gerekiyordu ama V1'ler hariç konuşacak hiçbir şey düşünemiyordum ve birdenbire merdivenlerden inip Maurice'i enkaz altında bulduğumu herkese anlatmayı çok istedim. Tabii ki, çıplak olduğumu, çünkü giyinmeye vakit bulamadığımı söylemek istedim. Sir William Mallock başını bile çevirip bakar mıydı, ya da Henry duyar mıydı? Görüşülmekte olan konudan başka hiçbir şeyi duymamak gibi harika bir beceriye sahipti ve o sırada görüşülen konu 1943'ün geçim endeksiydi. Ben çıplaktım, demek istiyordum, çünkü Maurice ve ben bütün gece sevişmiştik.

Henry'nin şefine baktım. Dunstan adında bir adamdı. Kırık burnu ve yıpranmış yüzüyle bir çömlekçi hatasına benziyordu – satışa çıkarılmak için gereken standartlara uymayan bir yüz. Vereceği yegâne tepki gülümsemek olurdu, diye düşündüm; kızmazdı ya da kayıtsız kalmazdı – bunu insanların yaptığı bir şey olarak kabul ederdi. İçimde öyle bir his vardı ki ben yalnızca bir adım atmalıydım ve o da karşılık verirdi. Düşündüm ki, neden yapmayayım? Bu ıssızlıktan yarım saatliğine de olsa neden kaçmayayım? Yabancılarla ilgili hiçbir söz vermedim, yalnızca Maurice'le ilgiliydi. Hayatımın geri kalanını Henry ile yalnız geçiremem; hiç kimse bana hayran olmadan, hiç kimseye heyecan yaşatmadan, Henry'nin başka insanlarla konuşmalarını dinleyerek sohbet sızıntıları altında Cheddar Mağaraları'ndaki o melon şapkalı* gibi fosilleşemem.

15 Temmuz 1944.

Dunstan'la Jardin des Gourmets'de öğlen yemeği yedik. Dedi ki...

21 Temmuz 1944.

Dunstan'la, evde o Henry'yi beklerken, içki içtik. Şöyle devam etti...

---

* Somerset'teki Gough's Mağarası'nda 1903 yılında keşfedilen, Britanya'nın ilk eksiksiz iskeleti. Kalıntı mezolitik çağa, yaklaşık MÖ 7150 yılına aittir. Yirmili yaşlarında, başına bir balta ile vurularak öldürüldüğü söyleniyor. Bu iskeletin sahibi olan kişinin melon şapka benzeri bir şapka taktığına inanılıyor. (ç.n.)

22 Temmuz 1944.

D. ile akşam yemeği yedim. Daha sonra bir içki daha içmek için eve geldi. Ama yürümedi, yürümedi.

23 Temmuz 1944 - 30 Temmuz 1944.

D. telefon etti. Dışarıda dedirttim. Henry ile birlikte iş gezisine çıktım. Güney İngiltere'de Sivil Savunma. Baş Muhafızlar ve Kent Mühendisleri ile konferanslar. Patlama sorunları. Derin sığınak sorunları. Hayattaymış gibi yapma sorunu. Henry ve ben geceler boyunca mezardaki bedenler gibi yan yana uyuyoruz. Bigwell-on-Sea'deki takviyeli yeni sığınakta Baş Muhafız beni öptü. Henry, belediye başkanı ve mühendisle birlikte yan bölmeye ilerlemişti, Muhafız'ı koluna dokunarak durdurdum ve ona çelik ranzalar hakkında soru sordum, evliler için neden çift kişilik ranza olmadığı gibi aptalca bir şey. Beni öpmek istemesini sağlamaya çalışıyordum. Beni çevirip bir ranzaya dayadı, metal sırtımı boydan boya acıttı ve beni öptü. Sonra çok şaşkın görünüyordu, ben de ona güldüm ve kendim onu öptüm. Ama yürümedi. Bir daha hiç yürümeyecek mi? Belediye başkanı Henry ile birlikte döndü. "Gerekirse iki yüz kişiye yer bulabiliriz," diyordu. O gece Henry resmi bir yemekteyken şehirlerarası santraldan bana Maurice'in telefon numarasını bulmalarını istedim. Numarayı beklerken yatağıma uzandım. Tanrı'ya verdiğim sözü altı haftadır tuttuğumu söyledim. Sana inanamıyorum, seni sevemiyorum, ama vaadimi tuttum. Yeniden hayata dönemezsem bir şıllık olacağım, şıllığın teki. Kendimi bile bile mahvedeceğim. Her yıl biraz daha tükeneceğim. Sözümü tutmamamdan daha mı çok hoşuna gider bu? Barlardaki çok fazla gülen ve yanlarında kendilerine duygusuzca dokunan üç erkek bulunan o kadınlar gibi olacağım. Şimdiden parçalara ayrılıyorum.

Ahizeyi omzumla yüzüm arasında sıkıştırıp bekledim ve santral, "Şimdi numaranızı çeviriyoruz," dedi. Tanrı'ya dedim ki, o cevap verirse, yarın geri döneceğim. Telefonun yatağının yanında durduğu yeri tam olarak biliyordum. Bir keresinde uykumda yumruğumla vurarak onu yere düşürmüştüm. Bir kız sesi "Alo," dedi ve ben neredeyse kapatıyordum. Maurice'in mutlu olmasını istemiştim ama onun mutluluğu bu kadar çabuk mu bulmasını istemiştim? Mantık yardımıma koşana kadar karnıma bir ağrı girdi ve beynimin benimle tartışmasına izin verdim – neden olmasındı ki? Onu sen bıraktın, mutlu olmasını istedin. "Bay Bendrix'le görüşebilir miyim?" dedim. Ama her şey bitmişti. Belki de Maurice şimdi vaadimi bozmamı bile istemeyecekti; belki kendisiyle birlikte oturacak, onunla birlikte yemek yiyecek, onunla birlikte bir yerlere gidecek, geceler boyunca yanında kalması artık tatlı bir alışkanlığa dönüşecek, onun yerine telefona bakacak birisini bulmuştu. Sonra ses, "Bay Bendrix burada değil. Birkaç haftalığına evden gitti; daireyi ben tuttum," dedi.

Telefonu kapattım. Önce mutlu olmuştum ama sonra yeniden bedbahttım. Nerede olduğunu bilmiyordum. Temasımız yoktu. Aynı çölde, belki aynı su kaynaklarını arayarak ama gözlerden uzak, hep yalnız. Zaten birlikte olsak çöl olmazdı. Tanrı'ya dedim ki: "Tamam öyleyse. Sana inanmaya başlıyorum ve sana inanırsam senden nefret edeceğim. Sözümden dönmek için özgür iradeye sahibim, öyle değil mi, ama sözümden dönerek bir şey kazanma gücüm yok. Telefon etmeme izin veriyorsun ama sonra da kapıyı yüzüme kapatıyorsun. Günah işlememe izin veriyorsun ama günahımın meyvelerini çekip alıyorsun. D. ile kaçmaya çalışmama izin veriyorsun ama bunun tadını çıkarmama izin vermiyorsun. Aşktan vazgeçmeme izin veriyorsun ama sonra diyorsun ki sana şehvet de yok. Şimdi benden ne yapmamı bekliyorsun, Tanrım? Buradan nereye gideyim?"

Okuldayken bir kral hakkında bir şeyler öğrenmiştim –Henry'lerden biri, Becket'i öldürtmüş olan– doğduğu yerin düşmanlar tarafından yakıldığını görünce bunu ona Tanrı'nın yaptığı gerekçesiyle "çünkü Sen beni en sevdiğim kasabadan, doğup büyüdüğüm kasabadan mahrum ettin, ben de Seni benim içimdeki en sevdiğin şeyden mahrum edeceğim," diye yemin eder. Bu yakarışı on altı yıl sonra hatırlıyor olmam garip. Bir kral bu yakarışı yedi yüz yıl önce atının üzerinde yaptı, ben de şimdi Bigwell-on-Sea'deki bir otelin –Bigwell Ragis'in– bir odasında yakarıyorum. İçimdeki en sevdiğin şeyden Seni mahrum edeceğim, Tanrım. Rab'bin Duası'nı hiç ezberlememiştim ama bunu hatırlıyorum – bu bir dua mıdır? İçimdeki en sevdiğin şeyden.

En çok neyi seviyorsun? Sana inanmış olsaydım, sanırım ölümsüz ruha da inanacaktım, ama bu mudur senin sevdiğin şey? Gerçekten tenimizin altındakini görebiliyor musun? Var olmayan bir şeyi bir Tanrı bile sevemez, göremediği bir şeyi sevemez. Bana baktığında benim göremediğim bir şeyi mi görüyor? Onu sevebiliyorsa çok sevimli olmalı. İçimde sevimli bir şey olması, benden çok fazla şeye inanmamın istenmesi anlamına gelir. Erkeklerin bana hayran olmasını isterim ama bu okulda öğrenilen bir numaradır – gözlerin bir hareketi, bir ses tonu, bir elin omza ya da başa dokunması. Senin onlara hayran olduğunu düşünüyorlarsa, zevk sahibi olduğun için sana hayran olacaklardır, sana hayran olduklarında ise bir an için hayran olunacak bir şey bulunduğu yanılsamasına kapılırsın. Hayatım boyunca o yanılsama içinde yaşamaya çalıştım – bir fahişe ve sahtekâr olduğumu kendime unutturacak yatıştırıcı bir ilaç gibi. Öyleyse bir fahişe ve sahtekârda neyi sevebilirsin ki? Sözünü ettikleri o ölümsüz ruhu nerede buluyorsun? İçimdeki bu sevimli şeyi nereden görüyorsun – bütün insanlar arasında benim içimdeki? Bunu Henry'de –yani benim Henry'mde– bulabilmeni anlayabilirim, bunda ciddiyim. O kibardır, iyidir ve sabırlıdır. Nefret ettiğini sanan ama seven, her zaman seven –düşmanlarını bile seven– Maurice'de bulabilirsin. Ama bu fahişe ve sahtekârda sevecek bir şeyi nereden buluyorsun?

Onu bana söyle, Tanrım, ben de seni bundan ebediyen mahrum etmenin yolunu bulayım.

Kral sözünü nasıl yerine getirdi? Keşke hatırlayabilseydim. Becket'in mezarı üzerinde kendisini keşişlere kırbaçlattığından daha başka bir şey hatırlamıyorum onun hakkında. Bu, cevap gibi durmuyor. Bu daha önce olmuştur herhalde.

Henry bu gece yine dışarıda. Bara insem, bir erkek bulup onu sahile götürsem ve onunla kum tepelerinin arasında uzansam seni en çok sevdiğin şeyden mahrum etmiş olmaz mıyım? Ama yürümüyor. Artık yürümüyor. Bundan bir zevk almıyorsam, çöldeki o insanlar gibi kendime iğneler batırsam da seni incitemem. Issızlıktaki. Hoşlandığım ve seni incitecek bir şey yapmak istiyorum. Aksi takdirde aşağılanma ve utançtan başka nedir ki ve bu da bir inanç ifadesi gibidir. İnan bana Tanrım, henüz sana inanmıyorum, henüz sana inanmıyorum.

IV

12 Eylül 1944.

Peter Jones'da öğle yemeği yedim ve Henry'nin çalışma odası için yeni lamba aldım. Dört bir yanımı saran kadınlarla resmi bir öğle yemeği. Hiçbir yerde erkek yok. Bir asker alayının parçası olmak gibi. Neredeyse bir huzur duygusu. Daha sonra Piccadilly'de haberlerin gösterildiği bir sinemaya gittim, Normandiya'daki enkazı ve bir Amerikalı politikacının gelişini izledim. Saat yedide Henry gelene kadar yapacak bir şey yoktu. Kendi başıma birkaç içki içtim. Bu bir hataydı. İçkiyi de mi bırakmam gerekiyordu? Her şeyi hayatımdan çıkarırsam ben nasıl var olacağım? Ben Maurice'i seven, erkeklerle çıkan ve içkimi içmekten hoşlanan biriydim. Seni sen yapan her şeyden vazgeçersen ne olur? Henry geldi. Bir şeye çok sevinmiş olduğunu söyleyebilirdim; belli ki ona bunun ne olduğunu sormamı istiyordu ama sormadım. Sonunda kendisi bana söylemek zorunda kaldı. "Beni O.B.E.* için aday gösteriyorlar."

"O da ne?"

Ne olduğunu bilmemem onu altüst etmişti. Bir sonraki aşamanın, bir iki yıla kadar kendi bölümünün başkanı olduğu zaman C.B.E.** olduğunu söyledi ve ondan sonra da "emekli olduğumda büyük ihtimalle bana K.B.E.'yi*** verirler," dedi.

"Çok karışık," dedim, "aynı harflere bağlı kalamaz mıydın?"

"Leydi Miles olmak istemez miydin?" dedi Henry ve ben öfke içinde düşündüm ki, dünyada tek istediğim şey Bayan Bendrix olmak ve bu umudumu da sonsuza dek feda ettim. Leydi Miles – bir âşığı olmayan, içki içmeyen ama Sir William Mallock ile emekli maaşları hakkında sohbet eden. Onca zaman ben ne yaparım?

Dün gece uyurken Henry'ye baktım. Yasaların suçlu taraf saydığı kişi olduğum süre boyunca, ona korumama muhtaç bir çocukmuş gibi şefkatle bakabiliyordum. Artık ben masum dediklerindendim, sürekli olarak onun tarafından delirtiliyordum. Bazen onu evden arayan bir sekreteri vardı. "Ay, Bayan Miles, H.M. evde mi?" diyordu. Bütün

---

* Britanya İmparatorluk Nişanı (Order of the British Empire): Birleşik Krallık'ta 4 Haziran 1917'de Kral V. George tarafından verilmeye başlanmış bir nişandır. (ç.n.)

** Commander of the Most Excellent Order of the British Empire. Britanya İmparatorluk Nişanı.(ç.n.)

*** Komutan Şövalye (Knight Commander of the British Empire). (ç.n.)

sekreterler bu tahammül ötesi baş harfleri kullanıyordu, sıkı fıkı değilse de samimi. H.M. diye düşündüm uykusunda ona bakıp, H.M. Majesteleri* ve Majestelerinin eşi. Uykusunda bazen gülümserdi, mütevazı ve kısa devlet memuru gülüşü, şöyle der gibi: Evet, çok eğlenceli, ama biz şimdi işimize baksak daha iyi olmaz mı?

Ona bir keresinde "Bir sekreterle macera yaşadın mı hiç?" diye sordum.

"Macera mı?"

"Aşk macerası."

"Hayır, tabii ki yaşamadım. Nereden çıkarıyorsun böyle şeyleri?"

"Bilmem. Sadece merak ettim."

"Bir başka kadını asla sevmedim," dedi ve akşam gazetesini okumaya başladı. Benim kocam hiçbir kadının onu istemeyeceği kadar itici mi diye düşünmekten kendimi alamadım. Ben hariç, tabii ki. Bir zamanlar ben onu bir nedenle istemiş olmalıyım, ama hangi nedenle olduğunu unuttum ve ne seçtiğimi bilemeyecek kadar çok gençtim. Hiç adil değil. Maurice'i severken Henry'yi de seviyordum ve şu anda iffetli dedikleri şeyim, hiç kimseyi sevmiyorum. Özellikle de Seni.

V

8 Mayıs 1945.

V.E.** günü kutlamalarını izlemek için akşam St. James Parkı'na gittik. Atlı Muhafızlar ve sarayın ortasındaki ışıklandırılmış havuzun kenarı çok sessizdi. Ne bağıran ne şarkı söyleyen ne de sarhoş olan vardı. İnsanlar çiftler halinde el ele tutuşmuş çimlerin üzerinde oturuyordu. Sanırım barış

---

* H.M. harfleri aynı zamanda "Majesteleri" anlamına gelen "His Majesty"-nin kısaltmasıdır. (ç.n.)

** Victory in Europe Day: Nazi Almanya'sının 8 Mayıs 1945'te koşulsuz olarak teslim olduğu Avrupa'da Zafer Günü. (ç.n.)

geldiğinden ve artık bombalar patlamayacağından dolayı mutluydular. Henry'ye dedim ki, "Barışı sevmiyorum."

"Ben İç Güvenlik Bakanlığı'ndan nereye kaydırılacağımı merak ediyorum."

İlgileniyormuş gibi görünmeye çalışarak "Enformasyon Bakanlığı'na mı?" diye sordum.

"Hayır, hayır, onu istemem. Geçici devlet memurlarıyla dolu orası. İçişleri Bakanlığı'na ne dersin?"

"Seni mutlu eden ne olursa isterim, Henry," dedim. Sonra Kraliyet Ailesi balkona çıktı ve kalabalık büyük bir ağırbaşlılıkla şarkılar söyledi. Onlar Hitler, Stalin, Churchill, Roosevelt gibi liderler değildiler; hiç kimseye zarar vermemiş bir aileydiler yalnızca. Maurice'i yanımda istiyordum. Yeniden başlamak istiyordum. Ben de bir aileye mensup olmak istiyordum.

"Çok etkileyici, değil mi?" dedi Henry. "Artık hepimiz geceleri sessizce uyuyabiliriz." Sanki geceleri sessizce uyumaktan başka bir şey yapıyormuşuz gibi.

10 Eylül 1945.

Mantıklı olmalıydım. İki gün önce eski çantamı boşaltırken – Henry "barış hediyesi" olarak birdenbire bana yeni bir çanta verdi – bunun için çok para harcamış olmalı – "Richard Smythe, özel tavsiyeler için her gün 4-6 arası, Cedar Sokağı, No: 16. Herkes davetlidir." yazılı bir kart buldum. Epey zamandır oyalandığımı düşündüm. Artık farklı bir ilaç alacağım. Eğer beni hiçbir şeyin olmadığına, verdiğim sözün geçerli olmadığına ikna edebilirse, Maurice'e yazacağım ve tekrar devam etmek ister mi diye soracağım. Hatta belki Henry'yi terk ederim. Bilmiyorum. Ama önce aklımı başıma toplamalıyım. Artık histerik olmayacağım. Mantıklı olacağım. Bu nedenle gidip Cedar Road'daki kapıyı çaldım.

Şimdi ne olduğunu hatırlamaya çalışıyorum. Bayan Smythe çay yaptı ve çaydan sonra beni erkek kardeşiyle baş başa bıraktı. Adam bana sıkıntılarımı sordu. Ben kılıf geçirilmiş bir kanepede oturuyordum, o da kucağında bir kediyle daha sert bir sandalyede oturuyordu. Kediyi okşuyordu, güzel elleri vardı ama ben hoşlanmadım o ellerden. Suratındaki lekeleri neredeyse daha çok sevdim ama o bana sadece iyi yanağını gösterecek şekilde oturmayı tercih etti.

"Söyler misiniz bana, bir Tanrı olmadığından neden bu kadar eminsiniz?" dedim.

Kediyi okşayan kendi ellerini izliyordu; onun için üzüldüm çünkü elleriyle gurur duyuyordu. Yüzü lekeli olmasaydı belki gurur duyduğu hiçbir şey olmayacaktı.

"Beni Common'da konuşurken dinlediniz mi?"

"Evet," dedim.

"Orada basit anlatmak zorundayım. İnsanları kendileri için düşünmeye zorlamak adına. Siz, kendiniz için düşünmeye mi başladınız?"

"Öyle sanırım."

"Hangi kiliseye mensupsunuz?"

"Hiçbirine."

"Yani, Hıristiyan değil misiniz?"

"Vaftiz edilmişimdir – bu toplumsal bir gelenek, öyle değil mi?"

"Hiçbir inancınız yoksa neden benim yardımımı istiyorsunuz?"

Sahi neden? Ona kapının altında yatan Maurice'i ve verdiğim sözü anlatamazdım. Henüz bunu yapamazdım. Hayat boyu kaç kez söz verip tutmadığım için bütün mesele bu da değildi hem. Bir dostun hediye ettiği çirkin bir vazoyu hizmetçi kırsın diye beklemek, onun yıllar boyunca değer verdiğin şeyleri kırması ve çirkin vazonun kalması gibi, neden bu vaat kalmıştı? Sorduğu soruyla gerçekten hiç yüzleşmemiştim ve şimdi tekrar sormak zorunda kalmıştı.

"İnanmadığımdan emin değilim. Ama inanmak istemiyorum," dedim.

"Anlatın bana," dedi ve yardım etme arzusu içinde kendisini unuttuğu, kendi ellerinin güzelliğini unutarak bana çirkin yanağını döndüğü için, kendimi –o geceyi, bombayı ve aptalca yemini– anlatırken buluverdim.

"Gerçekten inanıyor musunuz?" dedi. "Belki de..."

"Evet."

"Şu an bütün dünyada dua eden binlerce insanı düşünsenize, duaları kabul edilmiyor."

"Filistin'de binlerce insan ölürken, Lazarus..."

"Bu hikâyeye inanmıyoruz, değil mi, siz ve ben?" dedi suç ortağıymışız gibi konuşarak.

"Tabii ki hayır, ama milyonlarca insan inanıyor. Bunu mantıklı buluyorlar herhalde..."

"İnsanlar, duygularına hitap ediyorsa bir şeyde mantık aramıyorlar. Âşıklar mantıklı değiller, öyle mi?"

"Aşkı da savuşturabilir miyiz, o zaman?" diye sordum.

"A tabii," dedi. "Bazılarında, açgözlülük gibi, sahip olma arzusu; bazılarında ise teslim olma, sorumluluk duygusunu kaybetme, hayran olunmayı isteme arzusu. Bazen sadece konuşabilme, sıkılmayacak birine kendini açma isteği. Yine bir baba ya da anne bulma arzusu. Ve tabii ki bunun altında tamamen biyolojik güdü."

Düşündüm ki, hepsi doğru, ama geriye kalan bir şey yok mu? Tüm bunları kendimde ve hatta Maurice'de de eşeledim ama kürek hâlâ taşa çarpmadı. "Peki ya Tanrı aşkı?" diye sordum.

"Hepsi aynı. İnsan Tanrı'yı kendi suretinde yaratmıştır, bu yüzden ona aşk duyması doğaldır. Şu panayırlardaki insanın görüntüsünü tahrif eden aynaları bilirsiniz. İnsan kendisini sevimli, güçlü, adil ve bilge gösteren, güzelleştiren ayna da yapmıştır. Bu kendi hakkındaki fikridir. Onu sadece güldüren panayır aynasında kendisini daha kolay tanır, ama diğerinde kendisini ne kadar çok sever."

Tahrif eden ve güzelleştiren aynalardan bahsederken, aynalara bakıp onları sadece başını nasıl tuttuğuna bağlı olarak güzelleştiren ve tahrif etmeyen aynalar haline getirmeye çalıştığı ergenlikten bu yana geçen bütün o zamanlar açısından neden bahsettiğimizi hatırlayamadım. Neden lekeleri kapatmaya yetecek kadar uzun bir sakal bırakmadığını merak ettim; orada kıl çıkmıyor muydu, yoksa aldatmacadan nefret mi ediyordu? Hakikati gerçekten seven bir insan olduğu fikrine kapıldım ama burada yine o sevmek kelimesi vardı ve hakikate olan sevgisinin kaç tane arzuya bölüneceği tabii ki ayan beyan ortadaydı. Doğuştan özrünü telafi edecek bir şey, güç arzusu, zavallı tekinsiz yüzü asla fiziksel arzu doğuramayacağı için giderek artan bir hayran olunma isteği. İçimde ona elimle dokunmak, yara kadar kalıcı sevgi sözcükleriyle rahatlatmak için müthiş bir istek vardı. Tıpkı Maurice'i devrilen kapının altında gördüğüm zamanki gibi. Dua etmek istiyordum; yeter ki iyileştirilebilsin diye ölçüsüz bir fedakârlıkta bulunmak, ama artık bende sunabilecek bir fedakârlık kalmamıştı.

"Canım," dedi. "Tanrı fikrini bunun dışında bırakın. Bu sadece sevgiliniz ve kocanızla ilgili bir mesele. Bu işi zihin aldanmalarıyla karıştırmayın."

"Ama nasıl karar verebilirim – aşk diye bir şey yoksa?"

"Uzun vadede en mutlu edecek şeyde karar kılmalısınız."

"Mutluluğa inanıyor musunuz?"

"Mükemmel olan hiçbir şeye inanmıyorum."

Hayatındaki tek mutluluğun şu olduğunu düşündüm: Teselli edebileceği, öğüt verebileceği, yardımcı olabileceği fikri, işe yarıyor olabileceği fikri. Bu onu her hafta Common'da uzaklaşıp giden, hiç soru sormayan, kartvizitlerini çimlerin üzerine atan insanlarla konuşmaya itiyor. Benim bugün geldiğim gibi ne sıklıkta gelir ki insanlar? "Çok ziyaretçiniz oluyor mu?" diye sordum ona.

"Hayır," dedi. Hakikat aşkı gururundan daha büyüktü. "Siz ilksiniz – uzun zamandan beri," dedi.

"Sizinle konuşmam iyi oldu," dedim. "Zihnimi epeyce açtınız." Ona verebileceğim tek teselli buydu – yanılsamasını beslemek için.

Çekine çekine şöyle dedi: "Zaman ayırabilirseniz aslında en baştan başlayabilir ve meselelerin kökenine ineriz. Yani felsefi tartışmalar ve tarihi kanıtlar."

Sanırım kaçamak bir cevap vermiş olmalıyım çünkü şöyle devam etti: "Bu gerçekten önemli. Düşmanlarımızı hafife almamalıyız. Onların bir davaları var."

"Öyle mi?"

"Sağlam bir dava değil, yalnızca yüzeysel. Görünüşte."

Beni endişeyle izliyordu. Sanırım benim dönüp gidenlerden biri olup olmadığımı merak ediyordu. Gergin bir halde, "Haftada bir saat. Size epeyce yararı olacaktır," dediğinde ve benim şimdi bütün zamana sahip olduğum düşünüldüğünde, çok şey istemiyor gibi geldi bana. Bir kitap okuyabilir veya sinemaya gidebilirim, kelimeleri okumam ve filmi hatırlamam. Kendim ve kendi acılarım kulaklarımda zonklar ve gözlerime dolar. Bu ikindi vakti bir anlığına onları unuttum. "Evet," dedim. Tüm umutlarımı onun kucağına atarak, beni iyileştirmeyi vaat ettiği için "Onun işine yaramama izin ver," diye Tanrı'ya dua ederek, "Geleceğim. Bana zaman ayırdığınız için çok naziksiniz," dedim.

2 Ekim 1945.

Bugün çok sıcaktı ve yağmur yağdı. Park Road'un köşesindeki karanlık kiliseye girdim biraz oturmak için. Henry evdeydi ve onu görmek istemiyordum. Kahvaltıda, eve geldiği öğlen yemeğinde, akşam yemeğinde nazik davranmayı unutmamaya çalışıyorum, bazen unutuyorum ama o bana karşı nazik. Birbirine hayat boyu nazik davranan iki insan. İçeri girip oturduktan sonra etrafa baktığımda alçı heykeller, kötü sanat, gerçekçi sanatla dolu bir Katolik kilisesi olduğunu fark ettim. Heykellerden, çarmıhtan, insan vücudunun bu denli vurgulanmasından nefret ediyordum. İnsan vücudundan ve tüm ihtiyaçlarından kaçmaya çalışıyordum. Bizimle hiçbir ilişkisi olmayan, belirsiz, şekli şemali olamayan, kozmik bir tür Tanrı'ya inanabileceğimi düşünüyordum; kendisine bir söz vermiştim, o da karşılığında bana bir şey vermişti – sıraların ve duvarların arasında dolaşan güçlü bir buhar gibi belirsizlikten somut insan yaşamına uzanarak. Bir gün ben de o buharın bir parçası olacaktım – kendim de sonsuza dek kaçacaktım. Derken, Park Road'daki o karanlık kiliseye girdim ve etrafımdaki tüm mihraplarda duran o insan bedenlerini –hallerinden memnun suratlarıyla çirkin alçı heykelleri– gördüm ve bedenin, sonsuza dek imha olmasını istediğim bedenin dirilişine inandıklarını hatırladım. Ben bu bedene çok hasar verdim. Herhangi bir parçasını öbür dünyaya nasıl saklamak isterim ki, birdenbire Richard'ın arzularını tatmin etmek için doktrinler icat eden insanlarla ilgili bir sözünü hatırladım ve ne kadar yanıldığını düşündüm. Eğer bir doktrin icat edeceksem, geçen yılın haşeresiyle çürümüş olacağı için beden bir daha asla yeniden doğmazdı. İnsanın zihninin bir aşırı uçtan diğerine gidip gelmesi ne garip. Gerçek, sarkacın salınıp geçtiği ve asla durmadığı, en sonunda rüzgârsız bir bayrak gibi asılı kaldığı ölü, dik konumda değil de bir aşırı uca diğerinden daha yakın bir açıda mı yatıyor? Yalnızca bir mucize sarkacı altmış derecelik bir açıda durdurursa, insan gerçeğin orada olduğuna inanır. İşte, sarkaç bugün salındı ve ben, kendi bedenim yerine Maurice'inkini düşündüm. Hayatın onun yüzüne yerleştirdiği, yazarlıkta tutturduğu çizgi kadar kişisel çizgileri düşündüm; bir seferinde bir başka adamın bedenini düşen bir duvardan korumaya çalışmamış olsa orada bulunmayacak olan omzundaki yeni yara izini düşündüm. O üç gün neden hastanede olduğunu bana söylemedi; Henry söyledi. O yara izi de kıskançlığı kadar karakterinin bir parçasıydı. Ben de böylece düşündüm ki o bedenin buhar olmasını (kendiminkini evet, ama onunkini?) istiyor muyum, hem biliyordum ki o yara izinin ebediyete dek var olmasını istiyordum. Sonra, nefret ettiğim kendi bedenimi istemeye başladım ama sırf o yara izini sevebileceği gerekçesiyle. Zihinlerimizle sevebiliriz ama yalnızca zihinlerimizle sevebilir miyiz? Aşk mütemadiyen büyür, dolayısıyla hissiz tırnaklarımızla bile sevebiliriz; giysilerimizle bile sevebiliriz, bir elbise kolu bir elbise kolunu hissedebilsin diye.

Richard haklı diye düşündüm, bedenin dirilişini icat ettik çünkü bedenlerimize ihtiyacımız var ve onun haklı olduğunu, bunun birbirimize teselli için anlattığımız bir peri masalı olduğunu kabul ettiğim anda artık o heykellere nefret duymuyordum. Hans Andersen'deki kötü renkli resimler gibiydiler; birinin yazmak zorunda olduğu, pek kibirli olmayan, dolayısıyla aptallığını göstermektense onları saklayan birinin yazdığı kötü şiirler gibiydiler. Kilisede onlara teker teker bakarak yürüdüm; hepsinin en kötüsünün –bilmediğim bir kadına ait heykelin– önünde, orta yaşlı bir adam dua ediyordu. Melon şapkasını yanına koymuştu ve şapkanın içinde gazete kâğıdına sarılı kereviz sapları vardı.

Ve tabii ki mihrabın üzerinde bir beden daha vardı – çok tanıdık bir beden, Maurice'inkinden daha tanıdık, daha önce bana bütün kısımlarıyla, bel kuşağının kapattığı kısımlarıyla bile birlikte bir beden gibi gelmemiş olan bir beden. Henry ile birlikte ziyaret etmiş olduğum bir İspanyol kilisesindeki, gözlerinden ve ellerinden kızıl boya ile kan akıtılanı hatırladım. Beni rahatsız etmişti. Henry, on ikinci yüzyıl sütunlarına hayran olmamı istiyordu ama midem bulanıyordu ve açık havaya çıkmak istiyordum. Bu insanların gaddarlıktan hoşlandıklarını düşündüm. Bir buhar sizi kan ve gözyaşıyla sarsamazdı.

Meydana çıktığımda Henry'ye, "Bütün bu boyalı yaralara tahammül edemiyorum," dedim. Henry çok makuldü – o her zaman makuldür. "Elbette çok materyalist bir inanç," dedi. "Çok fazla büyü..."

"Büyü, materyalist midir?" diye sordum.

"Evet. Semender gözü, kurbağa bacağı, doğumda boğulmuş bebek parmağı. Bundan daha materyalist bir şey bulamazsın. Ayinde hâlâ töz değişimine* inanıyorlar."

Bu konu hakkında her şeyi biliyordum ama Reform hareketiyle bunların, elbette fakirler haricinde, hemen hemen bittiği fikrine sahiptim. Henry beni düzeltti (Henry sık sık benim karmakarışık düşüncelerimi düzene sokardı). "Materyalizm, yalnızca fakirlere yönelik bir düşünce değildir," dedi. "En büyük beyinlerden bazıları materyalistti; Pascal, Newman. Bazı yönlerden çok incelikli, bazı yönlerden düpedüz batıl inançlı. Bir gün nedenini öğrenebiliriz, salgıbezi eksikliğinden olabilir."

İşte böylece bugün o materyal haç üzerindeki o materyal gövdeye baktım ve düşündüm ki dünya bir buharı oraya nasıl çivileyebilir? Elbette buhar acı ya da hazzı hissetmezdi. Onun dualarıma karşılık verebileceğini düşünen yalnızca benim boş inancımdı. Sevgili Tanrım, demiştim. Sevgili Buhar demeliydim. Senden nefret ediyorum dedim, ama insan buhardan nefret edebilir mi? Çarmıhtaki o bedenden nefret edebilirdim, minnettarlığımı istediği için – "Senin için bu acıları çektim" – ama ya buhar... Oysa Richard daha azına, buhardan bile azına inanıyordu. Bir masaldan nefret ediyor, bir masalla savaşıyor, bir masalı ciddiye alıyordu. Onun Cennet efsanesinden nefret ettiği gibi Hansel ve Gretel'den, onların şekerden evlerinden nefret edemezdim. Ben çocukken Pamuk Prenses'teki kötü kalpli kraliçeden nefret edebilirdim, ama Richard kendi peri masalı şeytandan nefret etmiyor-

* Ayinde kullanılan ekmek ve şarabın İsa'nın etine ve kanına dönüşmesi. (ç.n.)

du. Şeytan yoktu ve Tanrı yoktu, ama tüm nefreti iyi peri masallarınaydı, kötü olanlara değil. Neden? Kafamı kaldırıp hayali bir acıyla gerilmiş, başı uyuyan bir adam gibi yana devrilmiş o çok tanınmış bedene baktım. Bazen Maurice'den nefret ettiğimi düşündüm, ama aynı zamanda onu sevmemiş olsaydım ondan nefret edebilir miydim? Ah Tanrım, senden gerçekten nefret edebiliyorsam bu ne anlama gelir?

Sonuçta ben materyalist miyim, diye düşündüm? Bende salgıbezi eksikliği mi var ki gerçekten önemli akılcı konulara ve davalara –Yardım Komitesi, geçim endeksi ve işçi sınıfının daha iyi beslenmesi gibi– o kadar ilgisizim? Melon şapkalı o adamın, istavroz metalinin, açıp dua edemediğim bu ellerin ayrı ayrı varlığına inandığım için materyalist miyim? Varsayalım ki Tanrı var, varsayalım ki böyle bir bedendir, bedeninin benimki gibi var olduğuna inanmanın ne sakıncası var? Bir bedeni olmasa hiç kimse onu sevebilir ya da nefret edebilir miydi? Bir zamanlar Maurice olan bir buharı sevemem ben. Bu kaba, hayvani, materyalistçe, biliyorum; ama neden hayvani, kaba ve materyalist olmayayım ki? Kiliseden alev alev bir öfkeyle çıktım; Henry'ye, bütün akılcılara ve tarafsızlara nispet, İspanyol kiliselerinde insanların yaptığını gördüğüm şeyi yaptım: Sözde kutsal suya parmağımı daldırdım ve alnıma bir çeşit haç çizdim.

VI

10 Ocak 1946.

Bugün eve tahammül edemedim, bu yüzden yağmurun altında yürüdüm. Tırnaklarımı avuçlarıma geçirdiğim zamanı hatırladım, bilmiyordum ama acının içine Sen girdin. Sana inanmadığım halde, "Onun yaşamasına izin ver," dedim ve benim inanmıyor olmam Senin için fark etmiyordu. Bunu sevginin içine kattın ve bir sunu gibi kabul ettin; bu geceyse yağmur pardösümden, elbiselerimden içeri girip tenimi ıslattığında ve soğuktan titrediğimde Seni ilk kez neredeyse sevmiş gibiydim. Yağmurda, Senin pencerelerinin altında yürüdüm ve sırf nihayet sevmeyi öğrenebileceğimi ve Sen orada olduğun için artık ıssızlıktan korkmadığımı göstermek için bütün gece o pencerelerin altında beklemek istedim. Eve geri döndüm ve orada Maurice, Henry ile birlikteydi. Onu Sen ikinci kez geri vermiştin; ilk seferinde bunun için Senden nefret etmiştim, Sen de nefretimi, tıpkı inançsızlığım gibi alıp sevgine katmıştın, onları daha sonra ikimiz de gülelim diye bana göstermek için saklamıştın – bazen "Ne kadar aptallık ettiğimizi hatırlıyor musun?.." diyerek Maurice'e güldüğüm gibi.

VII

18 Ocak 1946.

Maurice'le iki yıldır ilk kez öğlen yemeği yiyordum – ona telefon edip buluşmayı ben istemiştim– otobüsüm Stockwell'de trafiğe takılmıştı ve on dakika geç kalmıştım. Eski günlerde hep duyduğum günü mahvedecek bir şey olacak, bana kızacak korkusunu duydum bir an için. Ama şimdi öfkemle gelmek istememiştim. Birçok başka şey gibi bendeki öfke kapasitesi de ölmüş gibi geliyor. Onu görmek ve Henry'yi sormak istedim. Henry son zamanlarda garipti. Dışarı çıkıp barda Maurice ile birlikte içmesi bir tuhaftı. Henry yalnızca evde ya da kendi kulübünde içer. Maurice ile konuşmuş olabileceğini düşündüm. Benimle ilgili endişeleri varsa garip. İlk evlendiğimizden bu yana endişelenmek için hiç de az neden olmadı. Ama ben Maurice ile birlikteyken onunla sırf birlikte olmak için birlikte olmaktan başka bir neden görünmüyordu. Henry hakkında hiçbir şey öğrenemedim. İkide bir beni incitmeye çalışıyor ve bunu başarıyordu çünkü aslında kendisini incitiyordu; ben de onun kendisini incitmesini izlemeye dayanamıyordum.

Maurice ile yemek yiyerek verdiğim o sözden dönmüş müydüm? Bir yıl önce öyle düşünebilirdim ama şimdi öyle düşünmüyorum. O günlerde çok doğrucuydum çünkü korkuyordum, çünkü ne olup bittiğini bilmiyordum, çünkü aşka inancım yoktu. Rules'da öğle yemeği yedik ve onunla birlikte olmaktan mutluydum. Yalnızca çok kısa bir süre mutsuz oldum; ızgaranın üzerinde hoşça kal derken beni tekrar öpeceğini düşündüm, bunu çok arzuluyordum, ama o sırada beni öksürük krizi tuttu ve o fırsat kaçtı. Onun uzaklaşıp giderken her türlü yanlış fikre kapıldığını ve bunlardan incindiğini biliyordum ve o incindiği için ben de incindim.

Gözlerden uzak ağlamak istedim ve Ulusal Portre Galerisi'ne gittim ama öğrenci günüydü – çok fazla insan vardı, ben de Maiden Lane'e ve her zaman yanınızdaki kişiyi göremeyeceğiniz kadar karanlık olan kiliseye geri döndüm. Orada oturdum. Benim ve içeri gelip arka sırada sessizce dua eden ufak tefek adamın dışında bomboştu. Bu kiliselerden birine ilk kez gittiğimde nasıl nefret ettiğimi hatırladım. Dua etmedim. Bir zamanlar çok dua etmiştim. Bir babaya sahip olduğumu hatırlıyorsam eğer, babama söyler gibi, Sevgili Tanrım, yoruldum, dedim Tanrı'ya.

3 Şubat 1946.

Bugün Maurice'i gördüm ama o beni görmedi. Pontefract Arms'a doğru gidiyordu ve ben de peşine takıldım. Cedar Road'da bir saat geçirmiştim – zavallı Richard'ın tezlerini takip etmeye çalıştığım ve onlardan sadece tersyüz edilmiş bir inanç hissini edindiğim geçmek bilmeyen bir saat. İnsan bir efsane hakkında bu kadar ciddi, bu kadar kavgacı olabilir mi? Anladığım herhangi bir şey varsa, bilmediğim garip bir gerçeğin onun davasına yardımcı olduğunu neredeyse hiç göremememdi. İsa adlı bir insanın var olduğuna dair kanıt gibi. Yorgun ve umutsuz bir halde çıktım oradan. Ona beni bir boş inançtan kurtarsın diye gitmiştim ama her gidişimde onun fanatizmi boş inancımı daha derinlere yerleştiriyordu. Ben ona yardımcı oluyordum ama o bana yardımcı olamıyordu. Yoksa oluyor muydu? Bir saat boyunca Maurice'i neredeyse hiç düşünmedim ama sonra ansızın oradaydı, caddenin sonundan karşıya geçiyordu.

Yol boyunca, gözden kaçırmadan onu takip ettim. Pontefract Arms'a birçok kez birlikte gitmiştik. Hangi bara gittiğini, hangi içkiyi söylediğini biliyordum. Acaba dedim, peşinden içeri girsem, kendi içkimi söylesem, dönüp baktığını görsem her şey yeniden başlar mı? Sabahlar umut doluydu çünkü Henry çıkar çıkmaz ona telefon edebilirdim ve Henry beni eve geç geleceği konusunda uyardığında ise dört gözle beklenecek akşamlar vardı. Belki de artık Henry'yi terk ederdim. Elimden geleni yapmıştım. Maurice'e maddi açıdan katkıda bulunacak param yoktu; onun kitapları kendi geçimini sağlamasına yetecek kadarından biraz daha fazlasını getiriyordu, ama benim yardımımla, yalnızca yazdıklarının daktiloya çekilmesinden yılda elli sterlin tasarruf edebilirdik. Fakirlikten korkmuyorum. Bazen ayağını yorganına göre uzatmak kendi yaptıklarının sonuçlarına katlanmaktan daha kolaydır.

Kapıda durdum ve onun bara oturmasını izledim. Tanrı'ya dedim ki, eğer başını çevirip beni görürse içeri gireceğim, ama çevirmedi. Eve doğru yürümeye başladım ama onu aklımdan çıkaramıyordum. Neredeyse iki yıldır birbirimize yabancıydık. Günün belirli bir saatinde onun ne yaptığını bilmiyordum, ama artık o bir yabancı değildi çünkü nerede olduğunu, eski günlerdeki gibi biliyordum. Bir bira daha içecekti ve sonra yazmak için bildiğimiz odaya geri dönecekti. Gündelik alışkanlıkları hâlâ aynıydı ve onları insanın eski bir ceketi sevdiği gibi seviyordum. Alışkanlıklarıyla kendimi güvende hissettim. Asla yabancılık istemem.

Düşündüm de onu ne kadar çok mutlu edebilirim, hem de ne kolay. Onun mutlulukla gülüşünü yeniden görmeyi arzuladım. Henry dışarıdaydı. Ofisten sonra bir yemek randevusu vardı ve saat yediden önce gelemeyeceğini söylemek için aradı. Altı buçuğa kadar bekleyecektim ve sonra Maurice'i arayacaktım. Bu gece için ve tüm diğer geceler için de geleceğimi söyleyecektim. Sensizlikten bıktım. Büyük mavi bavul ile küçük kahverengi bavulu hazırlayacaktım. Bir aylık tatile yetecek kadar elbise alacaktım. Henry medeni bir insandı ve bir ayın sonunda yasal işlemler tamamlanmış olurdu, ilk andaki tatsızlıklar geçmiş gitmiş olacaktı ve evden ihtiyacım olan her şeyi boş bir zamanımda alacaktım. Çok fazla tatsızlık olmayacaktı, hâlâ âşıkmışız gibi değildik. Evlilik arkadaşlığa dönüşmüştü ve arkadaşlık da kısa bir süre sonra eskisi gibi devam edebilirdi.

Birdenbire kendimi özgür ve mutlu hissettim. Common'dan geçerken Tanrı'ya dedim ki, sen var mısın yok musun, Maurice'e ikinci bir şans verdin mi, yoksa her şeyi ben mi hayal ettim diye artık seninle ilgili kaygılar duymayacağım. Belki de bu onun için istediğim ikinci şanstır. Onu mutlu edeceğim, bu benim ikinci yeminim, Tanrım, sen de durdur beni durdurabilirsen, durdur beni durdurabilirsen.

Üst kata, odama çıkıp Henry'ye mektup yazmaya başladım. Henry, hayatım, diye yazdım, ama bu ikiyüzlü geldi bana. Canım, demek bir yalandı ve öyleyse arkadaşça olmalıydı, "Sevgili Henry." Böylece "Sevgili Henry," diye yazdım, "ne yazık ki bu seni epeyce sarsacak ama son beş yıldır Maurice Bendrix'e âşığım. İki yıldır birbirimizi nerdeyse hiç görmedik ve birbirimize yazmadık ama yürümüyor. Onsuz mutlu olamıyorum, bu yüzden gittim. Uzun zamandır sana pek karılık yapmadığımı biliyorum, 1944 Haziran'ından bu yana metres de değilim, böylece herkes her bakımdan kötü durumda. Bir zamanlar bu aşkı öylece yaşayacağım, yavaş yavaş sönecek ve mutlu bir şekilde bitecek gibi geliyordu ama olaylar öyle gelişmedi. Maurice'e 1939'da olduğumdan daha çok âşığım. Çocukça davrandım sanırım ama şimdi farkına varıyorum ki insan eninde sonunda seçim yapmalı, yoksa işleri her yönden berbat ediyor. Hoşça kal. Tanrı seni kutsasın." Bu "Tanrı seni kutsasın" ifadesini iyice karaladım ki okunamasın. Kendini beğenmiş bir his veriyordu, hem zaten Henry Tanrı'ya inanmıyor. Sonuna Sevgiyle diye yazmak istedim ama doğru olduğunu bilsem de, bu kelime uygun durmuyordu. Ben Henry'yi seviyorum, kendimce iyi kötü.

Mektubu bir zarfa koydum ve üzerine Çok Özel yazdım. Düşündüm ki bu onu başkalarının yanında açmaması için Henry'ye uyarı olur – çünkü eve bir arkadaşını getirebilir ve ben de gururunun incinmesini istemiyorum. Bavulu çıkardım, yerleştirmeye başladım ve sonra birdenbire mektubu nereye koyduğumu düşündüm. Çabucak buldum ama sonra düşündüm ki ya aceleyle onu sofaya bırakmayı unutursam ve Henry benim eve gelmemi bekleyip durursa. Bu yüzden onu alt kata götürdüm ve sofaya bıraktım. Bavulumu toplamam nerdeyse bitmişti – bir tek gece elbisemi katlamak kalmıştı ve Henry'nin eve gelmesine daha yarım saat vardı.

Tam da mektubu sofadaki konsola, öğlen postasının en üstüne koymuştum ki kapıda anahtarın sesini duydum. Neden bilmiyorum, tekrar çekip aldım ve sonra Henry içeri girdi. Hasta ve yorgun görünüyordu. "Oo, buradasın ha?" dedi, doğruca yanımdan geçip çalışma odasına gitti. Bir an bekledim, sonra peşinden gittim. Mektubu ona şimdi vereceğim mecburen, diye düşündüm; bu daha fazla cesaret istiyordu. Kapıyı açtığımda onu yakma zahmetinde bulunmadığı sobanın başında otururken gördüm, ağlıyordu.

"Ne oldu Henry?" diye sordum ona. "Hiç, başım kötü ağrıyor, o kadar," dedi.

Sobayı onun için yaktım. "Sana bir venganin* getireyim," dedim.

"Boş ver," dedi, "daha iyi şimdi."

"Nasıl bir gün geçirdin?"

---

* Parasetamol, kodein ve kafein içeren ağrı kesici ilaç. (ç.n.)

"Her zamanki gibi işte. Biraz yorucuydu."

"Yemek randevun kiminleydi?"

"Bendrix."

"Bendrix mi?" dedim.

"Bendrix olamaz mı? Kulübünde beni yemeğe davet etti. Korkunç bir yemekti."

Arkasına geçip elimi alnına koydum. Onu temelli terk etmeden hemen önce bunu yapmak tuhaftı. İlk evlendiğimiz zaman, hiçbir şey yolunda gitmediği için korkunç baş ağrılarım olduğunda o bunu bana yapardı. Bir an için bu şekilde iyileşmiş *numarası yaptığımı* unuttum. Elini kaldırıp benimkini alnına daha sıkı bastırdı. "Seni seviyorum," dedi. "Bunu biliyor musun?"

"Evet," dedim. Bunu söylediği için ondan nefret edebilirdim; bir sahiplenme gibiydi. Beni gerçekten sevseydin, diye düşündüm, incinmiş başka herhangi bir koca gibi davranırdın. Öfkelenirdin ve öfken beni serbest bırakırdı.

"Ben sensiz yapamam," dedi. A, evet, yapabilirsin, diye itiraz etmek istedim. Zor olacak, ama yapabilirsin. Bir kere gazeteni değiştirmiştin ve çok geçmeden alıştın ona. Bunlar laf, geleneksel bir kocanın geleneksel lafları ve hiçbir anlam ifade etmiyorlar. Sonra aynadaki yüzüne baktım, hâlâ ağlıyordu.

"Henry," dedim. "Sorun nedir?"

"Hiçbir şey. Dedim sana."

"Sana inanmıyorum. Ofiste bir şey mi oldu?"

Alışılmamış bir sertlikle, "Orada ne olabilir?" dedi.

"Bendrix mi seni üzdü, herhangi bir şekilde?"

"Tabii ki hayır. Nasıl yapabilir ki?"

Elini çekmek istedim ama orada tuttu. Bundan sonra söyleyeceklerinden korkuyordum: Vicdanıma yüklediği dayanılmaz engellerden. Maurice şimdiye kadar evde olmuştur: Henry gelmeseydi, beş dakika sonra onunla birlikte olacaktım. Üzüntü yerine mutluluğu görecektim.

Üzüntüyü görmeyince inanmıyorsunuz. Birine uzaktan acı çektirebilirsiniz. "Hayatım, ben pek kocalık yapmadım," dedi Henry.

"Ne demek istediğini anlamıyorum," dedim.

"Ben senin için sıkıcıyım. Arkadaşlarım sıkıcı. Biz artık –anlarsın– birlikte hiçbir şey yapmıyoruz."

"Bir gün bitmesi gerekiyor," dedim, "her evlilikte. Biz iyi arkadaşız." Bu benim kaçış cümlemdi. Anlaştığımız zaman mektubu ona verecektim, ne yapacağımı söyleyecektim ve evden çıkacaktım. Ama o, pası karşılamadı ve ben hâlâ buradayım; kapı tekrar Maurice'e kapandı. Yalnız bu defa suçu Tanrı'ya atamam. Kapıyı kendim kapadım. "Seni asla bir arkadaş olarak düşünemem," dedi Henry. "Sen arkadaşsız yapabilirsin." Ve aynadan bana bakarak dedi ki: "Beni terk etme, Sarah. Birkaç yıl daha ver. Çaba göstereceğim..." Ama neye çaba göstereceğini kendisi düşünemiyordu. Ah, onu yıllar önce terk etseydim ikimiz için de daha iyi olurdu, ama o durumdayken ona vuramazdım ve artık her zaman o durumda olacak çünkü mutsuzluğunun neye benzediğini gördüm.

"Söz veriyorum. Seni bırakmayacağım," dedim. Tutulacak bir söz daha ve ben bu sözü verdiğimde artık onunla birlikte olmaya dayanamıyordum. O kazanmış, Maurice kaybetmişti ve ben bu zaferi yüzünden ondan nefret ediyordum. Bu yüzden Maurice'den nefret edebilir miydim? Üst kata çıktım ve mektubu bir daha kimsenin birleştiremeyeceği kadar küçük parçalara ayırdım, bavulu ayağımla yatağın altına ittim çünkü bavulu yeniden boşaltamayacak kadar yorgundum ve bunu yazmaya başladım. Maurice'in acısı eserlerine siniyor; cümleleri boyunca sinirlerin seğirdiğini duyabiliyorsunuz. Acı insanı yazar yapabiliyorsa, al işte, ben de öğreniyorum Maurice. Keşke seninle bir kez olsun konuşabilseydim. Henry ile konuşamıyorum. Hiç kimseyle konuşamıyorum. Sevgili Tanrım, konuşmama izin ver.

Dün bir haç aldım, ucuz ve çirkin bir tane, çünkü bu işi çabuk yapmalıydım. Onu isterken yüzüm kızardı. Biri beni dükkânda görebilirdi. Kauçuk eşya dükkânlarındaki gibi kapılarında buzlu camlar olması gerekirdi. Odamın kapısını kilitlediğimde onu mücevher kutumun dibinden alabilirim. İçinde ben olmayan bir dua bilseydim keşke, ben, ben, ben. *Bana* yardım et. *Beni* daha mutlu et. *Beni* tez elden öldür. Ben, ben, ben.

Richard'ın yanağındaki o korkunç lekeleri düşüneyim. Henry'nin gözyaşları akan suratını göreyim. Kendimi unutayım. Sevgili Tanrım, sevmeye çalıştım ve yüzüme gözüme bulaştırdım. Seni sevebilseydim, onları da nasıl seveceğimi bilirdim. Efsaneye inanıyorum. Senin doğumuna inandım. Bizim için öldüğüne inandım. Senin Tanrı olduğuna inandım. Bana sevmeyi öğret. Acımı umursamıyorum. Benim için dayanılmaz olan onların acısı. Bırak benim acım sürüp gitsin ama onlarınkini durdur. Sevgili Tanrım bir süreliğine olsun o Haçından inip gelebilseydin ve yerine benim çıkmama izin verseydin. Keşke senin gibi çile çekebilseydim, senin gibi şifa bulabilseydim.

4 Şubat 1946.

Henry işten bir günlüğüne izin aldı. Neden bilmiyorum. Beni öğlen yemeğine götürdü, Ulusal Galeri'ye gittik ve erken bir akşam yemeği yiyip sinemaya gittik. Çocuğunu okuldan alıp gezmeye götüren bir baba gibiydi. Ama çocuk olan oydu.

5 Şubat 1946.

Henry, ilkbaharda bizim için bir yurtdışı tatili planlıyor. Almanların bombardıman altındaki morali hakkında bir rapor hazırlayabileceği Almanya'ya da Loire şatosu arasında karar veremiyor. Ben ilkbaharın gelmesini hiç istemiyorum. İşte yine başladım. İstiyorum. İstemiyorum. Seni sevebilseydim, Henry'yi sevebilirdim. Tanrı insanlaştırılmıştı. O, astigmatı olan Henry, yüzü lekeli Richard'dı, bir tek Maurice değildi. Bir cüzamlının yaralarını sevebilseydim, Henry'nin sıkıcılığını sevemez miydim? Ama cüzamlı burada olsa ona yüz çevirirdim sanırım, kendimi Henry'den uzağa kapattığım gibi. Her zaman dramatik yolları seviyorum. Senin tırnaklarının acısına hazır olduğumu ama haritalarla ve Michelin rehberleriyle geçen yirmi dört saate tahammül edemeyeceğimi sanıyorum. Sevgili Tanrım, ben işe yaramam. Hâlâ aynı fahişe ve sahtekârım. Beni ortadan kaldır.

6 Şubat 1946.

Bugün Richard'la korkunç bir olay yaşadım. Bana Hıristiyan kiliseleri içindeki çelişkileri anlatıyordu ve ben dinlemeye çalışıyordum, ama bunu pek başaramıyordum, o da bunu fark etti. Birdenbire bana, "Buraya ne için geliyorsun," dedi ve kendimi kaptırıp, "Seni görmeye," dedim.

"Öğrenmeye geldiğini sanıyordum," dedi ve ben de ona öyle demek istediğimi söyledim.

Bana inanmadığını biliyordum, gururunun incineceğini ve sinirleneceğini düşündüm, ama hiç sinirlenmedi. Kreton döşeli koltuğundan kalktı ve kreton döşeli kanepeye gelip yanağı görünmeyecek tarafta benim yanıma oturdu. "Seni her hafta görmek, benim için çok şey ifade ediyor," dedi ve o zaman benimle sevişmek istediğini anladım. Elini bileğime koydu ve sordu: "Bana değer veriyor musun?"

"Evet Richard, elbette," dedim. "Yoksa burada olmazdım."

"Benimle evlenir misin?" diye sordu ve kibri ona bu soruyu bir fincan çay daha içip içmeyeceğimi sorar gibi sordurmuştu.

"Henry itiraz edebilir," diye gülerek geçiştirmeye çalıştım.

"Sana hiçbir şey Henry'yi terk ettirmez mi?" dedi ve ben sinirlenerek, onu Maurice için terk etmediysem ne halt etmeye senin için terk edeyim ki, diye düşündüm.

"Ben evliyim."

"Bu benim için ya da senin için bir şey ifade etmez."

"Ah evet, eder," dedim. Ona bir ara söylemem lazımdı. "Tanrı'ya inanıyorum," dedim, "ve diğer her şeye. Bunu bana siz öğrettiniz. Sen ve Maurice."

"Anlamıyorum."

"İkiniz her zaman inanmamayı size papazların öğrettiğini söylüyordunuz. Eh, bunun tam tersi de olabiliyor."

Güzel ellerine baktı – bir onlar kalmıştı kendisine. Yavaş yavaş dedi ki: "Neye inandığın umurumda değil. Bütün yalan dolana inanabilirsin, bana vız gelir. Seni seviyorum Sarah."

"Üzgünüm," dedim ben.

"Seni bütün o şeylerden nefret ettiğimden daha fazla seviyorum. Senden çocuklarım olsaydı onları yoldan çıkarmana bile izin verirdim."

"Bunu söylememelisin."

"Ben zengin bir adam değilim. Teklif edebileceğim tek rüşvet bu, inancımdan vazgeçmek."

"Ben bir başkasına âşığım, Richard."

"Eğer o aptalca yemine bağlıysan onu çok sevmiyorsundur."

"Yeminimden dönmek için elimden geleni yaptım ama yürümedi," dedim sıkıntıyla.

"Beni aptal mı sanıyorsun?"

"Neden sanayım ki?"

"Böyle bir erkeği sevmeni bekleyecek kadar." Çirkin yanağını bana çevirdi. "Tanrı'ya inanıyorsun," dedi. "Bu kolay. Güzelsin. Bir şikâyetin yok, peki ben bir çocuğu böyle yaratan bir Tanrı'yı neden seveyim ki?"

"Sevgili Richard," dedim, "o kadar kötü bir şey yok..." Gözlerimi kapadım ve dudaklarımı yanağına koydum. Bir an midem bulandı, çünkü deformiteden korkarım, o sessizce oturup öpmeme izin verdi ve ben düşündüm ki acıyı öpüyorum, acıysa Sana ait, mutluluğun hiç ait olmadığı gibi. Seni, Senin acında seviyorum. Tendeki metal ve tuzu neredeyse tadabiliyordum ve düşündüm ki Sen çok iyisin. Bizi mutlulukla öldürmüş olabilirsin ama acıda seninle birlikte olmamıza izin verdin.

Aniden kendisini çektiğini hissettim ve gözlerimi açtım. "Elveda," dedi.

"Elveda, Richard."

"Bir daha gelme," dedi, "senin acımana dayanamıyorum."

"Acıma değil bu."

"Kendimi rezil ettim."

Oradan çıktım. Kalmanın bir yararı yoktu. Acının işaretini her yerde öylece yanında taşıdığı, güzellik dediğimiz bu sıkıcı insan şeyi yerine aynada her gün Seni gördüğü için onu kıskandığımı söyleyemedim.

10 Şubat 1946.

Sana yazmaya ya da Seninle konuşmaya ihtiyacım yok, diye başladım bir süre önce Sana bir mektup yazmaya ve kendimden utanıp yırttım onu çünkü her şeyi daha benim aklıma gelmeden önce bilen Sana bir mektup yazmak çok aptalca göründü. Seni sevmeden önce Maurice'i hiç bu kadar çok sevmiş miydim? Yoksa gerçekte sevdiğim hep Sen miydin? Ona dokunduğumda Sana mı dokunuyordum? İlk Maurice'e dokunmamış olsaydım; Henry'ye, herhangi birine asla dokunmadığım gibi dokunmamış olsaydım Sana dokunabilir miydim? Maurice de başka hiçbir kadını sevmediği gibi sevdi beni, hiç kimseye dokunmadığı gibi dokundu bana. Ama sevdiği ben miydim, yoksa Sen mi? Çünkü Senin bende nefret ettiğin şeylerden nefret etti. Hiç bilmediği halde her zaman Senin yanındaydı. Ayrılığımızı Sen istedin, ama o da istedi. Öfkesi ve kıskançlığıyla bunun için çalıştı ve aşkıyla bunun için çalıştı. Çünkü bana çok fazla sevgi verdi, ben ona öyle çok sevgi verdim ki bir süre sonra geriye hiçbir şey kalmadı, bitirdiğimizde bir tek Sen kalmıştın. Her ikimiz için de. Aşkı her seferinde azar azar tüketerek, orada burada, bir o erkekte bir bu erkekte idareli kullanarak ömrümü geçirebilirdim. Ama ilk seferinde bile, Paddington yakınlarındaki otelde, sahip olduğumuz her şeyi tükettik. Sen oradaydın, günün birinde geriye Senin aşkından başka hiçbir şey kalmasın diye, zengin adama öğrettiğin gibi bize israf etmeyi öğretiyordun. Ama Sen bana karşı fazlasıyla iyisin. Senden acı istediğimde, Sen bana huzur veriyorsun. Ona da ver. Benim huzurumu ona ver – onun buna daha fazla ihtiyacı var.

12 Şubat 1946.

İki gün önce ne çok huzur, sükûnet ve aşk duygusuna sahiptim. Yeniden mutlu bir hayatım olacaktı ama dün gece rüyamda Maurice ile tepede buluşmak için uzun bir merdivenden yukarı çıktığımı gördüm. Hâlâ mutluydum çünkü merdivenlerin tepesine vardığımda sevişecektik. Geliyorum diye seslendim ona ama bana cevap veren Maurice'in sesi değildi; bir yabancının yolunu kaybetmiş gemileri uyaran bir sis düdüğü gibi uğuldayan sesiydi ve beni korkuttu. Evini kiraya verip gitmiş, diye düşündüm ve nerede olduğunu bilmiyordum, merdivenlerden tekrar aşağı inerken belime kadar sulara gömüldüm, sofada sisten göz gözü görmüyordu. O sırada uyandım. Artık huzurlu değilim. Onu eski günlerde alıştığım gibi istiyorum. Onunla birlikte sandviç yemek istiyorum. Onunla birlikte barda içki içmek istiyorum. Yoruldum, daha fazla acı istemiyorum. Maurice'i istiyorum. Sıradan dünyevi insan aşkını istiyorum. Sevgili Tanrım, biliyorsun ki Senin acını istemek istiyorum, ama bunu şimdi istemiyorum. Acıyı bir süreliğine al, başka bir zaman ver bana.

DÖRDÜNCÜ KİTAP

I

Daha fazla okuyamadım. Bir bölüm canımı çok fazla yaktığında defalarca oraları atladım. O kadarını keşfetmek istemesem de Dunstan'ın kim olduğunu bulmak istedim, ama okumaya devam ettikçe tarihte sıradan bir gün gibi, zamanın çok gerisinde kaldı. Şu an için önemli değildi. Benim kaldığım bölüm henüz bir hafta önceki bölümdü. "Maurice'i istiyorum. Sıradan dünyevi insan aşkını istiyorum."

Sana verebileceğim yalnızca bu kadar, diye düşündüm. Başka türlü bir aşktan haberim yok, ama hepsini harcadığımı düşünüyorsan yanılıyorsun. İkimizin hayatı için de yeterince kaldı, bense mutluluğun bu kadar yakın olduğunu bilmeden burada oturup çalışırken onun bavulunu hazırladığı o günü düşündüm ve bilmediğime de, öğrendiğime de sevindim. Şimdi harekete geçebilirdim. Dunstan umurumda değildi. Hava saldırısı uyarısı umurumda değildi. Telefona gidip numarayı çevirdim.

Hizmetçi açtı telefonu. "Ben Bay Bendrix. Bayan Miles ile konuşmak istiyorum," dedim. Beklememi söyledi. Sarah'nın sesini beklerken sanki uzun bir yarışın sonundaymışım gibi nefesim kesilmişti, ama gelen ses bana Bayan Miles'ın dışarıda olduğunu söyleyen hizmetçinin sesiydi. Ona neden inanmadığımı bilmiyorum. Beş dakika bekledim ve mendilimi ahizenin üzerine sıkıca gererek yeniden aradım.

"Bay Miles evde mi?"

"Hayır, efendim."

"Öyleyse Bayan Miles'la konuşabilir miyim? Ben Sir William Mallock."

Çok kısa bir sessizlik oldu ve Sarah cevap verdi. "İyi akşamlar. Ben Bayan Miles."

"Biliyorum," dedim, "senin sesini tanıyorum, Sarah."

"Sen... Sandım ki..."

"Sarah," dedim, "seni görmeye geliyorum."

"Hayır, yapma lütfen. Dinle, Maurice. Yataktayım. Şu anda oradan konuşuyorum."

"Daha iyi ya."

"Şapşallaşma Maurice. Hastayım demek istiyorum."

"Öyleyse beni görmelisin. Ne oldu, Sarah?"

"Ah, yok bir şey. Berbat bir soğuk algınlığı. Dinle Maurice." Kelimelerini bir mürebbiye gibi yavaş ve tek tek söylüyordu ve bu beni sinirlendirdi. "Lütfen gelme. Seni göremem."

"Seni seviyorum Sarah ve geliyorum."

"Burada olmayacağım. Kalkacağım." Koşarsam, bu Common'ın içinden yalnızca dört dakika alır, diye düşündüm; bu kadar sürede giyinemez. "Hizmetçiye kimseyi içeri almamasını söyleyeceğim."

"Onda insanı dışarı atabilecek kuvvet yok. Benimse zorla dışarı atılmam gerekecek, Sarah."

"Lütfen, Maurice... senden rica ediyorum. Senden uzun zamandan beri bir şey rica etmedim."

"Bir yemek hariç."

"Maurice, pek uygun değilim. Seni bugün göremem o kadar. Gelecek hafta..."

"Öyle çok hafta geçip gitti ki. Seni şimdi görmek istiyorum. Bu akşam."

"Neden, Maurice?"

"Beni seviyorsun."

"Nereden biliyorsun?"

"Boş ver. Senden benimle gelmeni isteyeceğim."

"Ama Maurice, sana telefondan da cevap verebilirim. Cevabım hayır."

"Telefondan sana dokunamam, Sarah."

"Maurice, hayatım, lütfen. Gelmeyeceğine söz ver."

"Geliyorum."

"Dinle Maurice. Çok fena hastayım. Ağrım da çok fazla bu gece. Kalkmak istemiyorum."

"Kalkmana gerek yok."

"Yemin ederim, söz vermezsen kalkıp giyineceğim ve evden gideceğim."

"Bu ikimiz için de soğuk algınlığından daha önemli, Sarah."

"Lütfen, Maurice, lütfen. Henry az sonra evde olacak."

"Varsın olsun." Telefonu kapadım.

Bir ay önce Henry'ye rastladığımdan daha kötü bir geceydi. Bu defa yağmur yerine sulu kar yağıyordu; kar yağmasına ramak kalmıştı ve sivri sivri damlalar insanın pardösüsünün düğme deliklerinden içeri saplanıyor gibiydi. Damlalar Common'daki lambaların ışığını kesiyordu ve böylece koşmak imkânsız hale gelmişti, ben de zaten bacağım yüzünden hızlı koşamıyorum. Savaş günlerindeki el fenerimi yanımda getirmiş olsaydım keşke, çünkü kuzey yakasındaki eve varmam sekiz dakika tutmuştur herhalde. Tam kaldırımdan inmiş karşıya geçiyordum ki kapı açıldı ve Sarah dışarı çıktı. Mutlulukla düşündüm ki ona artık kavuşmuştum. Kesinkes biliyordum ki gece bitmeden yine birlikte olacaktık. Bu bir kez tekrarlandığında, her şey olabilirdi. Onu daha önce hiç tanımamış ve onu asla bu kadar çok sevmemiştim. Ne kadar tanırsak o kadar severiz, diye düşündüm. Güven alanına geri dönmüştüm.

Geniş araba yolunun karşısında, sulu karın içinden beni göremeyecek kadar acelesi vardı. Sola döndü ve hızla yürüyüp uzaklaştı. Bir yerde oturma ihtiyacı duyacağını ve o zaman onu yakalayacağımı düşündüm. Yirmi metre geriden takip ettim ama hiç arkasına bakmadı. Sanki metroya gider gibi, Common'ın kenarından yürüdü, havuzu ve bombalanan kitapçıyı geçti. Eh, gerekirse kalabalık trende bile onunla konuşmaya hazırdım. Metro merdivenlerinden indi, gişelere yöneldi, ama yanında çantası yoktu ve ceplerini yokladığında bozuk parası da yoktu – gece yarısına kadar gidip gelmesine yetecek bir buçukluğu* bile yoktu. Tekrar merdivenleri çıktı, caddeden karşıya geçip tramvayların işlediği yere geldi. Bir kapı kapanır ama kesinlikle bir başkası açılır. Zafer benimdi. Korkuyordu, ama benden değil, kendisinden ve karşılaştığımız zaman meydana geleceklerden korkuyordu. Oyunu şimdiden kazandığımı hissediyordum ve kurbanım için kesinlikle üzülebilirdim. Ona, Üzülme, korkacak bir şey yok, yakında ikimiz birden mutlu olacağız, kâbus neredeyse bitti, demek istiyordum.

Derken onu kaybettim. Kendime çok güveniyordum ve ona çok büyük bir avans verdim. Caddeyi benden yirmi metre önde geçmişti (merdivenleri çıkarken aksak bacağım yüzünden ben yine gecikmiştim), aramızdan bir tramvay geçti ve o toz olmuştu. Soldaki anacaddeye sapmış ya da dosdoğru Park Road'a gitmiş olabilirdi, ama onu göremiyordum. Çok endişelenmedim – onu bugün bulamadıysam, yarın bulurdum. Şimdi tüm o saçma yemin hikâyesini biliyordum, aşkından emindim, kendisinden emindim. İki kişi âşıksa, birlikte yatardı; bu insan tecrübesiyle denenmiş ve kanıtlanmış matematik formüldü.

Anacaddede bir A.B.C. vardı ve oraya baktım. Yoktu. Sonra Park Road'un köşesindeki kiliseyi hatırladım ve oraya gittiğini hemen anladım. Onu takip ettim ve yan koridorlardan birinde bir sütunun ve çirkin bir Bakire Meryem heykelinin yakınında oturduğundan emindim. Dua etmiyor-

---

* İngiltere'de eskiden bir buçuk peni değerinde bir madeni para. (ç.n.)

du. Orada öylece gözleri kapalı oturuyordu. Bütün mekân çok karanlık olduğu için onu yalnızca heykelin yanındaki mumların ışığı sayesinde görebildim. Bay Parkis'in yaptığı gibi arkasına oturdum ve bekledim. Artık hikâyenin sonunu bildiğim için yıllarca bekleyebilirdim. Üşüyordum, ıslaktım ve çok mutluydum. Mihraba ve orada asılı duran bedene bile merhametle bakabilirdim. Kadın ikimizi de seviyor, diye düşündüm, ama bir erkekle bir heykel arasında rekabet olacaksa kimin kazanacağını biliyorum. Ben elimi uyluğuna koyabilirim ya da dudaklarımı göğsünde dolaştırabilirim: Heykel ise mihrabın arkasında hapsolmuştu ve *kendi* hakkını savunmak için kımıldayamazdı.

Birdenbire elini yanına bastırarak öksürmeye başladı. Acı içinde olduğunu biliyordum ve onu acısıyla yalnız başına bırakamazdım. Gidip yanına oturdum ve o öksürürken elimi dizinin üzerine koydum. Düşündüm ki insanın şifa verecek bir dokunuşu olsaydı. Öksürük krizi geçince, "Lütfen, beni rahat bırak," dedi.

"Asla seni rahat bırakmayacağım," dedim.

"Ne oldu sana Maurice? Önceki gün yemekte böyle değildin."

"Hüsrana uğramıştım. Beni sevdiğini bilmiyordum."

"Sevdiğimi nereden çıkardın?" diye sordu ama elimin dizinin üzerinde kalmasına izin verdi. Sonra ona Bay Parkis'in onun günlüğünü nasıl çaldığını anlattım – artık aramızda yalanlar olsun istemiyordum.

"Hoş bir şey değil bu," dedi.

"Değil." Tekrar öksürmeye başladı ve sonrasında yorgun düşerek omzunu bana yasladı.

"Hayatım," dedim, "hepsi bitti artık. Bekleyiş demek istiyorum. Birlikte uzaklara gideceğiz."

"Hayır," dedi.

Kolumu ona doladım ve göğsüne dokundum. "Burada yeniden başlıyoruz," dedim. "Kötü bir sevgili oldum, Sarah.

Bunu yapan güvensizlikti. Sana güvenmedim. Seni yeterince tanımıyordum. Ama şimdi eminim."

Hiçbir şey söylemedi ama hâlâ bana yaslanıyordu. Bu bir onay gibiydi. Dedim ki, "Bak ne diyeceğim, en iyisi şöyle yapalım. Eve dön ve birkaç gün yat – böyle soğuk algınlığıyla seyahat etmek istemezsin. Her gün arayıp nasıl olduğunu soracağım. Yeterince iyileştiğin zaman gelip eşyalarını toplamana yardım edeceğim. Burada kalmayacağız. Dorset'te kullanabileceğim boş bir yazlığı olan bir kuzenim var. Orada birkaç hafta kalıp dinleneceğiz. Kitabımı bitirebileceğim. Daha sonra avukatların karşısına çıkabiliriz. İkimizin de dinlenmeye ihtiyacı var. Yoruldum ve sensiz olmaktan usandım, Sarah."

"Ben de." O kadar alçak sesle söyledi ki bu sözün yabancısı olsaydım duymazdım, ama bu ses tonu tüm ilişkimiz boyunca yankılanan bir imza gibiydi, ta ki Paddington Oteli'ndeki ilk sevişmemizden bu yana. Yalnızlıkları, üzüntüleri, hayal kırıklıklarını, hazları ve umutsuzlukları; her şeyi paylaştığını belirtmek için: "Ben de."

"Para az olacak," dedim, "ama çok da az olmayacak. General Gordon'ın* Hayatı'nı yazma işini aldım ve avans ücreti bizi üç ay rahat geçindirmeye yeter. O zamana kadar romanı teslim ederim ve ondan da bir avans alırım. Her iki kitap da bu yıl piyasaya çıkacak ve bunlar yeni bir kitap hazır olana kadar bizi geçindirir. Orada seninle birlikteyken çalışabilirim. Yani artık her an başarıya ulaşabilirim. Şimdilik benim için sıradan bir başarı olacak, sen bundan nefret edersin, ben de nefret ederim ama bir şeyler satın alacağız, hesapsızca harcayacağız ve eğlenceli olacak, çünkü birlikte olacağız."

---

* Charles George Gordon (lakabı Çinli Gordon). Gordon Paşa olarak da bilinir. Hartum'u savunmada gösterdiği cesaret nedeniyle ulusal kahraman olarak görülen İngiliz general. (ç.n.)

Birden fark ettim ki uykuya dalmıştı. Kaçarken yorulduğu için omzumda uyuyakalmıştı; birçok defa taksilerde, otobüslerde, parkta bir bankta olduğu gibi. Kımıldamadan oturdum ve onu rahat bıraktım. Karanlık kilisede onu rahatsız edecek hiçbir şey yoktu. Mumlar bakirenin çevresinde pır pır ediyordu ve orada başka hiç kimse yoktu. Ağırlığını verdiği kolumda yavaş yavaş artan ağrı hayatım boyunca tattığım en büyük zevkti.

Çocukların uykularında onlara fısıldadıklarınızdan etkilendikleri söylenir ve ben de kelimelerin bilinçaltı zihninde hipnotik bir etki yaratması umuduyla, onu uyandırmayacak kadar alçak bir sesle Sarah'ya fısıldamaya başladım. "Seni seviyorum, Sarah," diye fısıldadım. "Daha önce seni hiç kimse bu kadar sevmedi. Mutlu olacağız. Henry aldırmayacaktır, gururu dışında ve gurur çok geçmeden iyileşir. Kendisine, senin yerini alacak yeni bir alışkanlık edinir – belki Yunan madeni para koleksiyonu yapar. Biz buradan gidiyoruz, Sarah, biz buradan gidiyoruz. Bunu artık kimse durduramaz. Sen beni seviyorsun, Sarah." Ve yeni bir bavul almam gerekir mi diye düşünmeye başladığımdan sustum. Sonra o öksürerek uyandı.

"Uyumuşum," dedi.

"Artık eve gitmelisin, Sarah. Üşütmüşsün."

"Orası ev değil, Maurice," dedi. "Buradan ayrılmak istemiyorum."

"Soğuk."

"Soğuk umurumda değil. Hem burası karanlık. Karanlıkta her şeye inanabilirim."

"Yalnızca bize inan."

"Demek istediğim oydu." Tekrar gözlerini kapadı ve ben mihraba doğru bakarak canlı bir rakipmiş gibi zafer edasıyla, Sen de bak – işte bunlar kazanan kozlar diyerek parmaklarımı hafifçe göğsünde gezdirdim.

"Yorgunsun, değil mi?" diye sordum.

"Çok yorgunum."

"Benden o şekilde kaçmaman gerekirdi."

"Kaçtığım sen değildin." Omzunu silkti. "Lütfen, Maurice, git artık."

"Senin yatakta olman lazım."

"Olacağım, birazdan. Seninle birlikte dönmek istemiyorum. Burada hoşça kal demek istiyorum sadece."

"Fazla kalmayacağına söz ver."

"Söz veriyorum."

"Bana telefon edeceksin değil mi?"

Başını salladı, ama dizinde sanki atılmış bir şey gibi duran eline bakınca parmaklarını çapraz yaptığını gördüm. Ona şüpheyle sordum: "Bana doğruyu mu söylüyorsun?" Parmaklarını benimkilerle açtım ve dedim ki, "Benden tekrar kaçmayı planlamıyorsun değil mi?"

"Maurice, canım Maurice," dedi, "gücüm yok." Bir çocuk gibi yumruklarını gözlerine bastırarak ağlamaya başladı.

"Üzgünüm," dedi. "Git işte. Lütfen, Maurice, biraz merhamet et."

Çok üsteleyerek ve zorlayarak bir şey elde etmeye çalışmanın da bir sonu var; bu yakarış kulaklarımdayken devam edemezdim. Onu kalın ve dolaşık saçlarından öptüm ve uzaklaşırken yapış yapış ve tuzlu dudaklarını ağzımın köşesinde hissettim. "Tanrı seni kutsasın," dedi ve düşündüm ki Henry'ye yazdığı mektupta üzerini karaladığı şey buydu. İnsan Smythe değilse "Tanrı'ya emanet ol" diyene "Tanrı'ya emanet ol" der ama ben onun kutsama sözünü ona cevaben tekrarladığımda bu istem dışı bir davranıştı, ancak kiliseden ayrılırken dönüp orada onu mum ışığının kenarında, içeri ısınmak için girmiş bir dilenci gibi kıvrılmış görünce, onu kutsayan bir Tanrı'yı aklıma getirebildim, ya da onu seven bir Tanrı'yı. İkimizin hikâyesini yazmaya başladığımda bir nefret belgesi yazdığımı düşündüm, ama nefret her nasılsa yanlış konumlandı ve bildiğim tek şey onun hatalarına ve güvenilmezliğine rağmen çoğundan daha iyi olduğudur. Bir de, birimizin ona inanması gerekir; o kendisine hiç inanmadı.

II

Sonraki birkaç gün mantıklı olmak için büyük çaba harcadım. Şimdi ikimiz için de çalışıyordum. Sabahları kendime romanım için en az yedi yüz elli kelime hedef koymuştum ama genelde saat on bir olduğunda bin kelimeyi tamamlamış oluyordum. Umudun etkisi çok şaşırtıcı; geçen yıl boyunca ilerlemek bilmeyen roman sonuna doğru koşturmaya başladı. Henry'nin işe gitmek için dokuz buçuk civarında evden çıktığını biliyordum; Sarah'nın telefon edebileceği en uygun zaman o saatle on iki buçuk arasıydı. Henry öğle yemekleri için eve gelmeye başlamıştı (Parkis öyle söyledi bana); Sarah'nın yine üçten önce arama fırsatı yoktu. On iki otuza kadar bir günlük çalışmamı gözden geçirip mektuplarımı bitirebilirdim ve o zaman üzülerek de olsa beklentimden kurtuluyordum. İki buçuğa kadar zamanımı British Museum'ın Okuma Odası'nda General Gordon'ın hayatıyla ilgili notlar alarak geçirebilirdim. Okumaya ve notlar almaya, romanı yazarken olduğu gibi kendimi veremedim, Sarah'yla ilgili düşünceler benimle Çin'deki misyoner yaşam arasında gidip geliyordu. Bu biyografiyi yazmak için neden ben davet edilmiştim? Bunu çok defa merak ettim. Gordon'ın Tanrısına inanan bir yazar seçseler daha iyi ederlerdi. Hartum'daki inatçı duruşu –ülkede güvende bulunan politikacıların nefretini– takdir edebilirdim, ama masanın üzerindeki Kutsal Kitap benimkinden başka bir düşünce dünyasına aitti. Belki de yayıncı benim Gordon'ın Hıristiyanlığına sinik yaklaşımımdan bir çeşit *succès de scandale** umuyordu. Onu

---

* Başarısı tamamen veya kısmen, etrafında dönen kamuoyu tartışmasına atfedilen her türlü sanatsal çalışma için kullanılan bir terim. (ç.n.)

memnun etmeye hiç niyetim yoktu; bu Tanrı aynı zamanda Sarah'nın da Tanrısı ve ben onun sevdiğine inandığı hiçbir hayale taş atmayacaktım. O dönemde onun Tanrısından hiç nefret etmemiştim, çünkü sonunda ben daha güçlü çıkmamış mıydım?

Bir gün sabit kalemimin her zaman bir şekilde üzerine bulaştığı sandviçlerimi yerken, tanıdık bir ses, çalışma yapan diğer insanlara saygı gereği kısık bir ses tonuyla beni karşı masadan selamladı. "Çalışmanızı böldüğüm için özrümü kabul ederseniz, umarım her şey yolundadır, efendim."

Oturduğum sıranın üzerinden o unutulmaz bıyıklara baktım. "Çok iyi, Parkis, teşekkür ederim. Yasak bir sandviç alır mısınız?"

"Ah, hayır, efendim, muhtemelen alamam."

"Hadi gelin. Masraflar için olduğunu düşünün." İsteme-ye istemeye bir tane aldı ve bir bozuk parayı almış ama onun altın olduğunu keşfetmişçesine "Hakiki jambon," diyerek bir çeşit korkuyla tepki verdi.

"Yayıncım Amerika'dan bana bir kutu gönderdi."

"Çok naziksiniz, efendim."

"Kül tablanız hâlâ bende, Parkis," diye fısıldadım çünkü yanımda oturan bana kötü kötü bakmıştı.

"Sadece manevi değeri var," diye fısıldayarak cevap verdi o da.

"Oğlunuz nasıl?"

"Midesi biraz rahatsız, efendim."

"Sizi burada gördüğüme şaşırdım. İş mi? Bizden birini izlemiyorsunuz eminim, değil mi?" Okuma odasının içi geçmiş sakinlerinden –içeride ısınmak için şapkalar ve atkılar takan adamlardan, George Eliot'ın tüm eserlerini acı çekerek inceleyen Hintliden ya da başını her gün aynı kitap yığınına yaslayıp uyuyan adamdan– herhangi birinin bir cinsel kıskançlık dramıyla ilgili olabileceğini hayal edemiyordum.

"Ah, hayır efendim. Bu iş değil. İzin günüm, çocuk da bugün okula döndü."

"Ne okuyorsunuz?"

"*The Times*'ın Hukuk Haberleri'ni, efendim. Bugün Russell davasındayım. İnsanın çalışması için bir tür temel teşkil ediyorlar, efendim. Ufkunu açıyorlar. İnsanı günlük küçük detaylardan uzaklaştırıyorlar. Bu davadaki tanıklardan birini tanıyordum, efendim. Bir zamanlar aynı bürodaydık. Ama o benim şimdi asla yapamayacağım şekilde tarihe geçti."

"Eh, asla bilemezsin, Parkis."

"İnsan bilir, efendim. Cesaret kırıcı olan da bu. Gidebileceğim en uç nokta Bolton davasıydı. Boşanma davalarındaki delillerin yayımlanmasını yasaklayan kanun, benim işimi yapanlara darbe vurdu. Hâkim, efendim, asla bizi ismimizle anmaz ve mesleğimize karşı önyargılıdır."

"Hiç bilmiyordum," dedim, sempatiyle.

Parkis bile içimdeki özlemi uyandırabiliyordu. Onu gördüğümde asla Sarah'yı düşümeden edemiyorum. Sevgilim gelecek umudu içinde metroyla eve döndüm ve evde telefonun çalacağı beklentisi tükenene dek otururken, sevgilimin yeniden uzaklaştığını gördüm; bugün olmazdı. Saat beşte numarayı çevirdim, ama çalma tonunu duyar duymaz ahizeyi geri koydum: Henry eve erken dönmüş olabilirdi ve şimdi Henry'yle konuşamazdım, çünkü zafer benimdi, çünkü Sarah beni seviyordu ve Sarah onu terk etmek istiyordu. Ama gecikmiş bir zafer sinirleri uzatmalı bir yenilgi kadar gerebilirdi.

Telefon çalana kadar sekiz gün geçti. Günün beklediğim bir saati değildi, çünkü sabah dokuzdan önceydi ve ben "Alo," dediğim zaman konuşan Henry'ydi.

"Bendrix, sen misin?" diye sordu. Sesi çok tuhaf geliyordu ve ben acaba Sarah ona söyledi mi, diye düşündüm.

"Evet, benim."

"Çok korkunç bir şey oldu. Bilmen gerekiyor. Sarah öldü."

Böyle anlarda ne kadar geleneksel davranıyoruz. Dedim ki, "Çok, çok üzüldüm, Henry."

"Bu akşam işin var mı?"

"Hayır."

"Bir şeyler içmeye gelsen ya, yalnız olmak istemiyorum."

BEŞİNCİ KİTAP

I

Gece Henry'yle birlikte kaldım. İlk kez Henry'nin evinde uyuyordum. Yalnızca bir tane misafir yatak odaları vardı ve Sarah oradaydı (Henry'yi öksürüğüyle rahatsız etmemek için bir hafta önce oraya taşınmıştı), böylece ben de seviştiğimiz yer olan oturma odasındaki kanepede uyudum.

İkimiz toplam bir buçuk şişe viski içmişizdir. Henry'nin, "İnsanın ölüleri kıskanamıyor olması tuhaf, Bendrix. Daha öleli birkaç saat oldu ve senin yanımda olmanı istedim," dediğini hatırlıyorum.

"Kıskanacak fazla bir şeyin yoktu ki. Uzun zaman önce tamamen bitmişti."

"O çeşit bir teselliye ihtiyacım yok artık, Bendrix. İkiniz için de hiçbir zaman bitmemişti. Şanslı olan erkek bendim. Bütün o yıllar boyunca benimdi o. Benden nefret ediyor musun?"

"Bilmiyorum, Henry. Nefret ettiğimi sandım ama bilmiyorum."

Hiç ışık yakmadan onun çalışma odasında oturduk. Gaz alevi çok yüksek açılmadığı için birbirimizin yüzünü iyi göremiyorduk, bu yüzden Henry ağladığında bunu yalnızca sesinin tonundan anlıyordum. Disk Atan Adam karanlığın içinden her ikimizi de hedef almıştı. "Bu nasıl oldu, anlat bana Henry."

"Seninle Common'da karşılaştığımız o geceyi hatırlıyor musun? Üç hafta önceydi, ya da dört mü? O gece çok fena üşütmüştü. Bunun için hiçbir şey yapmadı. Göğsüne indiğini bile hiç bilmiyordum. Bu tür şeyleri hiç kimselere söylemezdi." Günlüğüne bile, diye düşündüm. Orada hastalıktan hiç bahsedilmemişti. Hasta olmaya bile zamanı yokmuş.

"Sonunda yatağa düştü," dedi Henry, "ama kimse onu yatağında tutamıyordu, doktor da istemiyordu – onlara hiç inanmazdı. Bir hafta önce yataktan kalkıp dışarı çıktı. Tanrı bilir nereye ve neden? Egzersize ihtiyacı olduğunu söyledi. Eve ilkönce ben geldim ve gitmiş olduğunu gördüm. Ancak dokuzda döndü, birincisinden daha beter baştan aşağı sırılsıklamdı. Saatlerce yağmurda yürümüş olmalıydı. Bütün gece ateşler içinde sayıklıyor, kim olduğunu bilmediğim biriyle konuşuyordu: Sen ya da ben değildik, Bendrix. Bundan sonra onu doktora gösterdim. Doktor bir hafta önce penisilin verseydi, onu kurtarabileceğini söyledi."

İkimiz için de bir bardak viski daha koymaktan başka yapacak bir şey yoktu. Parkis'e takip etmesi için para ödediğim yabancı aklıma geldi: Sonunda yabancının kazandığı kesindi. Hayır, diye düşündüm, Henry'den nefret etmiyorum. Eğer varsan, Senden nefret ediyorum. Sarah'nın Richard Smythe'e söylediği, ona inanmayı öğrettiğim şeyleri hatırladım. Nasıl olduğunu ne kadar zorlasam da söyleyemem ama neyi fırlatıp attığımı düşünmek kendimden nefret etmeme neden oluyor. "Bu sabah dörtte öldü," dedi Henry. "Ben orada değildim. Hemşire beni zamanında uyandırmadı."

"Hemşire nerede?"

"Derli toplu bir şekilde işini tamamladı. Başka acil bir işi vardı ve öğlen yemeğinden az önce çıktı."

"Keşke sana faydalı olabilseydim."

"Oluyorsun. Sadece orada oturarak. Çok berbat bir gün oldu, Bendrix. Yani bugüne kadar ilgilenmem gereken hiçbir ölüm olayıyla karşılaşmadım. Ben hep önce kendimin öleceğini düşündüm – ve Sarah ne yapılması gerektiğini bilirdi. Eğer benimle o kadar uzun kalmış olsaydı. Bir bakıma o iş bir kadına göre – bir bebek sahibi olmak gibi."

"Sanırım doktor yardımcı olmuştur."

"Bu kış çok fena koşturuyor. Bir cenaze levazımatçısını aradı. Ben nereye gideceğimi bilemezdim. Bizde hiç ticari telefon rehberi olmadı. Ancak kıyafetlerini ne yapacağımı bir doktor söyleyemez bana – dolaplar elbise dolu. Pudra kutuları, kokular – insan eşyaları öylece atamıyor... Bir kız kardeşi olsaydı..." Birdenbire sustu çünkü ön kapı açılıp kapanmıştı; tıpkı onun "hizmetçi" benimse "Sarah" dediğim o diğer gece olduğu gibi. Hizmetçinin yukarı çıkan ayak seslerini dinledik. İçinde üç kişi bulunan bir evin bu kadar boş olması olağandışıydı. Viskimizi içtik ve ben bir tane daha doldurdum. "Evde çok var," dedi Henry. "Sarah, yeni bir kaynak buldu...." Ve yine sustu. Her yolun sonunda Sarah vardı. Bir an bile ondan uzak kalmaya çalışmanın anlamı yoktu. Bunu bize neden yapmak zorundaydın Sen, diye düşündüm. O Sana inanmamış olsaydı şimdi hayatta olacaktı, biz hâlâ sevgili olacaktık. Durumdan memnun olmayışımı hatırlayınca üzüldüm ve tuhaf hissettim. Onu Henry'yle seve seve paylaşırdım şimdi.

"Ya cenaze?" dedim.

"Bendrix, ne yapacağımı bilmiyorum. Çok kafamızı karıştıran bir şey oldu. Sarah, hezeyan halindeyken (elbette bunu bilerek yapmıyordu), hemşire bana onun bir papaz isteyip durduğunu söyledi. En azından Baba, Baba* diye sayıklıyormuş, ki bu kendi babası olamazdı. Babasını hiç tanımamıştı. Tabii ki hemşire bizim Katolik olmadığımızı

---

* Hıristiyanlık dininde rahiplere, dini liderlere, peygamberlere ve hatta Tanrı'ya "Baba" diye hitap edilir. Rahipler için Türkçede genellikle yine "baba" anlamına gelen "peder" kelimesi kullanılsa da, bunların hepsi İngilizcede "father" olarak geçer. (ç.n.)

biliyordu. Çok aklı başında biriydi. Onu sakinleştirdi. Ama endişeliyim, Bendrix."

Öfke ve acıyla düşündüm ki, Sen zavallı Henry'yi yalnız bırakmış olabilirsin. Yıllarca Sensiz geçinip gittik. Dünyanın dip köşesinden geri dönen tuhaf bir ilişki gibi neden Sen birdenbire bütün durumların içine girmeye başladın?

"İnsan Londra'da yaşıyorsa yakılmak en kolayı," dedi Henry. "Hemşire o konudan bahsedene kadar ben bu işi Golders Green'de* yaptırmayı planlıyordum. Levazımatçı krematoryumu aradı. Sarah'yı yarın değil öbür günün programına yetiştirebilirler."

"Hezeyan geçiriyordu," dedim, "söylediklerini ciddiye almak zorunda değilsin."

"Acaba bu konuyu bir papaza sorsam mı diye düşündüm. Birçok şeyini içine gömüyordu. Belki de Katolik olmuştu. Son zamanlarda garipti."

"Ah hayır, Henry. O hiçbir şeye inanmıyordu, seninle benim gibi." Ben onun yakılmasını istiyordum, diriltebilirsen Dirilt** o bedeni, diyebilmek istiyordum. Benim kıskançlığım Henry'ninki gibi onun ölümüyle bitmedi. Bana tercih ettiği bir sevgilinin yanında sanki hâlâ yaşıyor gibiydi. Ölümsüzlüklerini bozmak için Parkis'i gönderebilmeyi ne çok isterdim.

"Kesinlikle emin misin?"

"Kesinlikle eminim, Henry." Dikkatli olmam gerektiğini düşündüm. Ben Richard Smythe gibi olmamalıydım, nefret etmemeliydim, çünkü gerçekten nefret edersem inanırdım ve inanacak olursam, bu Sen ve Sarah için ne büyük zafer olur. İntikam ve kıskançlıktan bahsetmek, rol yapmaktır bu; bu sadece onun ölümünün mutlaklığını unutabileyim diye zihni

---

* 1902'de açılan Golders Green Krematoryumu, Londra'nın ilk, Britanya'nın da en eski krematoryumudur. (ç.n.)

** İsa'nın dirilişi (Resurrection) inancına gönderme. Hıristiyan inancının ve teolojisinin merkezi doktrini olarak kabul edilir. (ç.n.)

dolduracak bir şeydir. Bir hafta önce sadece "Sayaç için bir şilinimin bile olmadığı o ilk buluşmamızı hatırlıyor musun?" derdim ve sahne her ikimizin de gözünün önüne gelirdi. Şimdi sadece benim gözümün önüne geldi. Bütün hatıralarımızı sonsuza dek kaybetti ve sanki ölerek beni bir parçamdan yoksun bıraktı. Benliğimi kaybediyordum. Bu benim ölümümün ilk aşaması, hatıraların kangren olmuş uzuvlar gibi düşmesiydi.

"Bütün bu dualar ve mezar kazıcılar hengâmesinden nefret ediyorum, ama Sarah istediyse, bunun yapılmasını sağlamaya çalışacağım."

"Nikâhının nikâh memurluğunda kıyılmasını tercih etti," dedim, "cenaze töreninin bir kilisede yapılmasını istemezdi."

"Öyle sanırım, bu doğru, değil mi?"

"Nikâh memurluğu ve krematoryum," dedim, "ikisi birbirine yakışıyor." Henry, ironi yapmamdan kuşkulanmış gibi karanlıkta başını kaldırıp bana baktı.

Tıpkı aynı odada, aynı sobanın başında kendisi adına Bay Savage'ı ziyaret etmeyi teklif ettiğim gibi, "Bırak her şeyi senin yerine yapayım," dedim.

"Çok naziksin, Bendrix." Viskinin sonunu dikkatle ve eşit olarak bardaklarımıza boşalttı.

"Gece yarısı oldu," dedim, "uyuyabilirsen, biraz uyumalısın."

"Doktor bana bazı haplar bıraktı." Ama henüz yalnız kalmak istemiyordu. Tam olarak nasıl hissettiğini biliyordum, çünkü ben de Sarah'yla bir günün ardından odamın yalnızlığını olabildiğince erteleyecektim.

"Öldüğünü unutup duruyorum," dedi Henry. Ben de 1945'in –kötü yılın– tamamı boyunca, uyandığımda ilişkimizin bittiğini, telefondan onunki hariç bütün seslerin gelebileceğini unutarak bunu yaşamıştım. O zaman da tıpkı şimdi olduğu gibi ölüydü. Bu yıl, bir iki ay bir hayalet bana umutla acı verdi, ama hayaletin işi bitti ve acı yakında geçecekti. Her gün biraz daha ölecektim, ama bunu uzatmayı ne çok arzu ederdim. İnsan acı çektiği sürece yaşar.

"Git yat, Henry."

"Rüyamda onu görmekten korkuyorum."

"Doktorun haplarını alırsan, görmezsin."

"Bir tane alır mıydın, Bendrix?"

"Hayır."

"Gece kalmazsın, değil mi, kalır mısın? Dışarısı berbat."

"Hava umurumda değil."

"Kalsan bana büyük iyilik yapmış olurdun."

"Tabii ki kalacağım."

"Çarşaf ve battaniyeleri indireyim."

"Zahmet etme, Henry." Ama gitmişti. Parke zemine baktım ve çığlığının tınısını bire bir hatırladım. Mektuplarını yazdığı masanın üzerinde karman çorman objeler vardı ve ben her bir objeyi bir şifre gibi yorumlayabilirdim. O çakıl taşını bile atmamıştır diye düşündüm. Biçimine gülmüştük ve işte hâlâ orada, bir kâğıt ağırlığı gibi. Henry onu ne yapacaktı ve ikimizin de ilgilenmediği minyatür likör şişesini, denizin parlattığı cam parçasını, Nottingham'da bulduğum küçük tahta tavşanı? Bütün bu objeleri alıp yanımda götürmeli miydim? Henry sonunda temizlik yapmaya başladığında hepsi çöpe gidecekti, ama bende olmalarına katlanabilir miydim?

Henry sırtına battaniyeleri yüklemiş olarak geldiğinde onlara bakıyordum. "Söylemeyi unuttum, Bendrix, almak istediğin bir şey varsa... bir vasiyet bıraktığını sanmıyorum."

"Çok naziksin."

"Artık onu seven herkese minnettarım."

"İzin verirsen bu taşı alacağım."

"En tuhaf şeyleri saklıyordu. Bir tane benim pijamalarımdan getirdim sana, Bendrix."

Henry yastık getirmeyi unutmuştu ve başımı yatağa koymuş yatarken onun kokusunu alabildiğimi hayal ettim. Bir daha asla sahip olamayacağım şeyleri istiyordum – yerini dolduracak bir şey yoktu. Uyuyamadım. Acısı belki beynimin çalışmasını engeller diye, onun da kendisine yaptığı gibi, tırnaklarımı avuçlarımın içine bastırdım ve arzumun sarkacı yorucu bir halde ileri geri sallanıyordu; unutma ve hatırlama arzusu, ölme ve bir süre daha hayatta kalma arzusu. Böylece sonunda uyudum. Oxford Caddesi'nde yürüyordum ve endişeliydim çünkü bir hediye almam gerekiyordu ve bütün dükkânlar gizli ışıklandırma altında parıldayan ucuz mücevherat doluydu. Ara sıra güzel bir şey gördüğümü düşünüp vitrine yaklaşıyordum ama mücevheri yakından gördüğümde o da bütün diğerleri gibi uyduruk çıkıyordu – yakut etkisi verilmeye çalışılmış kırmızı gözlü iğrenç yeşil bir kuş mesela. Zaman dardı ve dükkân dükkân koşturdum. Sonra dükkânlardan birinden Sarah çıktı ve onun bana yardımcı olacağını biliyordum. "Bir şey aldın mı Sarah?" "Buradan almadım," dedi, "ama biraz ileride çok şirin küçük şişeler satıyorlar."

"Zamanım yok," diye yalvardım ona, "yardım et bana. Bir şey bulmalıyım, çünkü yarın doğum günü."

"Endişelenme," dedi. "Bir şey çıkar mutlaka. Endişelenme." Ve ansızın endişelenmekten vazgeçtim. Oxford Caddesi'nin sınırları genişleyip büyük bir gri puslu alana yayıldı, ayaklarım çıplaktı, çiyin içinde yürüyordum, yalnız, sığ bir olukta tökezleyince uyandım, kulağa yerleşmiş çocukluğa ait bir yaz sesi gibi hâlâ duyuyordum: "Endişelenme."

Kahvaltı zamanı Henry hâlâ uyuyordu ve Parkis'in baştan çıkardığı hizmetçi bana bir tepside kahve ve kızarmış ekmek getirdi. Perdeleri açtı ve sulu kar kör edici bir kara dönüşmüştü. Uykudan ve gördüğüm rüyadan duyduğum hoşnutluktan dolayı hâlâ mahmurdum ve onun gözlerinin daha önce döktüğü yaşlardan kızarık olduğunu görünce şaşırdım. "Bir şey mi oldu Maud?" diye sordum ve ancak tepsiyi bırakıp sinirli sinirli yürüyüp gittiğinde tam anlamıyla uyandım; boş eve ve boş dünyaya. Yukarı çıkıp Henry'ye baktım. Hâlâ ilaçlı uykunun derinliklerindeydi, köpek gibi gülümsüyordu ve onu kıskandım. Sonra aşağı inip kızarmış ekmeğimi yemeye çalıştım.

Zil çaldı ve hizmetçinin birini üst kata çıkardığını duydum – cenaze levazımatçısı olmalı diye düşündüm çünkü misafir odasının kapısının açıldığını duyabiliyordum. Onun ölüsünü görüyordu adam. Ben görmemiştim, görmek de istemiyordum, bir başka erkeğin kollarında görmeyi istemediğim kadar. Bazı erkekler belki bundan tahrik oluyordur; ben değil. Kimse beni ölüsevici yapamazdı. Aklımı topladım ve düşündüm: Artık her şey gerçekten bittiğine göre, yeni baştan başlamalıyım. Bir kez âşık oldum; bu yine olabilir. Ama emin değildim: Bütün cinselliğimi tüketmişim gibi geliyordu bana.

Bir zil daha. Henry uyurken evde ne kadar çok faaliyet sürüyordu. Bu defa Maud bana geldi. "Aşağıda Bay Miles'ı görmek isteyen bir bey var, ama onu uyandırmak istemiyorum," dedi.

"Kim o?"

"Bayan Miles'ın şu arkadaşı," dedi ve kirli oyunlarımızda payı olduğunu bir seferlik kabul etmiş oldu.

"Onu yukarı çıkarsan iyi olur," dedim. O benim hakkımda hiçbir şey bilmediği halde ben onun hakkında çok şey bilerek Henry'nin pijamalarını giymiş, Sarah'nın oturma odasında otururken Smythe'e karşı çok üstün hissettim şimdi kendimi. Smythe şaşkın şaşkın bana baktı ve üzerinden parkeye karlar döküldü. "Bir kez görüşmüştük. Ben Bayan Miles'ın bir dostuyum," dedim.

"Yanınızda küçük bir çocuk vardı."

"Doğru."

"Bay Miles'ı görmeye geldim," dedi.

"Duydunuz mu?"

"O yüzden geldim."

"Uyuyor. Doktor ona hap verdi. Bu hepimiz için kötü bir şok oldu," diye ekledim aptalca. Dik bakışları odanın dört bir yanında geziniyordu. Cedar Road'da, bir anda ortaya çıkan Sarah, sanırım bir rüya kadar boyutsuz kalmıştı. Ama bu oda ona derinlik katıyordu, oda da Sarah'ydı. Oda da Sarah gibi gömülmekteydi.

"Tekrar geleceğim," dedi ve kötü yanağını bana doğru çevirerek, hüzünle döndü. Düşündüm ki, dudaklarını dokundurduğu yer orasıydı. Sarah her zaman merhametin tuzağına düşerdi.

"Bay Miles'ı görmeye ve ne kadar üzüldüğümü..." diye tekrarladı aptalca.

"Böyle durumlarda yazmak daha doğaldır."

"Belki bir faydam olur diye düşündüm," dedi sesi titreyerek.

"Bayan Miles'ı inançtan döndürmenize gerek yok."

"Döndürmek mi?" diye sordu, rahatsız olup afallayarak.

"Gerçek şu ki ondan geriye hiçbir şey kalmadı. Son. Yok oluş."

Ansızın patladı: "Sarah'yı görmek istedim, hepsi bu."

"Bay Miles sizin varlığınızdan bile habersiz. Sizin buraya gelmeniz pek düşünceli bir hareket değil Smythe."

"Cenaze ne zaman?"

"Yarın, Golders Green'de."

"Bunu istemezdi," diyerek beni şaşırttı.

"Hiçbir şeye inanmazdı, en az sizin kadar."

"Hiçbiriniz bilmiyor musunuz? O Katolik oluyordu."

"Saçmalık."

"Bana yazdı. Kararını vermişti. Söyleyebileceğim hiçbir şeyin faydası olmazdı. Şeye başlıyordu – kateşizm*. Kelime buydu değil mi?" Demek ki hâlâ sırları vardı, diye düşündüm. Hastalığından bahsetmediği gibi bundan da günlüğünde hiç bahsetmemişti. Daha ne vardı keşfedilmemiş? Bunu düşünmek insanı umutsuzluğa itiyordu.

---

* Kateşizm, Hıristiyanlıkta vaftiz olup dine girmeden önce alınan din eğitimine verilen isimdir. Bu kavram Hıristiyanlığın temel kurallarını açıklayan bir ilmihal kitabına da işaret etmektedir. (ç.n.)

"Sizin için bir şoktu bu, değil mi?" diyerek onunla dalga geçtim, acımı aktarma çabasıyla.

"Eh, tabii ki kızdım. Ama hepimiz de aynı şeylere inanamayız ki."

"Ama sizin iddianız bu değildi."

Sanki düşmanlığıma şaşırmış gibi bana baktı. "Acaba isminizin Maurice olma ihtimali var mı?" dedi.

"Evet."

"Bana sizden bahsetti."

"Ben de sizinle ilgili yazdıklarını okudum. İkimizi de aptal yerine koydu."

"Mantıksız davrandım," dedi. "Onu görebileceğimi düşünmüyor musunuz?" ve levazımatçının ağır çizmelerinin aşağı indiğini ve aynı basamağın gıcırdadığını duydum.

"Üst katta yatıyor. Soldaki ilk kapı."

"Ya Bay Miles..."

"Onu uyandırmazsınız."

O tekrar aşağı inene kadar giyindim. "Teşekkür ederim," dedi.

"Bana teşekkür etmeyin. Onu sizden daha fazla sahiplenmeyeceğim."

"Sormaya hakkım yok ama," dedi, "isterdim ki siz – seviyordunuz onu, biliyorum." Acı bir ilaç yutuyormuşçasına ekledi: "O sizi seviyordu."

"Ne söylemeye çalışıyorsunuz?"

"İsterdim ki onun için bir şey yapasınız."

"Onun için?"

"Katolik cenazesi yaptırın ona. Hoşuna giderdi."

"Pratikte ne fark eder ki?"

"Onun için bir şey fark edeceğini düşünmüyorum. Ama cömert olmak her zaman bizim için iyidir."

"Bu konuda ne yapabilirim ki?"

"Kocasının size saygı duyduğunu söylerdi hep."

Saçmalığı çok ileri götürüyordu. Mezara dönmüş bu odanın ölü halini kahkahalarla bozmak istedim. Kanepeye oturdum ve katıla katıla gülmeye başladım. Yukarıda yatan ölü Sarah'yı, yüzünde aptal bir gülümsemeyle uyuyan Henry'yi ve kapısının ziline pudra sürmesi için Bay Parkis'i tutan âşıkla cenazeyi konuşan yüzü lekeli âşığı düşündüm. Gülmekten gözümden yaşlar geldi. Bir defasında, bombardıman sırasında karısı ve çocuğu gömülürken evinin önünde gülen bir adam görmüştüm.

"Anlamıyorum," dedi Smith. Sanki kendini savunmaya hazırlanıyormuş gibi sağ yumruğu sıkılı duruyordu. Hiçbirimizin anlamadığı çok şey vardı. Acı bizi bir araya getiren anlaşılmaz bir patlama gibiydi. "Ben gidiyorum," dedi ve sol eliyle kapının koluna uzandı. Solak olduğuna inanmam için hiçbir sebebim olmadığından dolayı aklıma tuhaf bir şey geldi.

"Beni bağışlayın," dedim. "Sinirlerim bozuk. Hepimizin sinirleri bozuk." Elimi ona doğru uzattım; tereddüt etti ve sol eliyle tuttu. "Smythe," dedim, "orada ne var? Onun odasından bir şey mi aldınız?" Avcunu açtı ve bir tutam saçı gösterdi. "Hepsi bu," dedi.

"Buna hiç hakkınız yoktu."

"Ama o şimdi hiç kimseye ait değil ki," dedi ve ben birdenbire Sarah'nın gerçekte ne olduğunu gördüm – temizlenmeyi bekleyen bir parça süprüntü: Biraz saç lazımsa ondan alabilirdiniz, ya da sizin için bir değeri varsa tırnaklarını kesip alabilirdiniz. Birisinin ihtiyacı varsa – bir azizinki gibi kemikleri ayrılabilirdi. Yakında yakılacaktı, öyleyse ondan önce neden herkes istediğini yapmasındı ki? Üç yıl boyunca herhangi bir şekilde ona sahip olduğumu sanmakla ne kadar aptallık ettim. Hiç kimse bizim sahibimiz değil, kendimiz bile.

"Özür dilerim," dedim.

"Bana ne yazdığını biliyor musunuz?" diye sordu Smythe. "Henüz dört gün oldu." Ona yazmaya vakti olduğunu ama bana telefon etmeye vakti olmadığını düşündüm üzüntüyle. "Benim için dua et – diye yazdı. Tuhaf değil mi? Onun için dua etmemi *benden* istemek?"

"Siz ne yaptınız?"

"Ha," dedi, "öldüğünü duyunca dua ettim."

"Hiç dua biliyor muydunuz?"

"Hayır."

"İnsanın inanmadığı bir Tanrı'ya dua etmesi doğru görünmüyor."

Evden ben de onun arkasından çıktım; Henry uyanana kadar kalmanın bir anlamı yoktu. Er ya da geç kendi başına kalmakla yüzleşmek zorundaydı, tıpkı benim gibi. Smythe'in benim önümden fırlayıp Common'ı geçişini izledim ve histerik bir tip olduğunu düşündüm. İnançsızlık da inanç kadar histeri ürünü olabilir. Birçok insanın üzerinden geçerek erittiği karların suyu tabanlarımı ıslattı ve bana rüyamdaki çiyi hatırlattı ama onun "Endişelenme" diyen sesini hatırlamaya çalışırken ses hafızamın olmadığını fark ettim. Onun sesini taklit edemiyordum. Karikatürleştiremiyordum bile; hatırlamaya çalıştığımda, söyleyeni belli değildi – herhangi bir kadının sesinden farksızdı. Onu unutma süreci işlemeye başlamıştı. Fotoğrafları saklarken gramofon kayıtları da tutmalıydık.

Kırık basamaklardan sofaya çıktım. Rölyefli camdan başka hiçbir şey o 1944 gecesindekiyle aynı değildi. Kimse hiçbir şeyin başlangıcını bilmiyor. Sarah benim bedenimi gördüğünde gerçekten sonun başladığına inanmıştı. Sonun çok daha önce başladığını asla kabul etmiyordu: Şu ya da bu önemsiz nedenden dolayı azalan telefon görüşmeleri, aşkın sona erme tehlikesini fark ettiğim için onunla başlattığım münakaşalar. Aşkın ötesine bakmaya başlamıştık ama sürüklendiğimiz yolun farkında olan bir tek bendim. Eğer bomba bir yıl önce düşmüş olsaydı, o sözü vermemiş olurdu. Tırnaklarını kırma pahasına beni kurtarmaya çalışırdı.

İnsanlığın sonuna geldiğimizde, yemeğinde daha karmaşık soslar isteyen bir gurme gibi kendimizi Tanrı inancıyla avutmak zorundayız. Sofaya baktım, bir hücre gibi boş, yeşil boyasıyla son derece çirkindi ve düşündüm ki, o benim ikinci bir şansa sahip olmamı istedi ve işte sahibim: Bomboş hayat, kokusuz, steril, bir hapis hayatı. Ben de bu değişikliğe gerçekten onun duaları yol açmış gibi onu suçladım: Ben sana ne yaptım ki beni ömür boyu hapse mahkûm ettin? Basamaklar ve tırabzanlar yukarıya kadar yepyeni bir şekilde gıcırdadı. O hiç bunların üstüne basarak yukarı çıkmamıştı. Evdeki tamirat bile unutma sürecinin bir parçasıydı. Her şeyin ne zaman değiştiğini hatırlamak için zamanın ötesinde bir Tanrı gerekiyor. Hâlâ seviyor muydum, yoksa sevdiğime pişman mıydım yalnızca?

Odama girdim ve masanın üzerinde Sarah'dan bir mektup duruyordu.

O yirmi dört saattir ölüydü ve ondan daha uzun bir süredir de bilincini yitirmişti. Bir mektubun parkın karşısından buraya gelmesi nasıl bu kadar uzun sürmüş olabilirdi? Sonra numaramı yanlış yazmış olduğunu fark ettim; o eski öfke ve mutsuzluk yeniden biraz nüksetti. İki yıl önce benim numaramı unutmazdı o.

Onun elyazısını görme fikri öyle büyük acı verdi ki neredeyse mektubu gaz sobasının alevine tutuyordum ama merak acıdan daha güçlü olabiliyor. Kurşunkalemle yazılmıştı, sanırım yatakta yazdığı için.

"Çok sevgili Maurice," diye yazmıştı, "Önceki gece sen gittikten sonra sana yazmak istedim, ama eve gittiğimde kendimi çok kötü hissediyordum ve Henry benim için endişelendi. Telefon etmek yerine yazıyorum. Seninle birlikte gitmeyeceğim dediğim zaman sesinin bozulduğunu duymamak için telefon edemiyorum. Çünkü seninle birlikte gitmeyeceğim Maurice, çok sevgili Maurice. Seni seviyorum ama seni bir daha göremem. Bu acı ve özlemle nasıl yaşayacağım bilmiyorum ve bana merhamet etmesi, beni hayatta tutmaması için sürekli Tanrı'ya dua ediyorum. Sevgili Maurice, ben de herkes gibi ne yârdan ne serden vazgeçmek istiyorum. İki gün önce, sen beni aramadan bir papaza gittim ve Katolik olmak istediğimi söyledim. Verdiğim sözden ve senden bahsettim ona. Henry ile artık gerçekten evli olmadığımı söyledim. Birlikte yatmadığımızı – seninle ilk yılımızdan bu yana. Hem bu gerçek bir evlilik değildi, dedim. Nikâh memurluğunda imza atmaya evlilik denemeyeceğini söyledim. Katolik olup seninle evlenmemin mümkün olup olmadığını sordum ona. Senin kilise nikâhına itiraz etmeyeceğini biliyordum. Ona her soru sorduğumda böyle bir umudum vardı; manzarayı görmek için yeni bir evin panjurlarını açmak ve her pencerenin yalnızca boş bir duvara baktığını görmek gibiydi. Hayır, hayır, hayır, dedi; seninle evlenemezmişim, seni görmeye devam edemezmişim, Katolik olursam bunları yapamazmışım. Hepsinin canı cehenneme diye düşünerek onunla görüştüğüm odadan çıktım ve papazlar hakkında ne düşündüğümü göstermek için kapıyı çarptım. Bizimle Tanrı arasına giriyorlar, diye düşündüm; Tanrı daha merhametlidir. Sonra kiliseden çıkınca oraya koydukları çarmıha gerilmiş İsa heykelini gördüm ve elbette, merhametlidir diye düşündüm, ancak öyle garip bir merhamet ki, bazen cezaya benziyor. Maurice, canımın içi, berbat bir baş ağrım var ve sanki ölüyorum. Keşke bir at gibi güçlü olmasaydım. Sensiz yaşamak istemiyorum, bir gün seninle Common'da karşılaşacağımı biliyorum ve o zaman Henry veya Tanrı ya da herhangi bir şey umurumda olmayacak. Ama ne yararı var Maurice? Bir Tanrı olduğuna inanıyorum – bir sürü yalan dolana inanıyorum, inanmadığım hiçbir şey yok, Teslis'i on parçaya bölseler ona inanırdım. İsa'nın terfi etmek isteyen Pilatus* tarafından icat edildiğini kanıtlayan

* MS 26-36 yılları arasında Roma İmparatorluğu'nun Yahudiye eyaletinin valisi Pontius Pilatus. (ç.n.)

belgeler bulup çıkarsalar da ben yine aynı şeye inanırım. Ben bir hastalığa yakalandığım gibi inanca yakalandım. Aşka yakamı kaptırdığım gibi inanca da yakamı kaptırdım. Seni sevdiğim gibi daha önce hiç kimseyi sevmedim ve şimdi inandığım gibi daha önce hiçbir şeye inanmadım. Eminim. Daha önce bir şeyden hiç emin olmadım. Sen yüzünde kanla kapıdan içeri girince, emin oldum. Geri dönülmez bir şekilde. Her ne kadar bunu o sırada bilmiyorduysam da. İnançla, aşkla mücadele ettiğimden daha uzun süre mücadele ettim, ama artık hiçbir mücadelem kalmadı.

Maurice, canım, öfkelenme. Benim için üzül, ama öfkelenme. Ben bir şarlatan ve sahtekârım, ama mesele şarlatanlık ve sahtekârlık değil. Kendimden ve neyin doğru, neyin yanlış olduğundan emin olduğumu düşünürdüm ve sen bana emin olmamayı öğrettin. Tüm yalanlarımı ve kendimi aldatmalarımı, sanki birisinin, önemli birisinin geleceği çakıllı bir yolu temizlermiş gibi çekip aldın ve şimdi o geldi, ama yolu kendin açtın. Sen yazarken gerçekçi olmaya çalışırsın ve bana gerçeği istemeyi sen öğrettin ve bana ne zaman gerçeği anlatmadığımı sen söyledin. Sence, bunu gerçekten düşünür müsün, yoksa sadece bunu düşündüğünü mü sanırsın? Bak işte, hepsi senin suçun, Maurice, hepsi senin suçun. Beni bu şekilde hayatta bırakmaması için Tanrı'ya dua ediyorum."

Başka bir şey yoktu. Duaları henüz dile getirilmeden önce bile onların karşılığını almayı başarmış görünüyordu, çünkü yağmurdan çıkıp geldiği ve beni Henry ile birlikte bulduğu o gece başlamamış mıydı ölmeye? Bir roman yazıyor olsaydım, burada bitirirdim; bir romanın bir yerlerde bitmesi geektiğini hep düşünürdüm, ama tüm bu yıllar içinde gerçekçiliğimin yanlış olduğuna inanmaya başlıyorum çünkü artık hayatta hiçbir şey biter gibi görünmüyor. Kimyagerler size maddenin asla tamamen yok olmadığını, matematikçiler de odanın karşısına geçerken her adımın yarısını attığınız takdirde asla karşı duvara varamayacağınızı söylüyorlar. O halde bu hikâyenin burada bittiğini düşünsem amma da iyimser olurdum. Hepsi bir yana, keşke bir at kadar güçlü olmasaydım ben de, Sarah gibi.

II

Cenazeye geç kalmıştım. Küçük edebiyat dergilerinden birinde eserlerim hakkında bir makale yazacak olan Waterbury adlı bir adamla buluşmak için merkeze gitmiştim. Onunla görüşmekle görüşmemek arasında ikilemde kalmıştım; makalesinin ağdalı cümlelerini, benim farkında olmadığım saklı değerleri ve yüz yüze gelmekten yorulduğum hataları keşfedeceğini çok iyi biliyordum. Sonunda kasıla kasıla beni – muhtemelen Maugham'ın biraz üstüne yerleştirecekti, çünkü Maugham popülerdir ve ben henüz bu suçu işlemedim – henüz değil, ama başarısızlığın ayrıcalığını biraz korusam da küçük dergiler usta dedektifler gibi bunun kokusunu daha gelmeden alabilirler.

Neden ikilemde kaldım ki? Waterbury ile görüşmek istemiyordum ve kesinlikle hakkımda yazı yazılmasını istemiyordum. Çünkü işime olan ilgimin artık sonuna geldim; kimse beni övgüyle memnun edemez ya da yergiyle incitemez. Devlet memurlarıyla ilgili o romana başladığımda hâlâ ilgiliydim, ama Sarah beni terk edince romanımın gerçek değerini fark ettim – insanı haftalar ve yıllar boyu tüketen sigara kadar önemsiz bir uyuşturucu olduğunu anladım. Hâlâ inanmaya çalıştığım gibi, eğer ölümle yok olup gideceksek geride kitaplar bırakmak, şişeler, kıyafetler veya ucuz mücevherler bırakmaktan daha mı anlamlı? Ve eğer Sarah haklıysa, sanata verilen bütün önem ne kadar da önemsiz. Sanırım, sadece yalnızlıktan dolayı ikilemde kaldım. Cenazeden önce yapacak bir şeyim yoktu; bir iki içkiyle güçlenmek istedim (insan işine önem vermekten vazgeçebilir, ama asla toplantıları önemsemekten vazgeçmez ve insan herkesin önünde kendini bırakmamalıdır).

Waterbury, Tottenham Court Road'daki bir şaraphanede bekliyordu. Siyah fitilli kadife pantolon giyinmişti ve ucuz sigaralardan içiyordu, yanında da yine kadife pantolon giymiş, aynı sigaralardan içen, ondan çok daha uzun ve güzel bir kız vardı. Çok gençti, adı Sylvia'ydı ve Waterbury'yle uzun bir eğitim sürecine daha yeni başlamış olduğu anlaşılıyordu – öğretmenini taklit etme safhasındaydı. O görüntüsüyle, dostça bakan o cin gibi gözleriyle ve altın gibi parlayan saçlarıyla bu kızın sonunun nereye varacağını merak ettim. On yıl sonra Waterbury'yi ve Tottenham Court Road'daki barı hatırlar mıydı bakalım? Bu adam için üzüldüm. Çok gururluydu şimdi, ikimize de fena halde patronluk taslıyordu ama kaybeden taraftaydı. Adamın bilinç akışıyla ilgili çok saçma bir yorumu üzerine kadehimin üzerinden kızla göz göze gelerek, şimdi bile onu Waterbury'nin elinden alabilirim diye düşündüm. Onun makaleleri kâğıt içinde muhafaza ediliyordu, benim kitaplarımsa bezli cilt içinde. Kız benden, daha çok şey öğrenebileceğini biliyordu. Ama yine de zavallı herif, kız bilgisizliğini ortaya koyan basit bir insani düşüncesini açıkladığında onu küçümsemeye tenezzül ediyordu. Onu nafile gelecek konusunda uyarmak istedim ama bunun yerine bir kadeh daha içki ısmarlayıp, "Çok fazla kalamam. Golders Green'de bir cenazeye gitmem lazım," dedim.

"Golders Green'de bir cenaze," diye atıldı Waterbury. "Bak sen, kendi karakterlerinizden biri gibi. Golders Green olmalıydı değil mi?"

"Yeri ben seçmedim."

"Hayat sanatı taklit ediyor."

"Bir arkadaşınız mı?" diye duygudaşlıkla sordu Sylvia; Waterbury de münasebetsizliği yüzünden ona dik dik baktı.

"Evet."

Kızın zarf attığını anlayabiliyordum – erkek mi? Kadın mı? Ne tür bir arkadaş? Bu hoşuma gitti. Çünkü ben onun için bir yazar değil bir insandım; arkadaşları ölen, onların cenazelerine katılan, zevk ve acı duyan, hatta teselliye bile ihtiyaç duyabilecek bir adamdım; eserleri her ne kadar o kadar yüksek bir mertebeye koyamasak da, belki Bay Maugham'ınkilerden daha büyük sempati toplayan, yetenekli bir sanatçı değildim yalnızca.

"Forster hakkında ne düşünüyorsunuz?" diye sordu Waterbury.

"Forster mı? Ah, özür dilerim ben tam da buradan Golders Green'e gitmek ne kadar sürer diye düşünüyordum."

"Kırk dakika ayırmalısınız," dedi Sylvia. "Edgware trenini bekleyeceksiniz."

"Forster," diye tekrarladı Waterbury sinirlenerek.

"İstasyondan da bir otobüse binmelisiniz," dedi Sylvia.

"Sylvia, gerçekten, Bendrix buraya Golders Green'e nasıl gidileceğini konuşmak için gelmedi."

"Özür dilerim Peter, düşündüm ki..."

"Düşünmeden önce altıya kadar say, Sylvia," dedi Waterbury. "Ve şimdi E.M. Forster'a geri dönebilir miyiz?"

"Dönmeli miyiz?" diye sordum.

"İlginç olurdu, ikiniz çok farklı ekollerden geldiğiniz için..."

"O bir ekole ait mi ki? Ben kendimin bile bir ekolden geldiğimi bilmiyordum. Bir ders kitabı mı yazıyorsunuz?"

Sylvia gülümsedi ve o da kızın gülümsediğini gördü. O andan itibaren mesleğinin silahını keskinleştireceğini biliyordum ama benim için önemi yoktu. Umursamazlık ve gurur birbirine çok benziyor ve o muhtemelen benim gururlu olduğumu düşündü. "Gerçekten gitmem gerek," dedim.

"Ama yalnızca beş dakikadır buradasınız. Bu makaleyi doğru düzgün yazmak gerçekten önemli."

"Benim için gerçekten önemli olan Golders Green'e geç kalmamak."

"Neden anlamıyorum."

"Ben de Hampstead'e gidiyorum," dedi Sylvia. "Sizi geçireyim."

"Bana hiç söylemedin," dedi Waterbury şüpheyle.

"Çarşambaları her zaman anneme gittiğimi biliyorsun."

"Bugün salı."

"Öyleyse yarın gitmeme gerek yok."

"Çok naziksiniz," dedim. "Benimle birlikte gelmenizden memnun olurum."

"Kitaplarınızdan birinde bilinç akışını kullandınız," dedi Waterbury umutsuz bir çabayla. "Neden bu metodu terk ettiniz?"

"Ee, bilmem. İnsan neden ev değiştirir?"

"Onun fiyasko olduğunu mu düşündünüz?"

"Bütün kitaplarım için bunu hissederim. Neyse, haydi eyvallah, Waterbury."

"Makalenin bir kopyasını gönderirim size," dedi sanki bir tehdit savurur gibi.

"Teşekkürler."

"Geç kalma Sylvia. Altı buçukta Üçüncü kanalda Bartok programı var."

Tottenham Court Road'un yıkıntıları içinde beraber yürüdük. "Toplantıyı böldüğünüz için teşekkür ederim," dedim.

"Gitmek istediğinizi biliyordum," dedi.

"Soyadınız nedir?"

"Black."

"Sylvia Black," dedim, "birlikte çok iyi duruyor. Adeta fazla iyi."

"Yakın bir dostunuz muydu?"

"Evet."

"Kadın mı?"

"Evet."

"Üzgünüm," dedi kız ve bunu içten söylediği izlenimi edindim. Kitaplar, müzik, nasıl giyinileceği ve konuşulacağı konusunda öğrenecek çok şeyi vardı, ama insanlık söz konusu olduğunda öğrenmesi gereken bir şey yoktu. Kalabalık metroya kadar benimle birlikte geldi ve yukarıdaki askılara tutunup yan yana durduk. Vücudunun vücuduma yaslandığını hissetmek bana arzuyu hatırlattı. Artık her zaman böyle mi olacaktı? Arzu yok ama sadece onu hatırlatan bir şeyler var. Goodge Caddesi'nde yeni binen bir yolcuya yol vermek için döndüğünde, sanki uzun zaman önce gerçekleşen bir şeyin farkına varır gibi uyluğunun bacağıma değdiğinin farkına vardım.

Sohbet başlatmak için, "Bu hayatta gittiğim ilk cenaze olacak," dedim.

"Annenizle babanız hayatta mı öyleyse?"

"Babam hayatta. Annem ben evden uzakta, okuldayken ölmüş. Birkaç gün izin almayı düşünmüştüm ama babam bunun beni üzeceğini düşündü ve o konuda hiçbir şey yapmadım. Sadece, haberin geldiği gece, ödevden muaf tutuldum."

"Ben yakılmak istemezdim," dedi.

"Solucanları mı tercih ederdin?"

"Evet, ederdim."

Başlarımız birbirine o kadar yakındı ki sesimizi yükseltmeden konuşabiliyorduk ama insanların sıkıştırmasından dolayı birbirimize bakamıyorduk. "Benim için hangisi olursa olsun önemli değil," dedim ve hemen neden yalan söylemeye tenezzül ettiğimi düşündüm, çünkü önemliydi, önemli olması gerekirdi, çünkü sonuçta Henry'yi cenazenin gömülmemesine ikna eden bendim.

III

Bir gün önce öğleden sonra Henry bocalamıştı. Bana telefon edip yanına gitmemi istedi. Sarah'nın gidişiyle bu kadar yakınlaşmış olmamız tuhaftı. Şimdi bana, daha önce Sarah'ya muhtaç olduğundan daha fazla muhtaçtı – evde bulunması olağan karşılanan biri olmuştum. Cenaze kalktıktan sonra bana ev arkadaşı olmayı teklif edip etmeyeceğini merak edip ona ne cevap vereceğimi bile aklımdan geçirdim. Sarah'yı unutmak açısından iki ev arasında seçim yapılacak bir durum yoktu; o ikisine de aitti.

Gittiğimde kafası hâlâ ilaçlardan bulanıktı, yoksa beni daha fazla uğraştırabilirdi. Bir rahip çalışma odasındaki bir koltuğun kenarına dimdik oturmuştu; büyük ihtimalle, Sarah'yı en son gördüğüm yer olan karanlık kilisede pazarları bıktırıcı bir ayin yapan Kurtarıcılardan*, asık, sıska suratlı bir adam. Belli ki, Henry'yi baştan beri düşman etmişti kendine ve bu işe yaramıştı.

"Bu Bay Bendrix, yazar," dedi Henry. "Peder Crompton, Bay Bendrix karımın çok iyi dostuydu." Peder Crompton'ın bunu önceden bildiğine dair bir izlenim edindim. Adamın burnu yüzünün ortasından bir payanda gibi iniyordu ve ben düşündüm ki, belki de bu adam umut kapısını Sarah'nın yüzüne kapayan kişinin ta kendisidir.

"Tünaydın," dedi Peder Crompton, öyle düşmanca bir tonla söyledi ki zil ve mumu** çok yakınımda hissettim.

"Bay Bendrix, bütün işlerin organizasyonunda bana çok yardımcı oldu," diye izah etti Henry.

"Haberim olsaydı işleri sizden devralmaya epeyce hazırdım."

Henry'den nefret ettiğim bir zaman olmuştu. Nefretim şimdi iyice önemini kaybetmişti sanki. Ben ne kadar kurbansam Henry de o kadar kurbandı ve muzaffer olan şu aptalca yakalı gaddar adamdı. "Eminim bunu kolay kolay yapamazdınız. Siz ölü yakmaya karşısınız," dedim.

---

* Katolik Kilisesi içinde Redemptorists olarak bilinen bir cemaat. Aziz Alphonsus Liguori tarafından 1732'de İtalya'da Amalfi yakınlarındaki Scala'da kurulmuştur. (ç.n.)

** Zil, kitap ve mum: Katoliklerde bir kişinin kilise ile bağlantısı kesilirken yapılan tören. Bir piskopos elinde bir zil tutar. Elinde mum taşıyan 12 rahip ise kişinin kilise ile bağlantısının kesildiğini bildirir. Elinde zil tutan piskopos da üç defa "Öyle olsun" der ve elinde tuttuğu Kutsal Kitap'ı kapatır. (ç.n.)

"Bir Katolik defin töreni ayarlayabilirdim."

"O Katolik değildi."

"Olmaya niyetlendiğini belirtmişti."

"Bu onu bir Katolik yapmak için yeterli mi?"

Peder Crompton bir formül üretti. Bunu bir banknot gibi yere yatırdı. "Biz niyet vaftizini* kabul ediyoruz," dedi. Banknot ikimizin arasında kaldırılmak için duruyordu. Hiç kimse hamle yapmadı. "Organizasyonunuzu iptal ettirmek için hâlâ zaman var," dedi Peder Crompton. Leydi Macbeth'e hitap ediyormuş ve sanki ona ellerini güzelleştirmek için Arabistan esanslarından daha iyi bir yol öneriyormuş gibi tembih eden bir tonla "Her şeyi sizden devralacağım," diye tekrarladı.

"Gerçekten çok fark eder mi?" dedi Henry birden. "Tabii ki, ben Katolik değilim peder, ama... şey görmüyorum..."

"...daha mutlu olabilirdi."

"Ama neden?"

"Kilise sorumlulukların yanı sıra imtiyazlar sunuyor, Bay Miles. Ölümüz için özel ayinler var. Duaları muntazam okunuyor. Ölülerimizi hatırlıyoruz," diye ekledi ve ben öfkeyle düşündüm, onları nasıl hatırlıyorsunuz diye. Sizin teorileriniz hep doğru. Bireyin önemini vaaz ediyorsunuz. Tüylerimizin tek tek sayılı olduğunu söylüyorsunuz, ama ben onun tüylerini elimin üzerinde hissediyorum: Yatağımda yüzüstü uzandığında omurgasının alt kısmındaki ince kıl kümesini hatırlayabiliyorum. Biz de, kendimizce, ölülerimizi hatırlıyoruz.

Henry'nin süngüsünün düştüğünü görünce sıkı bir yalan uydurdum: "Onun Katolik olacağına inanmamız için kesinlikle hiçbir nedenimiz yok."

"Elbette, hemşire söyledi," diye başladı ama sözünü kestim. "O son anlarında hezeyan geçiriyordu."

---

* (Lat.) *Baptismus flaminis.* Katolik Kilisesi'ne göre vaftiz olmaya niyetlenmiş ama suyla vaftiz edilmemiş olanlar öldüklerinde bu hakkı kazanırlar. (ç.n.)

"Ölümünden bir haftadan az bir süre önce yazılmış bir mektup aldım Bayan Miles'dan," dedim. "Siz onu gördüğünüzden beri ne kadar zaman geçti?"

"Hemen hemen aynı. Beş ya da altı gün önce."

"Mektubunda bu konudan hiç bahsetmemiş olması bana çok tuhaf geldi."

"Belki de, Bay... Bay Bendrix, siz onun güvenini kazanamamıştınız."

"Belki de, peder, siz biraz fazla çabuk sonuçlara varıyorsunuz. İnsanlar sizin inancınızla ilgilenebilir, bu konuda sorular sorabilirler, ille de Katolik olmak istemeleri gerekmez." Çabucak Henry'ye yöneldim. "Şimdi her şeyi değiştirmek saçma olacak. Talimatlar verildi. Dostlar davet edildi. Sarah hiçbir zaman fanatik olmadı. Bir heves uğruna doğabilecek rahatsızlıkları en son isteyecek kişi olurdu o. Sonuçta," gözlerimi Henry'ye dikerek devam ettim, "kusursuz bir Hıristiyan töreni olacak. Sarah Hıristiyan bile olmadığı halde. Buna dair hiçbir işaret görmedik biz. Ama sen Peder Crompton'a her zaman bir ayin için para verebilirsin."

"Gerekli değil. Ben bu sabah bir dua ettim." Dimdik duruşunu ilk kez bozarak elleri dizlerindeyken bir hareket yaptı; bir bomba düştükten sonra güçlü bir duvarın yana devrilişini izleyerek eğilmeye benziyordu bu. "Ayinlerimde her gün hatırlayacağım onu," dedi.

Henry, böylece problemleri çözülmüş gibi rahatlayarak, "Çok naziksiniz, peder," dedi ve bir sigara kutusunu yerinden oynattı.

"Size bunu söylemek tuhaf ve küstahça geliyor, Bay Miles ama karınızın ne kadar iyi bir kadın olduğunu bildiğinizi sanmıyorum."

"O benim için her şeydi," dedi Henry.

"Onu seven çok insan vardı," dedim ben.

Peder Crompton sınıfın arka sıralarında oturan sümüklü bir delikanlının dersi bölmesine kulak kabartan bir okul müdürü gibi bakışlarını bana çevirdi.

"Belki yeteri kadar yoktu," dedi.

"Pekâlâ," dedim, "tartıştığımız konuya geri dönersek. Şu anda işleri tersine çevirebileceğimizi sanmıyorum, peder. Bu epeyce dedikoduya da neden olacaktır. Dedikodu olsun istemezsin değil mi, Henry?"

"Hayır. Ah hayır."

"*The Times*'da ilan var. O zaman bir düzeltme koymak zorunda kalacağız. İnsanlar böyle şeyleri fark ediyor. Yorumlara neden olacak. Her şeyden önce, sen tanınmamış biri değilsin, Henry. Telgraflar gönderilmesi gerekecek. Birçok insan çoktan krematoryuma çelenk göndermiştir. Anlıyorsunuz demek istediğimi, peder."

"Anladığımı söyleyemem."

"İstediğiniz şey mantıklı değil."

"Çok garip değerlere sahip görünüyorsunuz, Bay Bendrix."

"Ama siz de ölü yakmanın bedenin yeniden doğuşunu etkilediğine kesinlikle inanmıyor musunuz, peder?"

"Elbette inanmıyorum. Size sebeplerimi söyledim bile. Bunlar Bay Miles'a yeterince güçlü görünmüyorsa söylenecek başka bir şey yok." Koltuğundan kalktı, ne çirkin bir adamdı ayrıca. Otururken en azından azametli görünüyordu ama bacakları gövdesine göre çok kısaydı ve beklenmedik ölçüde kısa çıktı. Sanki birdenbire çok uzağa gitmiş gibi görünüyordu.

"Biraz daha erken gelseydiniz, peder. Lütfen... düşünmeyin ki…" dedi Henry.

"Sizin hakkınızda yanlış bir şey düşünmüyorum, Bay Miles."

Kasıtlı bir küstahlıkla sordum: "Ya benim hakkımda, peder?"

"Ah, dert etmeyin, Bay Bendrix. Yapabileceğiniz hiçbir şey artık onu etkilemez." Sanırım Günah Çıkarma kabini insana nefretin farkına varmayı öğretiyor. Elini Henry'ye uzattı ve bana sırtını döndü. Ona, benim hakkımda yanılıyorsun, demek istedim. Nefret ettiğim Sarah değil. Henry hakkında da yanılıyorsun. Dürüst olmayan o, ben değilim. "O kadını seviyordum ben," diye kendimi savunmak istedim, zira Günah Çıkarma kabininde bu duyguyu tanımayı da mutlaka öğreniyorlardır.

IV

"Hamstead bir sonraki durak," dedi Sylvia.

"Annenizi görmeye gitmek için inmeniz gerekmiyor mu?"

"Golders Green'e kadar gelip size yolu gösterebilirim. Annemi görmeye normalde bugün gitmiyorum."

"Bir iyilik yapmış olursunuz."

"Zamanında gitmek istiyorsanız bence taksi tutmalısınız."

"Aslında, bence açılış cümlelerini kaçırmakta bir sakınca yok."

İstasyonun önüne kadar beni geçirdi, sonra geri dönmek istedi. Bu kadar zahmete girmiş olması bana garip geldi. İçimde bir kadının seveceği nitelikleri asla görmemişimdir, şu anda ise her zamankinden daha da yoksundum onlardan. Keder ve hüsran nefret gibidir, kendine acıma ve kinle insanı çirkinleştirirler. Hem de bizi ne kadar bencil yaparlar. Sylvia'ya verecek hiçbir şeyim yoktu; asla onun öğretmenlerinden biri olmayacaktım, ama önümüzdeki yarım saatten, yalnızlığımı sinsi sinsi gözleyecek, davranışlarımdan Sarah'yla ilişkimin ne olduğunu, kimin kimi terk ettiğini anlamaya çalışacak yüzlerden korktuğum için, bu kızın güzelliğinin bana destek olmasına ihtiyacım vardı.

Ondan benimle gelmesini rica ettiğimde, "Ama bu kıyafetlerle gelemem," diyerek itiraz etti. Onu yanımda istediğime ne kadar sevindiğini anlıyordum. Onu Waterbury'nin elinden hemen orada alabileceğimi biliyordum. Onun suyu çoktan ısınmıştı. Ben istersem Bartok'u yalnız dinleyecek.

"Arkada dururuz," dedim. "Sen de etrafta dolaşan bir yabancı oluverirsin."

Pantolonunu kastederek, "En azından siyah," dedi. Takside elimi bir söz verir gibi dizine koydum, ama sözümü tutmaya niyetim yoktu. Krematoryumun bacası tütüyordu, çakıl yollardaki yarı donmuş çukurların içinde su birikintileri vardı. Bir sürü yabancı geçti yanımızdan – sanırım bir önceki yakma törenindeydiler, sıkıcı bir partiden çıkmış ve şimdi artık kaldıkları yerden "devam edebilecekmiş" gibi canlı neşeli bir havaları vardı.

"Bu taraftan," dedi Sylvia.

"Burayı çok iyi biliyorsun."

"İki yıl önce babam burada yakılmıştı."

Şapele vardığımızda herkes dağılıyordu. Waterbury'nin bilinç akışıyla ilgili soruları beni çok geciktirmişti. Daha önce tatmadığım sıradan keskin bir acı saplanmıştı – çünkü Sarah'nın sonunu görememiştim, semtin bahçeleri üzerinde tüten onun dumanıydı demek ki diye düşündüm aptalca. Henry tek başına, gözleri kapalı dışarı geldi; ağlıyordu ve beni görmedi. Başında silindir şapkasıyla Sir William Mallock'tan başkasını tanımıyordum. Bana onaylamayan bir bakış atıp hızla uzaklaştı. Devlet memuru havasında beş altı kişi vardı. Dunstan burada mıydı? Çok önemli değildi. Bazı kadınlar kocalarına eşlik ediyordu. En azından törenden memnundular – şapkalarından bunu neredeyse anlayabilirdiniz. Sarah'nın ortadan kalkması herkesin karısını rahatlatmıştı.

"Üzgünüm," dedi Sylvia.

"Senin hatan değildi."

Onu mumyalayabilseydik, bunlar asla rahat olamayacaklardı. Onun ölü bedeni bile onlara kendilerini kıyaslayabilecekleri bir standart sağlayacaktı.

Smythe dışarı geldi ve hiç kimseyle konuşmadan, su birikintileri arasından sıçrata sıçrata hızla geçip gitti. Bir kadının, "Carter'lar onuncu haftanın sonunu geçirmek için bizi davet etti," dediğini duydum.

"Gitmemi ister misin?" dedi Sylvia.

"Hayır, hayır, yanımda olman hoşuma gidiyor."

Şapelin kapısına gidip içeriye baktım. Fırına giden geçit şimdilik boştu ama eski çelenkler dışarı çıkarılırken yenileri içeri getiriliyordu. Yaşlı bir kadın dua sırasında, perdenin beklenmedik bir şekilde açılmasıyla yakalanan bir başka sahnedeki oyuncu gibi tuhaf bir pozisyonda diz çökmüştü. Arkamdan tanıdık bir ses şöyle dedi: "Sizi burada görmek buruk bir zevk, efendim, ölenle ölünmüyor, hiçbir zaman."

"Geldiniz demek, Parkis," diye atıldım.

"*The Times*'da ilanı gördüm, efendim ve Bay Savage'dan öğleden sonra için izin istedim."

"Araştırdığınız insanları her zaman bu derece ileriye kadar izler misiniz?"

"Çok iyi bir hanımefendiydi, efendim," dedi sitemkâr bir tavırla. "Bir keresinde sokakta, elbette etrafta dolaşma nedenimi bilmeden, bana yolu sordu. Kokteyl partide de bana bir bardak şarap verdi."

"Güney Afrika şarabı mı?" diye sordum ona üzüntüyle.

"Bilmiyorum, efendim, ama nasıl yaptığını görseniz – onun gibi çok fazla insan yoktu. Oğlum da... hep ondan bahsediyor."

"Oğlunuz nasıl, Parkis?"

"İyi değil, efendim. Hiç iyi değil. Midesi çok kötü."

"Doktora göründünüz mü?"

"Henüz değil, efendim. İşleri doğaya bırakmaya inanırım ben. Bir yere kadar."

Etraftaki hepsi de Sarah'yı tanımış olan tanımadığım gruplara bakındım. "Kim bu insanlar, Parkis?" dedim.

"Genç bayanı tanımıyorum, efendim."

"O benimle birlikte."

"Özür dilerim. Şu yakındaki adam Sir William Mallock, efendim."

"Onu tanıyorum."

"Şimdi su birikintisinden kaçan beyefendi, Bay Miles'ın dairesinin başkanı."

"Dunstan mı?"

"Evet, ismi bu, efendim."

"Ne çok şey biliyorsun, Parkis." Kıskançlığın tamamen bittiğini sanmıştım, yeter ki hayatta olsun onu dünya kadar erkekle paylaşmaya razıyım diye düşünmüştüm ama Dunstan'ı görmek eski nefreti birkaç saniyeliğine uyandırdı. "Sylvia," diye seslendim, sanki Sarah beni duyabilirmiş gibi, "bu akşam bir yerde yemek yiyor musun?"

"Peter'a söz vermiştim..."

"Peter'a mı?"

"Waterbury."

"Boş ver onu."

Orada mısın? dedim Sarah'ya. Beni izliyor musun? Bak sen olmadan da hayatımı sürdürebiliyorum. O kadar zor değil, dedim ona. Nefretim onun hayatta olduğuna inanabilirdi; onun ölü bir kuştan daha fazla var olmadığını bilen yalnızca aşkımdı.

Yeni bir cenazeye katılanlar toplanıyordu ve parmaklığın yanındaki kadın yabancıların içeri geldiğini görünce şaşkınlıkla ayağa kalktı. Neredeyse yanlış ölü yakma töreninde yakalanıyordu.

"Sanırım telefon edebilirim."

Nefret, gelmekte olan akşamın üzerine bir can sıkıntısı gibi uzanıyordu. Kendimi adamıştım, aşk olmadan aşk eylemlerine katlanmak zorunda kalacaktım. Bu suçu, masumları ağıma düşürme suçunu işlemeden önce suçluluğunu duydum. Cinsellik eylemi hiçbir şeydi belki, ama benim yaşıma geldiğinizde her an her şeyin olabileceğini öğreniyorsunuz.

Ben güvendeydim ama bu çocuğun içine nasıl bir nevrozu çekebileceğimi kim bilebilirdi. Gecenin sonunda beceriksizce sevişirdim ve tam da beceriksizliğim, hatta iktidarsız olduğum ortaya çıkarsa iktidarsızlığım bu işi hallederdi, ya da ustalıkla sevişirdim ve tecrübem de onu etkileyebilirdi. Sarah'yı suçladım. Beni bu durumun içinden çıkar, bu durumdan kurtar; benim değil, onun iyiliği için.

"Annemin hasta olduğunu söyleyebilirim," dedi Sylvia. Yalan söylemeye hazırdı: Waterbury'nin sonuydu bu. Zavallı Waterbury. O ilk yalanla birlikte suç ortakları haline gelecektik. Siyah pantolonuyla donmuş su birikintileri arasında dururken ben tamamen uzun bir geleceğin başlayacağı yer burası olabilir diye düşünüyordum. Sarah'ya çıkıştım beni bu durumdan kurtarması için. Her şeye yeniden başlayıp bu kızı incitmek istemiyorum. Sevme kapasitesinden yoksunum. Seni sevmek hariç, sen hariç, diye düşünürken kır saçlı yaşlı kadın ince buzları çatırdatarak bana yöneldi. "Bay Bendrix siz misiniz?" diye sordu.

"Evet."

"Sarah bana dedi ki," diye başladı ve duraksadığında bana ondan bir mesaj getirdiğine dair, ölülerin konuşabildiğine dair çılgın bir umut doğdu içimde.

"Siz onun en iyi arkadaşıymışsınız. Bunu bana sık sık söylerdi."

"Onlardan biriydim."

"Ben annesiyim." Annesinin hayatta olduğunu hatırlamamıştım bile. O yıllarda aramızda konuşacak o kadar çok şey vardı ki, ikimizin de hayatının tüm alanları daha sonra doldurulacak, yeni başlamış bir harita gibi boştu.

"Beni bilmiyordunuz, değil mi?" dedi kadın.

"Doğrusunu isterseniz..."

"Henry beni sevmezdi. İşleri çok zorlaştırıyordu bu, ben de uzak duruyordum." Sakin ve aklı başında konuşuyordu, ama yine de rahat olmanın etkisiyle gözlerinden yaşlar aktı.

Erkekler ve eşleri, hepsi gözden kaybolmuş; yabancılar üçümüzün arasından geçerek şapele girmişlerdi. Bir tek Parkis oradan ayrılamıyordu ve sanırım hâlâ bana daha fazla bilgi vererek yardımcı olabileceğini düşünüyordu, ama kendisinin de diyeceği gibi, yerini bilerek, mesafesini koruyordu.

"Sizden büyük bir iyilik isteyeceğim," dedi Sarah'nın annesi. Adını hatırlamaya çalışıyordum – Cameron, Chandler, C harfiyle başlıyordu. "Bugün Great Missenden'dan öyle telaşla geldim ki..." Banyo süngeri kullanıyormuş gibi gözlerinin yaşını kayıtsızca sildi. Bertram, diye düşündüm, adı buydu, Bertram.

"Evet, Bayan Bertram," dedim.

"Ve paramı siyah çantama aktarmayı unuttum."

"Yapabileceğim her şeyi yaparım."

"Bana bir sterlin borç verebilirseniz Bay Bendrix. Gitmeden önce şehirde yemek yemem lazım, anlıyorsunuz. Great Missenden'da erken kapatıyorlar." Konuşurken tekrar gözlerini sildi. Ondaki bir şey bana Sarah'yı anımsattı: Kederindeki bu gerçekçilik, belki de belirsizlik. Acaba bir zamanlar Henry'yi çok mu "etkilemişti"? "Benimle erken bir akşam yemeği yiyin," dedim.

"Zahmete girmek istemezsiniz."

"Sarah'yı seviyordum," dedim.

"Ben de öyle."

Sylvia'ya geri dönüp açıkladım: "Bu onun annesi. Onu yemeğe götürmeliyim. Özür dilerim. Başka bir gün randevulaşmak için seni arayabilir miyim?"

"Elbette."

"Rehberde var mısın?"

"Waterbury var," dedi çaresizce.

"Haftaya."

"Sevinirim."

Elini uzatıp "Hoşça kal," dedi. Onun bir fırsatı ıskaladığımızdan emin olduğunu söyleyebilirdim. Tanrı'ya şükür, önemli değildi – metro istasyonuna kadar süren hafif bir pişmanlık ve merak: Waterbury'ye Bartok'la ilgili çapraz bulmaca sorusu. Bayan Bertram'a dönünce, kendimi yeniden Sarah'yla konuşurken buldum: Görüyorsun, seni seviyorum. Ama aşk duyulduğunda nefretle aynı inandırıcılığa sahip değildi.

Krematoryumun kapısına yaklaştığımızda, Parkis'in tüymüş olduğunu fark ettim. Gittiğini görmemiştim. Artık ona ihtiyacım olmadığını anlamıştı herhalde.

Bayan Bertram ve ben Isola Bella'da yemek yedik. Sarah ile birlikte bulunduğum hiçbir yere gitmek istemiyordum ve elbette hemen bu restoranı birlikte gittiğimiz tüm diğerleriyle kıyaslamaya başladım. Sarah ve ben Chianti şarabı da hiç içmemiştik ve şimdi onu içmemiz bana *bu* gerçeği hatırlattı. En sevdiğimiz kırmızı şaraptan da almış olabilirdim, onu daha fazla düşünemezdim. Boşluklar bile onunla doluydu.

"Cenaze törenini beğenmedim," dedi Bayan Bertram.

"Üzgünüm."

"İnsana yakışır gibi değildi. Taşıma bandı gibi."

"Uygun göründü. Sonuçta dualar edildi."

"O papaz – papaz mıydı o?"

"Onu görmedim."

"Yücelerin Yücesi hakkında konuşuyordu. Uzun süre anlamadım." Tekrar çorbasını kaşıklamaya koyuldu. "Nerdeyse gülüyordum ve Henry beni gördü. Bunu benim haneme yazdığını anladım."

"Aranız iyi değil mi?"

"Çok kötü bir adam," dedi. Peçetesiyle gözlerini sildi ve sonra kaşığını çılgın gibi çorbasının içine daldırarak erişteleri karıştırdı. "Bir keresinde Londra'ya kalmaya geldiğim ve çantamı unuttuğum için kendisinden on sterlin borç almak zorunda kalmıştım. Bu herkesin başına gelebilirdi."

"Elbette öyle."

"Hayatta hiç borcum olmadığı için her zaman kendimle övünmüşümdür."

Kadının sohbeti metro sistemi gibiydi. Daireler ve döngüler halinde gidiyordu. Kahveyle birlikte tekrarlayan istasyonları fark etmeye başladım: Henry'nin kötülüğü, kendisinin para konusundaki dürüstlüğü, Sarah'ya olan sevgisi, cenaze töreninden memnuniyetsizliği, Yüceler Yücesi – burası belli trenlerin Henry'ye gittiği yerdi.

"Çok komikti," dedi. "Gülmek istemedim. Hiç kimse Sarah'yı benden çok sevemezdi." Hepimiz, her zaman, nasıl da bunu iddia ederiz ve başka birinin ağzından duyduğumuzda sinirleniriz. "Ama Henry bunu anlamaz. O soğuk bir adam."

Konuyu değiştirmek için büyük çaba sarf ediyordum. "Başka ne gibi bir cenaze töreni ayarlayabilirdik bilemiyorum."

"Sarah, Katolikti," dedi. Porto şarabını kaldırdı ve bardağın yarısını bir yudumda yuttu.

"Saçma," dedim ben.

"Ah," dedi Bayan Bertram, "bunu kendisi bilmiyordu."

Birdenbire, neredeyse kusursuz bir cinayet işlemiş ve ihanetinin duvarındaki ilk sürpriz çatlağı gözleyen bir adam gibi, izahı mümkün olmayan bir korku duydum. Çatlak ne kadar derine iniyor? Zamanında kapatılabilir mi?

"Söylediğinizden hiçbir şey anlamadım."

"Sarah size hiç benim Katolik olduğumu söylemedi mi – bir kere bile mi?"

"Hayır."

"Pek iyi bir Katolik değildim. Biliyor musunuz, kocam o işlerden tamamen nefret ederdi. Ben onun üçüncü karısıydım ve evliliğimizin ilk yılında onunla küstüğümde kurallara uygun biçimde evli olmadığımızı söylerdim. Kötü bir adamdı," diye ekledi düşünmeden.

"Sizin Katolik olmanız Sarah'yı da Katolik yapmaz ki."

Portosundan bir yudum daha aldı. "Başka hiç kimseye söylemedim. Sanırım biraz ağzı sıkıyım. Sizce öyle miyim, Bay Bendrix?"

"Elbette değilsiniz. Bir kadeh şarap daha alın."

Şarabın gelmesini beklerken, konuyu değiştirmeye çalıştı ama ben acımasızca aynı konuya geri döndüm. "Ne demek istediniz – Sarah Katolikti derken?"

"Henry'ye söylemeyeceğinize söz verin."

"Söz veriyorum."

"Bir kere, yurtdışında, Normandiya'daydık. Sarah iki yaşını daha yeni doldurmuştu. Kocam Deauville'e giderdi. Öyle diyordu kendisi, ama onun ilk karısını görmeye gittiğini biliyordum. Çok bozulmuştum. Sarah'yla kumsalda yürüyüşe çıktık. Sarah sürekli oturmak istiyordu; onu biraz dinlendiriyordum, sonra biraz daha yürüyorduk. Dedim ki, 'Bu ikimizin arasında bir sır olacak Sarah.' O zaman bile sır saklama konusunda iyiydi – canı isterse. Size anlatmaya korkuyordum ama iyi bir intikamdı, değil mi?"

"İntikam mı? Sizi çok iyi anlamıyorum, Bayan Bertram."

"Kocamdan, tabii ki. Yalnızca ilk karısı yüzünden değildi. Söyledim size, değil mi, Katolik olmama izin vermediğini? Yani kiliseye gitmeye çalıştığımda öyle nahoş olaylar yaşanıyordu ki, ben de düşündüm, Sarah Katolik olacak, o bunu bilmeyecek ve ben de ona gerçekten öfkelenmediğim takdirde söylemeyeceğim."

"Ve söylemediniz mi?"

"Bundan bir yıl sonra gitti ve beni terk etti."

"Yeniden Katolik olabildiniz yani?"

"Ee, şey, fazla *inanmıyordum*, gördüğünüz gibi. Sonra da bir Yahudiyle evlendim ve o da zor adamdı. Derler ki Yahudiler müthiş cömerttir. Buna inanıyor musunuz? Eh, o da alçağın tekiydi."

"Peki plajda ne oldu?"

"Tabii ki plajda olmadı. Ben sadece o tarafa yürüdüğümüzü anlatmak istedim. Sarah'yı kapıda bıraktım ve papazı bulmaya gittim. Ona bazı yalanlar söylemek zorunda kaldım –tabii ki beyaz yalanlar– bir şeyleri izah etmek için. Hepsini kocamın üzerine atabilirdim elbette. Evlenmeden önce söz verdiğini ve sonra sözünü yerine getirmediğini söyledim. Çok iyi Fransızca konuşamamak işe yaradı. Doğru kelimeleri bulamayınca müthiş inandırıcı oluyorsunuz. Her neyse, o işi hemen orada yaptı ve öğlen yemeğine yetişmek için otobüsü yakaladık."

"Ne yaptı?"

"Onu Katolik olarak vaftiz etti."

"Hepsi bu mu?" diye sordum rahatlayarak.

"Eh, dinsel tören bu değil mi – yani öyle denir ya."

"İlk başta Sarah'nın gerçek bir Katolik olduğunu kastettiğinizi düşündüm."

"Yani, işte, o bir Katolikti, sadece bunu bilmiyordu. Keşke Henry onu usulünce gömmüş olsaydı," dedi Bayan Bertram ve tekrar abartılı bir şekilde gözyaşı dökmeye başladı.

"Sarah bile bilmiyorsa, Henry'yi suçlayamazsınız."

"Hep bunun 'tutmasını' dilemiştim. Aşı gibi."

"Sizde bile pek 'tutmamış' gibi görünüyor," demekten kendimi alamadım ama rencide olmamıştı. "Ah," dedi, "hayatımda çok defa şeytana uyduğum olmuştur ama umuyorum ki sonunda her şey yoluna girecektir. Sarah bana karşı çok sabırlıydı. İyi bir kızdı. Kimse ona benim kadar minnettar olmamıştır." Porto şarabından biraz daha aldı ve "Keşke onu doğru düzgün tanımış olsaydınız. Ne yani, eğer doğru şekilde yetiştirilmiş olsaydı, eğer ben hep böyle kötü adamlarla evlenmiş olmasaydım, gerçekten inanıyorum ki o bir azize olurdu."

"Ama tutmadı işte," dedim hiddetle ve garsondan hesabı istedim. Müstakbel mezarlarımızın üzerinde uçan o gri kazlardan birinin kanadı sırtımdan aşağı bir cereyan gönderdi, ya da belki ben donmuş topraktan soğuk almıştım; ah keşke Sarah'nınki gibi öldürücü bir soğuk algınlığı olsaydı.

Bayan Bertram'ı Marylebone istasyonuna bırakıp ve ona "yarın çarşamba olduğu ve temizlik için evde kalmam gerektiği için" üç sterlin daha borç verdikten sonra eve gidene kadar metroda kendi kendime tekrarlayıp durdum: Tutmadı. Zavallı Sarah, onun için "tutan" şey bir dizi koca ve üvey babaydı. Annesi ona ömür boyu bir erkeğin yeterli olmadığını çok iyi öğretmiş, ama o annesinin evliliklerinin arkasındaki yalanı kendisi görmüştü. Henry'yle evlendiği zaman ömür boyu sürecek bir evlilik yapmıştı, çaresizce bildiğim gibi.

Ama plajın oradaki ne idiği belirsiz törenin akılla izanla bağdaşır bir yanı yok. "Tutan" Sen değildin, dedim inanmadığım Tanrı'ya, Sarah'nın (hangi akla uygun amaç için?) hayatımı kurtardığını sandığı o hayali Tanrı'ya ve var olmadığı halde bile yaşadığım tek derin mutluluğu mahveden Tanrı'ya; yok hayır, Sen değildin tutan, çünkü öyle olsa bu bir sihir olurdu ve ben sihre Sana inandığımdan bile daha az inanırım; sihir senin haçın, bedeninin yeniden dirilişi, kutsal Katolik Kilisen, azizler komünyonundur.

Sırtüstü uzanıp Common'ın ağaç gölgelerinin tavanımda hareket etmelerini izledim. Sonunda neredeyse onu Sana geri getirecek olan şey bir tesadüften başka bir şey değildir, diye düşündüm, korkunç bir tesadüf. İki yaşındaki bir çocuğu bir damla su ve duayla hayat boyu yaftalayamazsın. Eğer buna inanmaya başlasaydım, beden ve kana da inanabilirdim. Bütün o yıllar boyunca ona sen sahip değildin; ben sahiptim. Sonunda Sen kazandın, bunu bana hatırlatmana gerek yok, ama bu yatakta, arkasını bu yastığa dayamış benimle birlikte yatarken beni Seninle aldatmıyordu. O uyurken ben onunla birlikteydim, Sen değil. Ben onun içine işlemiştim, Sen değil.

Bütün ışıklar söndü, yatağın üzerine karanlık çöktü ve bir panayırda elimde bir tüfekle düşledim kendimi. Camdan yapılmış gibi duran şişelere ateş ediyordum ama mermilerim sanki çelik kaplıymışlar gibi geri sekiyordu. Hiç durmadan ateş ediyordum ve bir tek şişe bile kırılmıyordu, derken sabah beşte kafamda tamamen aynı düşünceyle uyandım: O yıllar boyunca sen benimdin, Onun değil.

V

Henry'nin bana evi paylaşmayı teklif edebileceğini düşündüğümde, kendime yaptığım korkunç bir şakaydı bu. Aslında böyle bir şey beklemiyordum ve teklif geldiğinde şaşkınlığa uğradım. Cenazeden bir hafta sonra ziyarete gelmesi bile şaşırtıcıydı, daha önce hiç evime gelmemişti. Yağmurda Common'da ona rastladığım o gece dışında güney yakasına bu kadar yaklaşmış mıydı, ondan da kuşkuluyum. Zilimin çalındığını duydum ve pencereden dışarı baktım çünkü ziyaretçi görmek istemiyordum – yanında Sylvia ile Waterbury'nin gelmiş olabileceğini düşünüyordum. Kaldırımdaki çınar ağacının yanındaki lamba Henry'nin siyah şapkasını açığa çıkardı. Aşağı inip kapıyı açtım. "Buradan geçiyordum da," diye yalan söyledi Henry.

"Gel içeri."

Ben içkileri dolaptan çıkarırken o tuhaf bir kararsızlık içinde ayakta duruyordu. "General Gordon'la ilgileniyorsun galiba," dedi.

"Hayat hikâyesini yazmamı istiyorlar."

"Yazacak mısın?"

"Sanırım. Bugünlerde içimden pek çalışmak gelmiyor."

"Ben de öyleyim," dedi Henry.

"Kraliyet Komisyonu hâlâ toplanıyor mu?"

"Evet."

"Kafanı meşgul edecek bir şey bu işte."

"Etmez mi? Evet, bence de ediyor. Öğlen yemeği için ara verene kadar."

"Ne olursa olsun, önemli bir iş. Buyur şarabını."

"Yalnız bir insan için hiçbir şey fark etmiyor."

Beni çok öfkelendiren *Tatler*'daki kendinden hoşnut fotoğrafından bu yana Henry ne kadar uzun bir yol katetmişti. Sarah'nın bir enstantane fotoğraftan büyütülmüş bir fotoğrafı vardı bende, masamda ters duruyordu. Onu çevirdi. "Bunu çektiğimi hatırlıyorum," dedi. Sarah bana bu fotoğrafın bir kadın arkadaşı tarafından çekildiğini söylemişti. Sanırım beni üzmemek için yalan söylemişti. Fotoğrafta daha genç ve daha mutlu görünüyordu, ama onu tanıdığım yıllardakinden daha güzel değildi. Onun öyle görünmesini sağlayabilseydim keşke ama mutsuzluğun sevgilisinin çevresinde alçı gibi katılaşmasını izlemek bir âşığın kaderidir. "Onu gülümsetmeye çalışırken maskaraya dönmüştüm. General Gordon ilginç bir karakter mi?" dedi Henry.

"Bir bakıma."

"Ev bugünlerde çok acayip bir his veriyor. Mümkün olduğu kadar dışarda kalmaya çalışıyorum. Kulüpte bir yemek için herhalde müsait değilsindir?"

"Bitirmem gereken çok işim var."

Odamın etrafına baktı. "Burada kitapların için fazla yerin yok," dedi.

"Yok. Bir kısmını yatağın altında muhafaza etmek zorundayım."

Waterbury'nin röportajdan önce bana çalışmalarından örnek göstermek için gönderdiği bir dergiyi eline aldı ve "Benim evimde yer var. Neredeyse müstakil bir katın olabilir," dedi. Cevap veremeyecek kadar şaşırmıştım. Kendi teklifiyle aslında ilgili değilmiş gibi derginin sayfalarını çevirerek hızla devam etti: "Bunu düşün. Hemen karar vermek zorunda değilsin."

"Çok naziksin, Henry."

"Sen bana iyilik yapmış olursun, Bendrix."

Düşündüm ki, neden olmasın? Yazarlar sıradışı kabul edilir. Kıdemli bir devlet memurundan daha sıradan mıyım ben?

"Dün gece rüya gördüm," dedi Henry, "hepimiz vardık."

"Evet?"

"Fazla bir şey hatırlamıyorum. Birlikte içki içiyorduk. Mutluyduk. Uyandığımda onun yaşadığını sandım."

"Artık onu rüyamda görmüyorum."

"Keşke o papazın istediğini yapmasına izin verseydik."

"Saçma olurdu, Henry. Senden benden daha fazla Katolik değildi artık."

"Hayatın devamına inanır mısın, Bendrix?"

"Ölümden sonra hayat mı demek istiyorsun, hayır."

"Aksi ispat edilemiyor bunun, Bendrix."

"Herhangi bir şeyin aksini ispat etmek neredeyse imkânsızdır. Ben bir hikâye yazıyorum. İçindeki olayların asla gerçekten meydana gelmediğini, karakterlerin gerçek olmadığını nasıl ispat edebilirsin? Dinle. Bugün Common'da üç bacaklı bir adama rastladım."

"Ne korkunç," dedi Henry ciddi ciddi. "Bir deformasyon mu?"

"Ve o bacaklar balık pullarıyla kaplıydı."

"Şaka yapıyorsun."

"Ama şaka yaptığımı kanıtla, Henry. Benim hikâyemin gerçek olmadığını, benim Tanrı'nın var olmadığını kanıtlayabileceğimden daha fazla kanıtlayamazsın. Ama onun yalan olduğunu biliyorum o kadar, tıpkı senin hikâyemin yalan olduğunu bildiğin gibi."

"Elbette argümanlar var."

"Eh, hikâyem için felsefi argümanlar icat edebilirdim, mesela, Aristoteles'e dayandırabilirdim."

Henry çarçabuk konuyu başa döndürdü. "Gelip benimle kalırsan biraz tasarruf edersin. Sarah her zaman kitaplarının hak ettiği başarıyı elde edemediğini söylerdi."

"Ya, üzerlerine başarının gölgesi düşüyor." Waterbury'nin makalesi geldi aklıma. "Bir zaman geliyor ki, tanınmış eleştirmenlerin –daha yeni kitap yazılmadan bile– övgü için kalem oynattığını duyabiliyorsunuz. Her şey zaman meselesi." Konuşuyordum çünkü kararımı verememiştim.

"Aramızda bir kırgınlık kalmadı, değil mi Bendrix? Sizin kulüpte sana sinirlenmiştim – o adam konusunda. Ama bunun şimdi ne önemi var?"

"Ben haksızdım. O yalnızca, teorileriyle Sarah'nın ilgisini çeken, coşkulu nutuklar atan bir rasyonalistti. Unut gitsin, Henry."

"Sarah iyi bir insandı, Bendrix. İnsanlar konuşuyor, ama o iyi bir insandı. Suç onda değildi, ben, ee, onu doğru dürgün sevemedim. Biliyorsun, fena halde temkinli ve tedbirliyim. Ben sevgili olacak türden bir erkek değilim. O senin gibi birini istiyordu."

"Beni terk etti. Yoluna gitti, Henry."

"Biliyor musun, vaktiyle kitaplarından birini okudum – Sarah tavsiye etti bana. Bir evin, içinde yaşayan kadın öldükten sonraki halini tasvir ediyordun."

"İhtiraslı Ev Sahibi."

"Buydu adı. O zamanlar iyi görünüyordu. Çok akla yatkın olduğunu düşündüm. Ama hepsini yanlış kurmuştun, Bendrix. Kocanın evi nasıl da bomboş bulduğunu anlatıyordun: Odaların içinde dolaşıyor; bir hareket varmış, orada başka biri varmış izlenimi yaratmaya çalışarak sandalyelerin yerini değiştiriyordu. Bazen iki bardağa içki koyuyordu."

"Unutmuşum. Biraz edebi geliyor."

"Hedefi tutturamamışsın, Bendrix. Sorun şu ki, ev boş gelmiyor. Biliyorsun, eski günlerde sık sık işten eve geldiğimde o dışarıda bir yerlerde olurdu – belki seninle. Telefon ederdim, cevap vermezdi. İşte ev o zaman boştu. Nerdeyse mobilyaları evde bulamayacağımı sanırdım. Biliyorsun, onu kendimce seviyordum, Bendrix. O son aylarda her eve gelişimde orada olmayınca beni bekleyen bir mektup olmasından korkardım. 'Sevgili Henry'... romanlarda yazdıkları türden şeyleri biliyorsun."

"Evet."

"Ama şimdi ev hiç öyle boş gelmiyor. Nasıl ifade edeceğimi bilmiyorum. O hep uzakta olduğu için, hiç uzakta değil. Anlarsın ya, başka hiçbir yerde değil. Kimseyle öğle yemeği yemiyor, seninle birlikte sinemada değil. Evden başka bulunacağı bir yer yok."

"Ama onun evi neresi?" dedim.

"Ah, beni bağışlamalısın, Bendrix. Gergin ve yorgunum – iyi uyuyamıyorum. Biliyorsun, onunla konuşmaya en yakın ikinci en iyi şey onun hakkında konuşmak ve sadece sen varsın."

"Birçok arkadaşı vardı. Sir William Mallock, Dunstan..."

"Onlarla onun hakkında konuşamam. Şu adamla, Parkis'le konuşabileceğimden daha fazla konuşamam."

"Parkis!" diye haykırdım. Hayatımıza temelli yerleşmiş miydi?

"Bana dedi ki, verdiğimiz kokteyl partisindeymiş. Sarah'nın topladığı tuhaf insanlar. Senin de onu tanıdığını söyledi adam."

"Senden ne istiyordu ki?"

"Sarah'nın küçük çocuğuna iyi davrandığını söyledi – Tanrı bilir ne zaman. Çocuk hasta. Hatıra olarak ona ait bir şey istiyor gibiydi. Sarah'nın eski çocuk kitaplarından bir iki tane verdim ona. Odasında onlardan bir sürü vardı, hepsi de kurşunkalemle karalanmıştı. Onlardan kurtulmak için iyi bir yoldu. Onları Foyle's kitapçısına gönderemezsin, öyle değil mi? Bunda hiçbir zarar görmüyorum, ya sen?"

"Hayır. O Savage'ın dedektiflik bürosundan Sarah'yı izlemesi için tuttuğum adamdı."

"Aman Tanrım, nereden bilebilirdim... Ama Sarah'dan gerçekten hoşlanıyor gibi görünüyordu."

"Parkis insan," dedim. "Çok kolay etkileniyor." Odamda etrafa bakındım – Henry'nin geldiği yerde Sarah'dan artık bir şey kalmamış olacaktı; belki daha az, çünkü orada seyreltilecekti.

"Gelip sende kalacağım, Henry, ama bir miktar kira ödememe izin vermelisin."

"Çok sevindim, Bendrix. Ama evin kirası yok. Faturalardan payını ödeyebilirsin."

"Yeniden evleneceğin zaman, yeni ev bulabilmem için üç ay önceden haber ver."

Beni ciddiye aldı. "Hiçbir zaman bunu yapmak istemem. Ben evlenecek tip değilim. Onunla evlenerek Sarah'ya büyük zarar verdim. Artık bunu biliyorum."

VI

Böylece Common'ın kuzey yakasına taşındım. Bir haftalık kiram boşa gitmişti çünkü Henry hemen gelmemi istiyordu, kitaplarımı ve elbiselerimi karşıya taşıması için de bir kamyonete beş sterlin verdim. Ben misafir odasını aldım, Henry eski eşyaların durduğu bir odayı çalışma odası olarak döşedi ve yukarıdaki katta bir banyo vardı. Henry kendi giyinme odasına taşınmıştı ve paylaştıkları çift kişilik soğuk yatağın bulunduğu oda ise hiç gelmeyen misafirlere ayrılmıştı. Birkaç gün geçtikten sonra evin asla boş kalmadığını söylemekle Henry'nin neyi kastettiğini anlamaya başladım. Kapanana kadar British Museum'da çalışıyordum, sonra eve dönüp Henry'yi bekliyordum ve genellikle dışarı çıkıp Pontefract Arms'da biraz içiyorduk. Bir gün Henry birkaç günlüğüne uzakta, Bournemouth'daki bir konferanstayken, bir kız alıp eve getirdim. Hiç iyi olmadı. Bunu hemen fark ettim, yapamadım ve kızın duygularını incitmemek için sevdiğim bir kadına bunu bir başkasıyla yapmayacağıma söz verdiğimi anlattım ona. Çok tatlıydı ve bu konuda çok anlayışlı davrandı: Fahişelerin duygulara büyük saygısı var. Bu defa aklımda bir intikam yoktu ve sadece bu kadar çok zevk almış olduğum bir şeyi sonsuza dek terk etmekten üzüntü duyuyordum. Daha sonra rüyamda Sarah'yı gördüm, güney yakasındaki eski odamda tekrar sevgiliydik, ama yine bir şey olmadı, sadece bu defa üzüntü yoktu. Mutluyduk ve pişman değildik.

Yatak odamda bir dolabı açıp içinde bir öbek çocuk kitabı bulmamdan birkaç gün sonraydı. Henry bu dolabı Parkis'in oğlu için yağmalamış olmalıydı. Andrew Lang'ın renkli kapakları olan peri masallarından birkaç tane vardı, çok sayıda Beatrix Potter, *Yeni Ormanın Çocukları**, *Golliwog Kuzey Kutbunda*** ve bir iki tane de daha eski kitap – Kaptan Scott'ın *Son Keşif* adlı eseri ve Thomas Hood'un şiirleri, sonuncusunun kapağı deriyle kaplanmış ve üzerindeki etikete "Sarah Bertram'a cebir dersindeki becerisi için" diye yazılmıştı. Cebir! İnsan ne kadar değişiyor.

O gece çalışamadım. Kitapları alıp yere uzandım ve Sarah'nın hayatındaki boşluklardan en azından birkaç iz bulmaya çalıştım. Bir âşığın aynı zamanda bir baba ve bir ağabey olmayı arzuladığı anlar vardır, onunla paylaşmadığı yılları kıskanır. *Golliwog Kuzey Kutbunda* muhtemelen Sarah'nın en eski kitaplarından biriydi çünkü baştan sona renkli tebeşirlerle anlamsızca bir o yana bir bu yana, zarar verecek şekilde karalamalar vardı. Beatrix Potter'lardan birinin içinde adı kurşunkalemle yazılmıştı ve büyük harflerden birinin ters yerleştirilmesiyle SAЯAH olarak görünüyordu. *Yeni Ormanın Çocukları*'nın iç kapağına, çok düzgün ve özenli yazılmış bir not vardı: "Sarah Bertram. Onun Kitabıdır. Lütfen ödünç almak için izin isteyin. Ama onu çalarsanız, kendi insafınıza kalmış." Bunlar yaşamış olan her çocu-

* *The Children of the New Forest.* (ç.n.)

** *The Golliwog at the North Pole.* Golliwog, Florence Kate Upton'ın yarattığı kurmaca karakterdir. (ç.n.)

ğa ait izlerdi, insanın kışın gördüğü kuşların pençe izleri gibi sahibi meçhul izler. Kitabı kapattığımda zamanın akışıyla anında üzerleri örtülmüştü.

Hood'un şiirlerini okuduğundan kuşkuluydum; kitap ona okul müdiresi ya da seçkin ziyaretçi tarafından verildiği zamanki kadar temizdi. Aslında tam kitabı dolaba geri koymak üzereydim ki içinden basılı bir kâğıt yere düştü – muhtemelen bu ödül töreninin programıydı. Tanıyabildiğim bir elyazısıyla (ama elyazılarımız bile genç yaşta başlıyor ve zamanın yatık stilini kullanıyor) yazılmış bir cümle vardı: "Amma kırtıpil saçmalık." Müdire ailelerin saygılı alkışları arasında koltuğuna geri dönerken Sarah'nın bunu yazıp yanındakine gösterdiğini hayal edebiliyordum. Tüm tahammülsüzlüğü, anlayışsızlığı ve kendine güveniyle bu okul kızı cümlesini görünce neden onun bir başka cümlesi aklıma geldi bilmiyorum: "Ben bir şarlatan ve sahtekârım." Burada, elimin altında masumiyet vardı. Kendi hakkında bunu hissetmek için yirmi yıl daha yaşamış olması acınacak gibiydi. Şarlatan ve sahtekâr. Bir öfke anında onun için kullandığım bir tanım mıydı bu? Eleştirilerimi hep zihninde barındırırdı; yalnızca övgü üzerinden kar gibi kayıp giderdi.

Sayfayı çevirdim ve 23 Temmuz 1926'nın programını okudum: Kraliyet Müzik Akademisi'nden Bayan Duncan tarafından çalınacak Handel'in Su Müziği Süitleri; "Bir Bulut Gibi Yalnız Dolaştım"* adlı şiirin Beatrice Collins tarafından okunması; Okul Korosu'ndan Tudor Ezgileri; Mary Pippitt'in Chopin'in La Bemol Valsini seslendireceği Keman Resitali. Yirmi yıl öncesinin uzun yaz öğleden sonrası göl-gelerini bana doğru uzatıyordu ve ben bizi daha kötüsüne hazırlayan hayattan nefret ediyordum. O yaz ilk romanıma yeni başlamış olduğumu düşündüm; çalışmaya oturduğumda çok fazla heyecan, hırs ve umut vardı; öfkeli değildim,

* İngiliz Romantik şair William Wordsworth'ün lirik şiiri "I Wandered Lonely as a Cloud". (ç.n.)

mutluydum. Kâğıdı okunmamış kitabın içine geri koydum ve cildi dolabın arka tarafına, *Golliwog* ve Beatrix Potters'ın altına koydum. Her ikimiz de aramızda yalnızca on yıl ve birkaç ilçeyle mutluyken daha sonra hiçbir belli amaç olmaksızın bir araya gelecek ve birbirimize onca acı verecektik. Scott'ın *Son Keşif*'ini elime aldım.

Bu benim en sevdiğim kitaplarımdan biri olmuştu. Şimdi ilginç bir şekilde demode olmuş gibiydi, düşmanın sadece buz olduğu bu kahramanlık, işin içine insanın kendisininkinden başka bir ölümün karışmadığı fedakârlık. Bizimle onlar arasında iki savaş duruyordu. Fotoğraflara baktım: Sakallar ve gözlükler, küçük kar tepecikleri, İngiliz bayrağı, çizgili kayalar arasında eski moda saç stili gibi uzun yeleleriyle midilliler. Ölümler bile "nihai"ydi, sayfaları çizgiler, ünlem işaretleriyle karalayan, Scott'ın eve yazdığı son mektubunun kenar boşluğuna intizamlı bir şekilde şunu yazan okul kızı da "nihai"ydi: "Ya sonra sırada ne var? Tanrı mı? Robert Browning." O zaman bile, diye düşündüm, aklından O geçiyordu. Gelip geçici bir ruh halinden yararlanan bir âşık gibi, olmayacak şeyleri ve efsaneleriyle bizi ayartan bir kahraman gibi sinsiydi O. Son kitabı geri koyup anahtarı kilidin içinde döndürdüm.

VII

"Neredeydin, Henry?" diye sordum. Genellikle kahvaltıya ilk o inerdi, bazen de ben aşağı inmeden önce evden çıkmış olurdu, ama bu sabah tabağına dokunulmamıştı ve ön kapının yavaşça kapandığını duyduktan sonra karşımda onu gördüm.

"Şey, sokağın ilerisindeydim, işte," dedi ayrıntıya girmeden.

"Bütün gece dışarıda mıydın?" diye sordum.

"Hayır. Tabii ki değildim." Kendisini bu suçlamadan aklamak için bana gerçeği anlattı. "Peder Crompton bugün Sarah için dua etti."

"O işin peşini bırakmadı mı hâlâ?"

"Ayda bir kez. Nezaket gereği bir bakmam iyi olur diye düşündüm."

"Senin orada olduğunu fark edeceğini sanmam."

"Daha sonra teşekkür etmek için yanına gittim. Doğrusunu istersen onu akşam yemeğine davet ettim."

"Öyleyse ben dışarı çıkarım."

"Keşke çıkmasan, Bendrix. Ne de olsa o, kendince, Sarah'nın bir dostuydu."

"Sen de inançlı biri olmuyorsun, değil mi, Henry?"

"Tabii ki olmuyorum. Ama onların da kendi görüşlerine sahip olmaya bizim kadar hakkı var."

Peder böylece akşam yemeğine geldi. Çirkin, bitkin, Torquemada* burnuyla kaba olan bu adamdı beni Sarah'dan ayıran. Bir haftada unutulmuş olması gereken saçma yemini konusunda onu desteklemişti. Yağmurda sığınacak yer ararken içine girdiği ve sığınmak yerine "kendi ölümüne yakalandığı" yer onun kilisesiydi. Yalın bir nezaket göstermek bile zordu benim için ve Henry yemeğin bütün yükünü omuzlamak zorunda kaldı. Peder Crompton dışarıda yemek yemeye alışkın değildi. Bu yemek, aklına mukayyet olmakta zorlandığı bir görevmiş izlenimi bırakıyordu insanda. Havadan sudan konuşması çok sınırlıydı ve cevapları caddeye düşen ağaçlar gibiydi.

"Sanırım bu çevrede epey yoksullarınız var," dedi Henry, peynirin üzerinden, epeyce yorgun. Birçok konuda sohbet başlatmaya çalışmıştı – kitapların etkisi, sinema, yakın bir geçmişte Fransa'ya yaptığı ziyaret, üçüncü dünya savaşı ihtimali.

---

* Tomás de Torquemada, ortaçağ engizisyonunun meşhur celladı. Kral "V. Ferdinand" döneminde görev yapmış İspanyol engizisyonu lideri. Burada "Torquemada burnu" onunkine benzer biçimsiz burun anlamında. (ç.n.)

"Mesele değil o," diye cevapladı Peder Crompton.

Henry çok uğraşıyordu. "Ahlaksızlık peki?" diye sordu, böyle bir kelimede kaçınamayacağımız birazcık münasebetsizlikle.

"O hiç mesele değil," dedi Peder Crompton.

"Düşündüm ki belki –Common– insan gece fark ediyor…"

"Bu herhangi bir açık alanda olan bir şey. Hem şimdi kış zaten." Böylece bu konu da kapandı.

"Biraz daha peynir, peder?"

"Hayır, teşekkür ederim."

"Sanırım böyle bir mahallede para toplamakta çok zorlanıyorsunuz – hayır için demek istiyorum?"

"Halk verebildiği kadar veriyor."

"Kahvenizin yanında biraz konyak?"

"Hayır, teşekkür ederim."

"Sakıncası yoksa, biz..."

"Elbette yok. Onu alırsam uyuyamıyorum, sadece bu, çünkü sabah altıda kalkmam lazım."

"Niye ki?"

"Dua. İnsan alışıyor."

"Ne yazık ki ben hiçbir zaman pek dua edemedim," dedi Henry, "çocukluğumdan beri. İkinci XV'e* girebilmek için dua ederdim."

"Girdiniz mi peki?"

"Üçüncüye girdim. Ne yazık ki bu türden dualar pek iyi değil, öyle değil mi, peder?"

"Hangi türden olursa olsun, hiç olmamasından iyidir. Her halükârda Tanrı'nın gücünün kabul edilmesidir, bu da bir tür şükretmektir, sanırım." Yemeğin başından beri bu kadar çok konuştuğunu duymamıştım.

---

* Ragbi takımının kadroları "Birinci On Beş" (First XV) ve "İkinci On Beş" (Second XV) ve devam eden derecelendirmelerle belirleniyor.

"Herhalde şöyle düşünmüştüm," dedim, "daha ziyade ahşaba dokunmak ya da kaldırımdaki çizgilere basmadan yürümeye çalışmak gibiydi. Üstelik o yaşta."

"Âlâ," dedi, "birazcık hurafeye karşı değilim. İnsanlara bu dünyanın her şey olmadığı fikrini veriyor." Kaşlarını çatarak burnundan aşağı bana baktı. "Bu bilgeliğin başlangıcı olabilirdi."

"Kiliseniz kesinlikle hurafelerle büyük ölçüde ilgileniyor –Aziz Januarius*, kanayan heykeller, bakirenin görünmesi**– bu gibi şeyler."

"O konuları çözmeye çalışıyoruz. Ama *herhangi bir şeyin* olabileceğine inanmak... şeyden daha mantıklı değil mi?"

Zil çaldı. "Hizmetçiyi yatmaya göndermiştim. İzin verir misiniz, peder?" dedi Henry.

"Ben giderim," dedim. O bunaltıcı varlıktan uzaklaşmaktan memnundum. Fazla hazırcevaptı; bu konuda yeteneği olmayan biri kesinlikle ona yetişmeyi ümit edemezdi, müthiş yetenekleriyle insanın başına bela olan bir hokkabaz gibiydi. Ön kapıyı açtım ve elinde bir paket olan siyahlar içinde iriyarı bir kadın gördüm. Bir an bize temizliğe gelen kadın diye düşündüm ki şöyle dedi: "Siz Bay Bendrix misiniz, efendim?"

"Evet."

"Size bunu vermem söylendi," dedi ve paketi sanki içinde patlayıcı varmış gibi aniden elime doğru ittirdi.

"Kimden bu?"

"Bay Parkis'ten, efendim." Şaşkınlıkla paketi çevirdim. Hatta kaybetmiş olabileceği bazı delilleri çok geç olduğu

---

* MS 305'te İtalya'daki Büyük Zulüm sırasında öldürülüp kilise mezarlığına gömüldükten sonra dirildiği öne sürülen Benevento Piskoposu Aziz Januarius. Hakkında "Tutuklanıp kızgın fırına atıldı, ama alevlerin ortasında durarak Tanrı'ya övgüler sundu ve zarar görmeden kurtuldu" şeklinde mucizeler anlatılıyor. (ç.n.)

** Bakire Meryem olarak da anılan Meryem Ana'nın yıllardır dünyanın birçok bölgesinde inançlı insanlara göründüğü rivayet edilir. (ç.n.)

halde bana gönderdiğini düşündüm. Bay Parkis'i unutmak istiyordum.

"Bana bir makbuz verir miydiniz, efendim? Paketi elden teslim edecektim."

"Kâğıt kalemim yok. Pek istekli de değilim aslında."

"Bay Parkis'in kayıtlar konusunda nasıl olduğunu bilirsiniz, efendim. Çantamda kalem var."

Kadın için kullanılmış bir zarfın arkasına alındı makbuzu yazdım. Makbuzu dikkatlice sakladı ve mümkün olduğunca hızlı uzaklaşmak istercesine bahçe kapısına doğru seğirtti. Sofada o nesneyi elimde tartarak dikildim. Henry, yemek odasından bana seslendi: "Ne oldu, Bendrix?"

"Parkis'ten bir paket," dedim. Cümle bir tekerleme gibi geldi.

"Sanırım, kitabı iade ediyor."

"Bu saatte mi? Ayrıca benim adıma göndermiş."

"Peki, nedir öyleyse?" Paketi açmak istemiyordum; her ikimiz de acılı bir unutma sürecinden geçmiyor muyduk? Bay Savage'ın ajansını ziyaret etmemin cezasını fazlasıyla çekmiş olduğumu düşündüm. Peder Crompton'ın "Artık gitmem lazım, Bay Miles," diyen sesini duydum.

"Daha erken."

Düşündüm ki, odanın dışında kalırsam Henry'nin nezaketine kendiminkini eklemek zorunda kalmam ve o bir an önce gidebilir. Paketi açtım.

Henry haklı çıkmıştı. Andrew Lang'ın peri masalı kitaplarından biriydi, ama sayfalarının arasından katlanmış bir not kâğıdı çıktı. Bu Parkis'ten bir mektuptu.

"Sayın Bay Bendrix," diye okumaya başladım ve gözlerimin sabırsızlıkla son cümlelerde yakaladığı bir teşekkür notu olduğunu düşünüyordum. "Dolayısıyla bu koşullar altında kitabı evde tutmasam daha iyi olur ve umuyorum ki Bay Miles'a bunun sizin tarafınızdan bir nankörlük olmadığını açıklarsınız, saygılarımla, Alfred Parkis."

Sofada oturdum. Henry'nin "Açık fikirli olmadığımı sanmayın, Peder Crompton..." dediğini duydum ve Parkis'in mektubunu en baştan okumaya başladım:

"Sayın Bay Bendrix, hüzünlü olsa da yakın ilişkimizden dolayı ve siz hayal gücüne sahip bir edebiyat adamı olarak tuhaf olaylara alışık olduğunuz için duygudaşlığınıza güvenerek Bay Miles'a değil, size yazıyorum. Biliyorsunuz oğlum son zamanlarda karnındaki korkunç ağrılardan mustaripti, dondurmadan değil de, apandisitten korkuyordum. Doktor ameliyat edelim, bir zararı olmaz dedi ama ben zavallı oğlum için bıçaktan çok korkuyorum çünkü eminim ki annesi ihmal yüzünden bıçak altında öldü ve oğlumu da aynı şekilde kaybedersem ne yaparım? Yapayalnız kalırım. Tüm bu ayrıntılar için affedin, Bay Bendrix, ama benim mesleğimde her şeyi sıraya koymak ve önem sırasına göre anlatmak üzere eğitiliriz ki hâkim kendisine gerçeklerin açık seçik verilmediğinden şikâyetçi olmasın. Bu yüzden doktora pazartesi günü dedim ki emin olana kadar bekleyelim. Yalnız ben bazen düşünüyorum ki bu soğuktan ve Bayan Miles'ın evinin önünde nöbet beklemekten oldu ve eğer onun çok nazik bir hanımefendi olduğunu ve rahat bırakılmayı hak ettiğini söylersem siz beni bağışlarsınız. Benim işimde istediğiniz gibi seçemiyorsunuz, ama Maiden Lane'deki o ilk günden beri, gözetlediğim kişi keşke başka bir hanımefendi olsaydı diye düşündüm. Neyse, oğlum zavallı hanımefendinin nasıl öldüğünü öğrenince çok üzüldü. Onunla sadece bir kez konuşmuştu ama çocuk sanırım bir şekilde onun annesi gibi olduğu fikrine kapıldı, ancak hayatımın her günü özlediğim annesi kendince iyi ve dürüst bir kadın olmasına rağmen onun gibi değildi. Ateşi, o yaşta bir çocuk için yüksek olan 39,5 dereceye çıkınca, tıpkı sokakta olduğu gibi Bayan Miles ile konuşmaya başladı, o yaşta bile mesleki onur sahibi olarak elbette yapmak istemediğini ama kendisini gözetlediğini anlattı ona. Sonra o gidince ağlamaya başladı ve ardından uyudu, ama uyandığında ateşi hâlâ 39 dereceydi, rüyada hanımefendinin ona söz verdiği hediyeyi istedi. Bu yüzden ben, hiçbir mesleki nedenle değil sadece zavallı oğlum yüzünden Bay Miles'ı rahatsız ettiğim ve onu aldattığım için utandım.

Kitabı alıp kendisine verdikten sonra sakinleşti. Ama endişeleniyordum çünkü doktor daha fazla riske girmeyeceğini ve çarşamba günü hastaneye gitmesi gerektiğini, hatta boş yatak olsaydı o gece gönderecek olduğunu söyledi. İşte, gördüğünüz gibi, zavallı karımın ve zavallı oğlumun yüzünden endişelenmekten ve bıçak korkum yüzünden uyuyamıyordum. Çok dua ettiğimi *size* söylemekte bir sakınca görmüyorum, Bay Bendrix. Tanrı'ya yalvardım, sonra karıma yalvardım elinden geleni yapsın diye, çünkü cennette biri varsa, şimdi o oradadır ve Bayan Miles'dan rica ettim, eğer oradaysa, o da elinden geleni yapsın diye. Yani, yetişkin bir insan bunu yapabiliyorsa, Bay Bendrix, benim zavallı oğlumun hayaller görmesini anlayabilirsiniz. Bu sabah uyandığımda ateşi otuz yediydi ve hiç ağrısı yoktu, doktor gelip eliyle muayene ettiğinde hiçbir hassasiyet kalmamıştı, bu nedenle biraz daha bekleyebiliriz, dedi; oğlum gün boyunca daha iyi oldu. Ancak doktora Bayan Miles'ın gelip –kabalığımı mazur görürseniz, midesinin sağ tarafına dokunarak– acısını çekip aldığını ve kitabın içine onun için yazı yazdığını anlattı. Ama doktor onun sakin kalması gerektiğini ve kitabın onu heyecanlandırdığını söyledi, dolayısıyla bu koşullar altında kitabı evimde tutmasam daha iyi olur..."

Mektubun arkasını çevirdiğimde bir not vardı. "Kitabın içinde bir şey yazılı, ama bunun yıllar önce Bayan Miles küçük bir kızken yazılmış olduğunu herkes anlayabilir, ancak ben bunu zavallı oğluma açıklayamıyorum çünkü ağrısının geri dönmesinden korkuyorum. Saygılarımla, A. P." Kapağın içindeki boş sayfaya baktım, orada tıpkı daha önce başka kitaplarda gördüğüm gibi çocuk Sarah Bertram'ın sabit kalemle düsturlarını yazdığı şekilsiz karalamalar vardı.

"Hastayken annem bana Lang'ın bu kitabını verdi.
Sağlıklı biri bunu çalarsa onu büyük bir bela bulsun,
Ama hastaysan ve yataktaysan
Bunun yerine okumak için alabilirsin."

Kitabı yanımda yemek odasına götürdüm. "Ne oldu?" diye sordu Henry.

"Kitap," dedim. "Parkis'e vermeden önce Sarah'nın içine ne yazmış olduğunu okudun mu?"

"Hayır. Neden?"

"Bir rastlantı, hepsi bu. Ama Peder Crompton'ın hurafelere inandığına seni ikna etmesine gerek yok." Mektubu Henry'ye verdim; okudu ve Peder Crompton'a uzattı.

"Bundan hoşlanmıyorum," dedi Henry. "Sarah öldü ve dedikodusunun yapıldığını görmekten nefret ediyorum..."

"Ne demek istediğini anlıyorum. Ben de aynı şeyi hissediyorum."

"Yabancıların onun hakkında konuştuğunu duymak gibi bir şey bu."

"Hakkında kötü bir şey söylemiyorlar," dedi Peder Crompton. Mektubu masaya bıraktı. "Artık gitmem gerek." Ama hiç kıpırdamadı, masadaki mektuba bakıyordu. "Peki yazılan mesajlar?"

Kitabı ona doğru ittim. "Ha, bu yıllar önce yazılmış. Bütün çocuklar gibi birçok kitabın içine bu tür şeyler yazmış."

"Zaman çok tuhaf bir şey," dedi Peder Crompton.

"Elbette çocuk bunların hepsinin geçmişte yapılmış olduğunu bilemez."

"Aziz Augustinus, zamanın nereden geldiğini sorar. Henüz var olmayan gelecekten, devamlılığı olmayan bugüne geldiğini, oradan da varlığı sona ermiş olan geçmişe gittiğini söyler. Zamanı bir çocuktan daha iyi anlayabileceğimizi sanmıyorum."

"Benim kastettiğim..."

"Pekâlâ," dedi, ayağa kalkarak, "bunu dert etmemelisiniz, Bay Miles. Bu sadece karınızın ne kadar iyi bir kadın olduğunu gösterir."

"Bunun bana yararı yok, değil mi? Varlığı sona ermiş olan geçmişin bir parçası o."

"O mektubu yazan adam çok dirayetliymiş. Ölülere dua etmenin yanı sıra ölüler için dua etmenin de bir zararı yok." Söylediğini tekrarladı: "O iyi bir kadındı."

Birdenbire tepem attı. Sanırım esas olarak onun kendinden hoşnutluğuna, akıl ürünü hiçbir şeyin onun canını sıkamayacağı duygusuna, yalnızca birkaç saattir ya da birkaç gündür tanıdığı birini bu kadar yakından tanıdığı varsayımına öfkelenmiştim. "O hiç de öyle biri değildi," dedim.

"Bendrix," diye çıkıştı Henry sertçe.

"İstediği adamın gözünü boyayabilirdi," dedim, "bir papazın bile. Sizi sadece aldatmış, peder, kocasını ve beni de aldattığı gibi. O tam bir yalancıydı."

"Hiçbir zaman olmadığı biri gibi davranmadı."

"Onun tek âşığı ben değildim..."

"Sus," dedi Henry. "Buna hakkın yok..."

"Rahat bırakın onu," dedi Peder Crompton. "Bırakın zavallı adam içini döksün."

"Profesyonel merhametinizi bana göstermeyin, peder. Bunu tövbekârlarınıza saklayın."

"Kime merhamet göstereceğimi siz bana söyleyemezsiniz, Bay Bendrix."

"Her erkek onu elde edebilirdi." Söylediğime inanmayı arzu ederdim, çünkü o zaman özlenecek ya da üzülecek bir şey olmazdı. Artık nerede olursa olsun ona bağlanmış olmazdım. Özgür olurdum.

"Ayrıca, bana tövbe hakkında hiçbir şey öğretemezsiniz, Bay Bendrix. Günah çıkarma işini yirmi beş yıldır yapıyorum. Bizden önceki bazı azizlerin yapmamış olduğu hiçbir şeyi yapamayız."

"Başarısızlık dışında pişman olup tövbe edecek bir şeyim yok. Kendi cemaatinize dönün, peder, lanet olası küçük kabininize ve tespihlerinize dönün."

"Beni istediğiniz zaman orada bulursunuz."

"Ben mi sizi görmek isteyeceğim, peder? Peder, kabalık etmek istemem ama ben Sarah değilim. Sarah değilim."

Henry utanarak, "Özür dilerim, peder," dedi.

"Özür dilemenize gerek yok. İnsanın acılı zamanlarını bilirim."

Kendinden hoşnutluğunun kalın derisine nüfuz edemiyordum. Sandalyemi geri ittim ve şöyle dedim: "Yanılıyorsunuz, peder. Bu acı gibi algılanması güç bir şey değil. Acı değil, nefret doluyum. Küçük bir kaltak olduğu için Sarah'dan nefret ediyorum, Henry'den nefret ediyorum çünkü ona yapıştı kaldı, sizden ve hayali Tanrı'nızdan da nefret ediyorum çünkü onu hepimizden aldınız."

"Nefret konusunda maharetlisiniz," dedi Peder Crompton.

Gözlerim doldu çünkü hiçbirini incitecek gücüm yoktu. "Hepinizin canı cehenneme," dedim.

Kapıyı çarptım ve ikisini içeride bırakıp çıktım. Kutsal bilgeliğini Henry'ye akıtsın, diye düşündüm, ben yalnızım. Yalnız olmak istiyorum. Sana sahip olamazsam, daima yalnız olacağım. Ah, benden sonraki erkek kadar inanmaya muktedirim. Tek yapmam gereken zihnimin gözlerini yeterince uzun bir süre kapatmak ve senin gece Parkis'in oğluna geldiğine ve dokunuşlarınla ona huzur getirdiğine inanabilirim. Geçen ay krematoryumda o kızı benden kurtarmanı istemiştim senden ve sen aramıza anneni sokuvermiştin – ya da öyle denebilir. Ama buna inanmaya başlarsam o zaman senin Tanrına inanmak zorunda kalacağım. Senin Tanrını sevmek zorunda kalacağım. Bunu yapacağıma senin birlikte olduğun erkekleri severim daha iyi.

Üst kata çıkarken, mantıklı olmam gerektiğini, kendime söyledim. Sarah öleli şimdi çok zaman olmuştu; insan ölüleri böylesi yoğunlukla sevemez, yaşayanları sever sadece ve o yaşamıyor, yaşıyor olamaz. Onun yaşadığına inanmamalıyım. Yatağıma uzandım, gözlerimi kapadım ve aklımı başıma toplamaya çalıştım. Bazen yaptığım gibi ondan çok fazla nefret ediyorsam, nasıl sevebilirim onu? İnsan hem nefret edip hem sevebilir mi? Yoksa nefret ettiğim sadece kendim miyim? Değersiz ve önemsiz bir beceriyle yazdığım kitaplardan nefret ediyorum, verebileceği bilgiler için beni sevmediğim bir kadını baştan çıkarmaya sevk eden gözünü yazma hırsı bürümüş içimdeki yaratıcı mentaliteden nefret ediyorum, çok haz duyan ama kalbin ne hissettiğini ifade etmekte yetersiz kalan bu bedenden nefret ediyorum ve de kapı zillerine pudra süren, gizlice çöp sepetlerini karıştıran, senin sırlarını çalan Parkis'i izlemekle görevlendiren kuşkucu aklımdan nefret ediyorum.

Yatağımın yanındaki şifoniyerin çekmecesinden onun günlüğünü aldım ve rasgele geçen ocak ayından bir günü açıp okudum: "Ey Tanrım, eğer gerçekten senden nefret edebilsem, bu ne anlama gelir?" Ve düşündüm ki Sarah'dan nefret etmek onu sevmekten başka bir şey değil ve kendimden nefret etmek de kendimi sevmekten başka bir şey değil. Ben – *İhtiraslı Ev Sahibi*, *Taç Giydirilmiş Heykel* ve *Sahildeki Mezar*'ın* yazarı Maurice Bendrix– nefret edilmeye layık değilim. Yazar bozuntusu Bendrix. Hiçbir şey – eğer varsan Senden başka hiç kimse – Sarah bile nefret edilmeye layık değil. Ve düşündüm ki zaman zaman Maurice'den nefret etmiştim, ama eğer onu aynı zamanda sevmeseydim ondan nefret eder miydim? Ey Tanrı, aslında senden nefret edebilsem...

Sarah'nın inanmadığı Tanrı'ya nasıl dua ettiğini hatırladım ve şimdi inanmadığım Sarah'yla konuşuyordum. Dedim ki: Bir kere beni hayata döndürmek için ikimizi birden feda ettin, ama sensiz ne biçim bir hayat bu? Tanrı'yı sevmen çok

* Eserde The Ambitious Host, The Crowned Image ve The Grave on the Water-Front şeklinde zikredilen hayal ürünü romanlar. (ç.n.)

güzel. Sen ölüsün. Ona kavuştun. Ama ben hayattan bıktım, sağlıktan kokuştum. Tanrı'yı sevmeye başlarsam, ölüp gidemem. Bu konuda bir şey yapmam lazım. Sana ellerimle dokunmalıydım, dilimle tadına bakmalıydım; insan sevip de hiçbir şey yapmadan duramaz. Bir zamanlar rüyamda yaptığın gibi bana endişelenmememi söylemenin bir yararı yok. Eğer böyle sevmişsem, bu her şeyin sonu olur. Seni severken yemek yeme isteği duymuyordum, başka bir kadına şehvet duymuyordum, ama Tanrı'yı sevseydim, o uzaktayken hiçbir şeyden asla zevk almazdım. İşimi bile kaybederdim, Bendrix olmaktan vazgeçerdim. Sarah, korkuyorum.

O gece sabah ikide cin gibi uyanıktım. Kilere indim ve kendime biraz bisküvi ve bir bardak su aldım. Henry'nin yanında Sarah hakkında öyle konuştuğum için pişmandım. Papaz, azizlerin yapmamış olduğu bir şeyi yapamayacağımızı söylemişti. Cinayet ve zina gibi büyük günahlar için bu doğru olabilir ama bir aziz hiç kıskançlık ve alçaklıkla suçlanabilir mi? Nefretim, aşkım kadar önemsizdi. Kapıyı yavaşça açtım ve içerideki Henry'ye baktım. Lambayı kapatmadan ve kolunu gözlerine siper ederek uyumuştu. Gözleri saklıyken tüm vücudu kimliksiz görünüyordu. Sıradan bir adamdı – bizlerden biri. İnsanın savaş alanında karşılaştığı ilk düşman askeri gibiydi, ölü ve tanınmaz halde, Beyaz ya da Kızıl değil, ama yalnızca kendi gibi bir insan. Uyanıp ışığı kapatırsa diye başucuna iki bisküvi bıraktım.

VIII

Kitabım iyi gitmiyordu (yazma işi nasıl da zaman kaybı gibi geliyordu, ama başka nasıl zaman geçirilebilir ki?) ve hatipleri dinlemek için Common'da bir yürüyüşe çıktım. Savaş öncesi günlerde beni eğlendirdiğini hatırladığım bir adam vardı ve onun yerine sağ salim döndüğünü görmekten memnun oldum. Siyasi ya da dini hatipler gibi yaymak istediği bir mesajı yoktu. Eski bir aktördü; hikâyeler anlatır, şiirlerden ezbere parçalar okurdu. Okuduğu herhangi bir parçanın hangi şiirden olduğunu sorarak dinleyicilerine meydan okur, onları faka bastırırdı. Birisi "Yaşlı Denizci,"* diye seslenirdi ve adam hemen, müthiş vurgulamalarla bize şiirden bir dörtlük okurdu. Zibidinin biri "Shakespeare'in Otuz İkinci Sonesi" dedi ve adam rasgele dört dize okudu ve zibidi itiraz ettiğinde ise adam "Sizdeki yanlış baskı," dedi. Etraftaki benim gibi dinleyicilere baktım ve Smythe'i gördüm. Belki de o beni daha önce görmüştü, zira yüzünün yakışıklı tarafını bana doğru çevirmişti, Sarah'nın öpmediği tarafını, ama ilk o beni gördüyse de benimle göz göze gelmekten kaçındı.

Neden hep Sarah'nın tanımış olduğu herkesle konuşmak istiyordum ki? Kalabalığı yararak yanına gidip "Merhaba Smythe," dedim. Yüzünün bozuk tarafını bir mendille kapatarak bana doğru döndü. "Aa, Bay Bendrix, sizsiniz," dedi.

"Sizi cenazeden beri görmedim."

"Bir yere gitmiştim."

"Artık burada konuşma yapmıyor musunuz?"

"Hayır." Duraksadı ve sonra isteksizce ekledi: "Halk içinde konuşmayı bıraktım."

"Ama hâlâ evde ders veriyorsunuz, değil mi?" diye takıldım ona.

"Hayır. Onu da bıraktım."

"Görüşleriniz değişmedi, umarım?"

"Neye inanacağımı bilmiyorum," dedi hüzünlü bir halde.

"Hiçbir şeye. Mesele buydu kuşkusuz."

"Öyleydi." Kalabalığın biraz dışına çekildi ve kendimi yüzünün bozuk tarafında buldum. Ona biraz daha takılmaktan kendimi alamadım. "Dişiniz mi ağrıyor?" diye sordum.

"Hayır. Neden?"

"Öyle görünüyordu da. Şu mendille."

---

* İngiliz şair Samuel Taylor Coleridge'in ünlü şiiri "The Rime of the Ancient Mariner". (ç.n.)

Cevap vermedi ama mendili yüzünden çekti. Saklanacak bir çirkinlik yoktu. Pek büyük olmayan bir nokta hariç teni oldukça taze ve gençti.

"Tanıdığım insanlarla karşılaşınca açıklama yapmaktan yoruluyorum," dedi.

"Tedavisini mi buldunuz?"

"Evet, size bir yere gittiğimi söylemiştim."

"Bir kliniğe."

"Evet."

"Ameliyat mı?"

"Tam öyle değil." İsteksizce ekledi: "Dokunularak yapıldı."

"İnanç şifası mı?"

"Benim inancım yok. Asla bir şarlatana gitmem."

"O neydi ki? Kurdeşen mi?"

Konuyu kapatmak için öylesine bir şey söyledi. "Modern yöntemler. Elektrik."

Eve dönüp kendimi yeniden kitabıma vermeye çalıştım. Ne zaman yazmaya başlasam inatla canlanmak bilmeyen bir karakter buluyorum. Psikolojik olarak bir kusuru yok ama yapışıyor, itelemek zorunda kalıyorsun, onun için sözler bulmak gerekiyor, onu okuyucularıma göstermek için çalıştığım bütün yılların teknik becerisini devreye sokmam gerekiyor. Bazen bir eleştirmen onu hikâyedeki en iyi tasarlanmış karakter olarak övdüğünde buruk bir sevinç hissediyorum; tasarlanmış olmasa da sürükleye sürükleye getirildiği kesin. Ne zaman çalışmaya başlasam, midedeki sindirilmemiş bir yemek gibi zihnime tüm ağırlığıyla çökerek mevcut olduğu her sahnede beni yaratma zevkinden mahrum eder. Hiç beklenmedik bir şey yapmaz, hiç beni şaşırtmaz, asla sorumluluk almaz. Diğer bütün karakterler yardımcı olur, o yalnızca zorluk çıkarır.

Ama yine de insan onsuz yapamıyor. Bazılarımız hakkında tıpkı böyle hisseden bir Tanrı'yı hayal edebiliyorum. Azizlerin bir bakıma kendi kendilerini yarattıkları düşünülebilir.

Canlanırlar. Şaşırtıcı eylemlere ya da sözlere muktedirdirler. Olay örgüsünün dışında dururlar, onun koşullarına bağlı değildirler. Ama bizler itilip kakılmak zorundayız. İnatla var olmamaya çalışırız. Ayrılmaz bir şekilde olay örgüsüne bağlıyızdır ve Tanrı bizleri, tek önemi bir zaman bir yerde canlı bir karakterin hareket ettiği ve konuştuğu bir sahnenin dekoruna yardımcı olmak olan, belki de azizlere *kendi* özgür iradeleri için fırsatlar sunan özgür iradesiz, şiirselliği olmayan karakterler olarak istediği gibi oradan oraya bıkkınlık içinde zorlamaktadır.

Kapının kapandığını ve Henry'nin sofadaki adımlarını duyunca sevinmiştim. Durmak için bir bahaneydi. Karakter artık sabaha kadar hiçbir şey yapmadan durabilirdi; nihayet Pontefract Arms saatiydi. Onun bana seslenmesini bekledim (bir ayda, yıllardır birlikte yaşayan iki bekâr gibi düzenimizi çoktan kurmuştuk), ama seslenmedi ve çalışma odasına gittiğini duydum. Bir süre sonra peşinden gittim, içkime hasret kalmıştım.

Onunla buraya ilk geldiğim günü hatırlattı bana; orada, yeşil Disk Atan Adam heykelinin yanında, kaygılı ve kederli oturuyordu, ama şimdi onu izlerken ben ne kıskançlık ne de keyif duyuyordum.

"İçecek miyiz, Henry?"

"Evet, evet. Elbette. Sadece ayakkabılarımı değiştirecektim." Ayağında arazi ayakkabıları vardı ve Common onun gözünde araziydi. Bağcıklarına eğildi, çözemediği bir düğüm vardı – parmaklarını hiçbir zaman iyi kullanamazdı. Uğraşmaktan yoruldu ve ayakkabıyı zorla çekip çıkardı. Yerden aldım ve onun için düğümü çözdüm.

"Teşekkür ederim, Bendrix." Belki bu kadar küçük bir dostça hareket bile ona güven veriyordu. "Bugün ofiste çok tatsız bir şey oldu," dedi.

"Anlat."

"Bayan Bertram geldi. Bayan Bertram'ı tanıdığını sanmam."

"Ah, evet. Geçen gün tanıştım onunla." Ne ilginç bir söz – geçen gün, sanki o gün hariç bütün diğer günler geçmemiş gibi.

"Aramız hiçbir zaman iyi olmadı."

"O da öyle dedi bana."

"Sarah bu konuda her zaman çok iyiydi. Onu uzak tutuyordu."

"Borç para istemeye mi geldi?"

"Evet. On sterlin istedi – her zamanki hikâyesi, o gün şehre, alışverişe gelmiş, parası bitmiş, bankalar kapalıymış... Bendrix, ben kötü bir adam değilim ama onun bu tarzından çok rahatsız oluyorum. Kendisinin yılda iki bin sterlin geliri var. Neredeyse benim kazandığım kadar."

"Verdin mi ona parayı?"

"Ah evet. İnsan her zaman veriyor, ama sorun şu ki nasihat etmekten kendimi alamadım. Bu onu sinirlendirdi. Bunu kaç kez yaptığını ve kaç seferinde parayı geri ödediğini sordum ona – bu ilk kez, kolay oldu. Bir çek defteri çıkardı ve hemen oracıkta bana bütün borcu için bir çek yazacağını söyledi. O kadar kızmıştı ki bunu yapacağından emindim. Çek defterinin son yaprağını kullanmış olduğunu gerçekten unutmuştu. Beni küçük düşürmeye niyetlenmişti ama yalnızca kendini küçük düşürmeyi başardı, zavallı kadın. Tabii ki bu, durumu daha da kötüleştirdi."

"Ne yaptı?"

"Beni Sarah'ya doğru düzgün bir cenaze töreni düzenlememekle suçladı. Bana tuhaf bir hikâye anlattı..."

"Bunu biliyorum. Birkaç kadeh portodan sonra bana anlattı."

"Sence yalan mı söylüyor?"

"Hayır."

"Görülmemiş bir tesadüf, değil mi? İki yaşındayken vaftiz edilmiş olmak ve sonra hatırlamadığın bir şeye geri gitmeye başlamak... Enfeksiyon gibi."

"Söylediğin gibi, garip bir tesadüf." Daha önce Henry'ye gereken gücü sağlamıştım, şimdi de onun zayıf düşmesine izin vermeyecektim. "Daha garip tesadüfler gördüm ben," diye devam ettim. "Geçen yıl boyunca Henry, o kadar sıkılmıştım ki otomobil plakalarını bile takip etmeye başlamıştım. Bu insana tesadüflerle ilgili bir şey öğretiyor. Olası on bin otomobil plakası ve Tanrı bilir kaç adet kombinasyonu var, buna rağmen kaç kez plakaları aynı olan iki otomobilin trafik sıkıştığında yan yana geldiğini gördüm."

"Evet, sanıyorum bunlar böyle oluyor."

"Tesadüflere olan inancımı asla yitirmeyeceğim, Henry."

Üst kattaki telefon çalıyor, sesi zar zor duyuluyordu; o ana kadar duymamıştık çünkü çalışma odasında elektrik devresi kapatılmıştı.

"Aman Tanrım, aman Tanrım," dedi Henry. "Yine o kadınsa hiç şaşırmam."

"Bırak arasın," dedim ve ben konuşurken zil sustu.

"Kötü olduğumdan değil," dedi Henry. "On yılda yüz sterlinden fazla borç almamıştır sanırım."

"Gel çıkalım ve bir şeyler içelim."

"Elbette. Ah, ayakkabılarımı giymemişim." Ayakkabılarına doğru eğildi ve başının tepesindeki kel alanı gördüm; sanki kaygıları saçını dökmüş gibiydi – kaygılarından biri de bendim. Dedi ki, "Sensiz ben ne yapardım bilmiyorum, Bendrix." Omzundan birkaç kepeği silkeledim. "Yapma, Henry..." Sonra biz harekete geçemeden telefon yeniden çalmaya başladı.

"Bırak, çalsın," dedim.

"Baksam iyi olur. Bilemezsin..." Ayakkabı bağları sallana sallana yerinden doğrulup masasına gitti. "Alo," dedi, "Miles ben." Ahizeyi bana doğru uzattı ve rahatlayarak, "Telefon sana," dedi.

"Evet," dedim, "Bendrix ben."

"Bay Bendrix," dedi bir erkek sesi, "sizi aramam gerektiğini hissettim. Bugün öğleden sonra size doğruyu söylemedim."

"Siz *kimsiniz*?"

"Smythe," dedi ses.

"Anlamadım."

"Size bir kliniğe gittiğimi söylemiştim. Öyle bir yere hiç gitmedim."

"İnanın, benim için pek fark etmiyor."

Hattan sesi bana ulaştı. "Elbette fark eder. Siz beni dinlemiyorsunuz. Kimse benim yüzümü tedavi etmedi. Temizleniverdi, aniden, bir gecede."

"Nasıl? Ben hâlâ..."

Korkunç bir suç ortaklığı havasında şöyle dedi: "Nasıl olduğunu siz de ben de biliyoruz. Bu inkâr edilemez. Bunu gizlemeye hakkım yok. Bu bir..." Ama "rastlantı"nın alternatifi olan o aptalca gazete kelimesini kullanamadan telefonu kapattım. Sıkılmış sağ yumruğunu hatırladım, ölülerin parçalara ayrılabileceğine, kıyafetleri gibi bölünebileceğine duyduğum öfkemi hatırladım. Öylesine gururlu ki, herhalde her zaman açıklayacak bir çeşit vahiy vardır onda, diye düşündüm. Bir iki hafta içinde Common'da bu konuda konuşacak ve şifa bulmuş olan yüzünü gösterecekti. Gazeteler yazacaktı: "Rasyonalist Hatip Mucize Tedaviyle İmana Geldi." Tesadüflere olan tüm inancımı toplamaya çalıştım, ama düşünebildiğim tek şey, hiçbir yadigârım olmadığı için, kıskançlıkla, gece Sarah'nın saçları üzerinde uzanmış o bozuk yanağıydı.

"O kim?" diye sordu Henry. Bir an ona anlatsam mı diye tereddüt ettim, ama sonra düşündüm ki, olmaz. Ona güvenmiyorum. O ve Peder Crompton bir araya gelecekler.

"Smythe," dedim.

"Smythe mi?"

"Sarah'nın ziyaret ettiği şu herif."

"Ne istiyordu?"

"Yüzünü tedavi ettirmiş, hepsi bu. Ondan doktorun adını bana bildirmesini istedim. Benim bir arkadaşım..."

"Elektrik tedavisi mi?"

"Emin değilim. Bir yerlerde kurdeşenin kaynağının sinirsel olduğunu okumuştum. Biraz psikiyatri ve radyum karışımı." Kulağa mantıklı geliyordu. Belki de nihayetinde gerçek buydu. Bir başka tesadüf, aynı plaka numarasına sahip iki otomobil ve bir bıkkınlık duygusu içinde düşündüm ki daha ne kadar rastlantı gerçekleşecek? Cenazedeki annesi, çocuğun rüyası. Bu günbegün böyle devam mı edecek? Gücünü aşmış ve gelgitin kendisinden daha kuvvetli olduğunu bilen bir yüzücü gibi hissettim kendimi, ama boğulsam da Henry'yi son ana kadar destekleyecektim. Bu ne de olsa bir arkadaşlık görevi değil miydi, çünkü eğer bu şeyin aksi kanıtlanmazsa, eğer gazetelere girerse, sonunun nereye varacağını kimse bilemezdi, öyle değil mi? Manchester'daki gülleri hatırladım – ne olduğu anlaşılana kadar sahtekârlığın uzun süre devam ettiğini. İnsanlar bugünlerde aşırı duygusal. Hatıra avcıları, dualar, tören alayları olabiliyor. Henry, tanınmamış biri değildi; büyük skandal olurdu. Bütün gazeteciler de ortak hayatlarıyla ilgili sorular sorar, Deauville'deki o tuhaf vaftiz hikâyesini eşelerlerdi. Dindar basının kabalığı. Manşetleri hayal edebiliyordum ve manşetler daha fazla "mucize" üretecekti. Bu işi daha en başında kesmek zorundaydık.

Yukarıdaki çekmecemde bulunan günlüğü hatırladım ve Onun da gitmek zorunda olduğunu, çünkü onların tarzında yorumlanacağını düşündüm. Sarah'yı kendimiz için kurtarmak adına onun niteliklerini birer birer imha etmek zorundaydık. Onun çocuk kitapları bile tehlike arz ediyordu. Fotoğraflar vardı – Henry'nin çektiği; o basının eline geçmemeli. Maud'a güvenilir miydi? İkimiz birlikte eğreti bir ev kurmaya çalışmıştık, o bile parçalanıyordu.

"İçki içecektik?" dedi Henry.

"Bir dakika içinde yanında olacağım."

Odama çıkıp günlüğü çıkardım. Kapak sayfalarını yırttım. Kalındı sayfalar; pamuk ciltleme lif lif ayrıldı; bir kuşun kanatlarını koparmaya benziyordu ve günlük orada, yatağın üzerinde yatıyordu, kâğıttan bir yastık gibi, kanatsız ve yaralı. Son sayfa yukarı doğru duruyordu ve tekrar okudum: "Sen oradaydın, günün birinde geriye Senin aşkından başka hiçbir şey kalmasın diye, bize israf etmeyi öğretiyordun. Ama Sen bana karşı fazlasıyla iyisin. Senden acı istediğimde, Sen bana huzur veriyorsun. Ona da ver. Benim huzurumu ona ver – onun buna daha fazla ihtiyacı var."

Orada yanıldığını düşündüm, Sarah. En azından dualarından biri kabul edilmedi. Huzurum yok, sana duyduğum hariç sevgim yok. Ona dedim ki, ben bir nefret adamıyım. Ama çok da nefret duymuyorum; başkalarına aşırı duygusal demiştim ama benim kendi sözlerim abartılıydı. Bunların samimiyetsizliğini sezebiliyorum. Aslında hissettiğim şey nefretten ziyade korkuydu. Çünkü bu Tanrı varsa ve siz bile – şehvetleriniz, zinalarınız ve eskiden beri söylediğiniz korkakça yalanlarınızla– böyle değişebiliyorsanız, sizin sıçradığınız gibi sıçrayarak, gözlerimizi kapatıp ilk ve son kez sıçrayarak hepimiz aziz olabiliriz, diye düşündüm; eğer *siz* bir azizseniz, aziz olmak o kadar zor değildir. Onun her birimizden isteyebileceği bir şeydir bu, sıçramamız. Ama ben sıçramayacağım. Yatağımın üzerinde oturdum ve Tanrı'ya dedim ki: Onu aldın ama henüz beni almadın. Kurnazlığını biliyorum Senin. Bizi yüksek bir yere çıkarıp tüm evreni sunan Sensin. Bizi sıçramaya teşvik eden bir şeytansın. Ama Senin huzurunu, Senin sevgini istemiyorum ben. Çok masum ve çok kolay bir şey istedim: Ömür boyu Sarah'yı istedim ve Sen onu aldın. Büyük planlarınla, bir orakçının bir fare yuvasını mahvettiği gibi bizim mutluluğumuzu mahvettin Sen: Nefret ediyorum Senden Tanrı, sanki varmışsın gibi nefret ediyorum Senden.

Kâğıttan yastığa baktım. Bir saç tutamından daha gayrişahsiydi. Saçlara dudaklarınız ve parmaklarınızla dokunabilirsiniz; kafam aşırı derecede yorgundu. Onun bedeni için yaşamıştım ve onun bedenini istiyordum. Ama elimdeki tek şey günlüktü, bu yüzden defteri yine dolaba kaldırdım; zira onu imha edip kendimi tamamen Sarah'sız bırakmak O'nun için bir zafer daha olmaz mıydı? Sarah'ya peki dedim, *senin* istediğin gibi olsun. Senin yaşadığına ve O'nun var olduğuna inanıyorum, ama O'na olan bu nefreti sevgiye dönüştürmek senin dualarından daha fazlasını gerektirecek. O beni mahrum bıraktı ve ben de yazdığın o kral gibi içimdeki istediği şeyden O'nu mahrum bırakacağım. Nefret benim beynimde, karnımda ya da derimde değil. Bir deri döküntüsü ya da bir ağrı gibi kolayca çıkarılamaz. Seni sevdiğim kadar senden nefret de etmedim mi? Ve ben kendimden de nefret etmiyor muyum?

Aşağıya, Henry'ye "Hazırım," diye seslendim ve Common'da Pontefract Arms'a doğru yan yana yürüdük; sokak lambaları yanmıyordu ve âşıklar yolların kesiştiği yerlerde buluşuyordu; çimenliğin öbür yanında, Tanrı'nın bana bu umarsız, sakat hayatımı geri verdiği, merdivenleri yıkılmış ev vardı.

"İkimizin bu akşam yürüyüşümüzü iple çekiyorum," dedi Henry.

"Evet."

Sabah bir doktoru arayıp inanç tedavisinin mümkün olup olmadığını soracağım, diye düşündüm. Sonra da, olmasa daha iyi, diye düşündüm; insan *bilmediği* sürece, sayısız tedavi hayal edebilir... Elimi Henry'nin koluna koydum ve orada tuttum; her ikimiz için de güçlü olmalıydım artık ve onun henüz ciddi bir endişesi yoktu.

"Sabırsızlıkla beklediğim tek şey bu yürüyüşler," dedi Henry.

En başta bunun bir nefret belgesi olduğunu yazmıştım ve bir bardak akşam birası içmek üzere orada Henry'nin yanında yürürken, kış mevsimindeki ruh haline yararı olacak gibi görünen o duayı buldum: Ey Tanrım, Sen yeterince yaptın, Sen beni yeterince mahrum ettin, sevmeyi öğrenemeyecek kadar yorgun ve yaşlıyım, beni ebediyen rahat bırak.